I0585918

SCHEGGE DI VENERE

I MUTAFORMA CELESTI LIBRO 1

TJALARA DRAPER

TRADOTTO DA AURORA COLTRARO

To Kevy Wevy Woo Woo
My rock, my joy and my best friend.
Thank you so much for believing in me and for reading this book
even though you don't like fantasy and think I spend too much time
with "my silly dragons and fairies."
Love you forever.

x x x

MANOMISSIONE DI PROVE

PRESTANDO PARTICOLARE ATTENZIONE A DOVE METTEVA I PIEDI, Nathan Delano attraversò il soggiorno della baita buia. L'unica luce era quella offerta dai lampeggianti delle auto della polizia, che si riflettevano su innumerevoli pozzanghere e macchie cremisi. Il detective salutò a turno ognuno degli Erathi in uniforme.

Umani, ricordò a sé stesso scuotendo la testa. Anche dopo tutti quegli anni, era ancora *Erathi* la prima parola ad affacciarsi alla sua mente.

La sua partner, Judith Walker, stava ispezionando con una mano guantata il pesante meccanismo di chiusura della porta di una delle camere da letto. Quando lo notò, gli fece cenno di avvicinarsi.

«Ehi, Jude» la salutò, percorrendo ancora una volta la stanza con lo sguardo. «Che cosa abbiamo qui?»

«Ehi, Delano.» La donna si tolse il guanto con uno schiocco e indicò il sacco nero per cadaveri che un paramedico stava chiudendo. «Un'adolescente deceduta.»

«Sappiamo chi è?»

«Sì. È la figlia dei Branstone, la ragazza scomparsa.» Jude gli passò il telefono. «Tieni, dai un'occhiata. Le ho scattate al mio arrivo.»

Osservando le foto, Nathan riconobbe subito la vittima dai capelli biondi: Lyla-Rose Branstone. I suoi occhi erano spalancati e vitrei, in macabro contrasto con l'ampio sorriso sfoggiato nella foto dell'annuario presente nel suo fascicolo. Sul lato della sua testa erano incisi quattro orribili solchi, da dietro l'orecchio fino al mento, e l'orecchio stesso era stato tagliato in diversi punti.

«Guarda qui.» Jude gli si parò di fronte per ingrandire l'area tra il collo e la spalla della vittima. «Se non lo trovassi assurdo, direi quasi che si tratta dello strano segno di un morso.»

Sei fori insanguinati formavano un arco incompleto, con una fessura all'apice, appena sotto la clavicola sinistra della ragazza. I due interni erano più piccoli, mentre gli altri avevano le dimensioni di una penna a sfera.

Gli si serrò la gola. *No. Non qui. Non a Brookhaven.* Una sola specie poteva lasciare un segno simile: la sua. I Veniri.

E Nathan aveva passato gli ultimi quindici anni a nascondersi da loro.

«Sono state ritrovate delle armi?» chiese, sperando che Jude non notasse il suo tentativo di sviare il discorso.

La detective scosse la testa. «Niente. Non ancora, almeno. Un veicolo abbandonato è stato ritrovato lungo la strada. Ho mandato un agente a controllare, ma non ho ancora esplorato di persona i dintorni.»

Nathan annuì e le restituì il telefono. «Ci sono testimoni?»

«Il proprietario della baita abita non molto lontano da qui. Lui e la moglie stavano per andare a letto quando hanno sentito urlare. È venuto a indagare e, alla vista della vittima, ha chiamato subito il 911.»

Un muscolo nella mascella di Nathan si irrigidì. «Nient'altro? Forse ha intravisto il responsabile.»

Jude scosse la testa. «Chiunque sia stato, se ne era già andato quando—» Una melodia proveniente dal suo cellulare la interruppe. «È uno dei miei figli» disse, guardando lo schermo, e gli rivolse uno sguardo di scuse.

Nathan le fece cenno di rispondere. «Ci penso io.»

«Grazie, Nathan.» La collega gli diede una pacca sulla spalla, prima di accettare rapidamente la chiamata e dirigersi verso l'uscita. «Ciao, tesoro…»

Mentre i due paramedici la seguivano con il sacco per cadaveri, Nathan tornò nella stanza. *È ora di mettersi al lavoro.*

Quella pittoresca baracca pareva essere vecchia di diverse generazioni: forse era stata costruita da uno degli antenati dell'attuale proprietario. I tappeti fatti a maglia e patchwork le davano un tocco accogliente – o lo avrebbero fatto se non fossero stati stesi alla rinfusa tra mobili segnati dal tempo. Su una delle pareti in legno era montata una rastrelliera piena di fucili, insieme a una collezione di teste di animali – cervi, volpi, un orso e persino una tigre. Nathan non aveva mai compreso il desiderio umano di avere simili trofei, il bisogno di esporre con orgoglio pezzi delle proprie prede.

Con deliberata precisione, si fece strada tra quel caos, cercando di individuare ogni singolo schizzo e macchia di sangue e scattando, di tanto in tanto, qualche foto. Il rumore dei suoi passi riecheggiava a ogni contatto dei suoi stivali sulle assi di legno del pavimento.

Quando raggiunse la porta sul retro, una folata di vento gelido gli colpì il viso e il collo. Si strinse nella giacca e si mise a scrutare nell'oscurità, aspirando a pieni polmoni la fredda aria notturna, e un formicolio familiare si insinuò sotto la sua lingua.

Dopo essersi gettato uno sguardo alle spalle per assicurarsi che nessuno gli stesse prestando attenzione, lasciò che la trasformazione facesse il suo corso e il formicolio si trasformò in un feroce prurito.

Pochi secondi dopo, una lingua biforcuta saettò tra le sue labbra, simile a una frusta, per poi rientrare rapidamente in bocca. Grazie a essa, poté studiare gli aromi e i sapori della notte, un bouquet persistente di potenti fragranze derivanti dalle attività della serata.

La capacità dei Veniri di percepire l'essenza delle persone – o il profumo della loro anima – gli era estremamente utile per svolgere il suo lavoro da detective tra gli Erathi. Potendo assaporare le intenzioni e le emozioni residue, gli era estremamente più facile dedurre i meccanismi interni di una scena del crimine. In quel caso, tuttavia, con tutti i poliziotti, i paramedici e i civili che avevano attraversato la zona nell'ultima ora, la sua lingua non sarebbe stata sufficiente a isolare le informazioni di cui aveva bisogno.

Nathan scrutò le stelle. Erano sorprendentemente luminose, ma nessuna brillava più di Venere, il cui scintillio poteva scorgere attraverso i rami degli alberi. Chiuse gli occhi e si crogiolò nella sua luce.

Sotto le palpebre chiuse, sottili membrane scivolarono su entrambi i suoi occhi. Quando li riaprì, lo scenario davanti a lui era ancora immerso nell'oscurità, almeno fino a quando non tirò fuori la lingua biforcuta. A quel punto, i sentieri dell'anima si illuminarono come viticci di fumo fluorescente, come filamenti scintillanti in contrasto con il nero della notte. Ognuno di essi risplendeva di una diversa tonalità dell'arcobaleno, conducendolo nella foresta.

Uscì dalla baracca e le foglie scricchiolarono sotto i suoi piedi. Le tracce stavano cominciando a svanire, ma – con un altro saettare della sua lingua – le fece tornare a pulsare. Gustando l'aria, Nathan era in grado di raccogliere dati preziosi dai sapori infusi in ogni sentiero dell'anima.

Dopo alcuni istanti, il suo stivale colpì qualcosa. Rapidamente, mentre le membrane interne si ritraevano dai suoi occhi, tirò fuori la torcia e, grazie al fascio di luce, scorse un uomo in felpa e jeans, gettato a terra come un sacco vuoto. Accanto a lui, a circa un metro di distanza, giaceva un'altra persona. Un'adolescente. Macchie di un rosso intenso punteggiavano i suoi vestiti.

Quando la luce della torcia la colpì in faccia, Nathan imprecò sottovoce. Un'altra ragazzina di uno dei suoi fascicoli. *Violet Chambers, sedici anni. Tutori legali: Norman e Connie Hopkins. Indirizzo: 42 di Daisy Crescent. Scomparsa. Ultima apparizione approssimativamente alle 23:15 di giovedì 18 luglio.*

I suoi capelli castano scuro erano sporchi di sangue, terra e foglie. Rispetto alla foto, i suoi lineamenti erano scavati e gran parte del suo viso era ricoperto di tagli infangati e contusioni. L'occhio destro era quasi indistinguibile dal gonfiore circostante.

Nathan abbassò la testa e si coprì il volto con la mano, massaggiandosi stancamente le tempie. Dopo qualche respiro, si avvicinò alla ragazza per rilevarle il polso.

Un debole battito risuonò contro le sue dita.

* * *

Nathan tornò frettolosamente verso la baracca, facendo attenzione a non sballottare la ragazza tra le sue braccia.

Violet emise un gemito.

«Tieni duro», le disse. «Siamo quasi arrivati.»

Attraversò la porta sul retro e si diresse direttamente verso quella principale. «Ho bisogno di un paramedico!»

L'attenzione di Jude si spostò su di lui e la detective ebbe un sussulto. Spalancando gli occhi, urlò alcuni ordini. Nel giro di pochi secondi, due paramedici portarono una barella.

Nathan posò il suo carico e fece un passo indietro, lasciandoli al loro frenetico lavoro.

I momenti successivi trascorsero rapidamente, fissandosi in maniera confusa nella mente del detective. Raccontò alla partner ciò che aveva trovato, senza tuttavia menzionare il secondo corpo. L'aveva nascosto frettolosamente, ma avrebbe dovuto ripulire quel pasticcio al più presto, prima che qualcuno lo trovasse e cominciasse a fare domande. Soprattutto Jude.

Con la mascella tesa, si mise a studiarla. Aveva assunto la sua tipica posa pensierosa, con il mento appoggiato su una mano. Riusciva quasi a vedere i suoi processi mentali all'opera, mentre analizzava le nuove prove che le aveva fornito. La sua intelligenza e il suo intuito lo avevano sempre affascinato; erano ciò che la rendeva un ottimo poliziotto, ma erano anche ciò che lo avrebbe costretto a fare gli straordinari per tenerla all'oscuro della verità. Non doveva in alcun modo risalire al responsabile di quel caos infernale. La sua vita sarebbe stata in pericolo, per non parlare di quella di Nathan.

Sbuffò. Chi voleva prendere in giro? La sua vita era in pericolo da anni, ormai.

Il suono ruppe la trance di Jude e la donna, scuotendo la testa, tornò a concentrarsi su di lui. «Scusa se mi sono distratta. Stavo pensando.»

Nathan le rivolse un sorriso complice, ma non rispose.

«Tieni.» La detective si avvicinò alla macchina a cui era appoggiato e tirò fuori un thermos rosso. «Bevi un po' di caffè. Potrebbe essere ancora caldo.»

Nathan ne bevve un sorso e rabbrividì, costringendosi a deglutire quel liquido amaro e tiepido. «Magari un po' di zucchero la prossima volta.» Si pulì la bocca con la manica.

«Non c'è tempo per lo zucchero», disse Jude, bevendone un lungo sorso.

Alle sue spalle, Nathan notò uno dei paramedici che gli faceva cenno di avvicinarsi. «La pausa caffè è finita. Siamo stati convocati.»

Si diressero verso l'ambulanza e Nathan rivolse un saluto all'uomo vicino alla barella. «Come sta la ragazza?»

«Per ora è sveglia e stabile. Le abbiamo somministrato una dose di morfina per alleviare il dolore fino a quando non arriverà in ospedale.»

Nathan annuì. «Ti dispiace se le faccio qualche domanda?»

Il paramedico alzò le spalle. «Fai pure, ma potresti non ottenere molto da lei stasera.»

Nathan si avvicinò alla ragazza. «Come stai? Sei abbastanza al caldo?»

Due occhi spalancati e vitrei lo fissarono.

«Ti chiami Violet, vero?»

Dopo qualche esitazione e una rapida occhiata a Jude, la ragazza annuì.

«Violet, puoi dirmi cos'è successo?»

Nessuna risposta.

«Puoi dirci chi è stato?» chiese Jude.

Gli si serrò lo stomaco. L'espressione di Violet si fece distante e, dopo alcuni secondi, la ragazza scosse la testa e distolse lo sguardo.

Nathan si rilassò. «Va tutto bene, Violet. Sei al sicuro.»

Con una mano, la ragazza strinse la parte superiore della coperta isotermica. Le sue unghie erano incrostate di sangue e metà dell'unghia dell'indice era completamente assente. Le nocche erano tagliuzzate e insanguinate. Qualsiasi cosa fosse successa, di certo aveva lottato duramente per difendersi.

Nella mente di Nathan iniziarono a prendere forma gli orrori che doveva aver affrontato, mentre urlava e implorava il suo aggressore di fermarsi, e una rabbia ardente gli ribollì nello stomaco. Mentre le urla nella sua mente si facevano sempre più forti, i gomiti cominciarono a bruciargli. Poi, il bruciore venne sostituito dalla sensazione di qualcosa che si lacerava e sentì che le maniche della giacca cominciavano a strapparsi. Doveva riprendere il controllo di sé, *subito*.

Il volto femminile che urlava nella sua mente non era più quello di Violet. Si era trasformato in—

Smettila! Nathan sbatté le palpebre e distolse lo sguardo dalla ragazza. Facendo alcuni respiri profondi, si costrinse a calmarsi, fino a quando le lame fuoriuscite dai gomiti non rientrarono nella carne.

A quel punto, si voltò di nuovo verso di lei. «Violet—»

«Aveva un tatuaggio», lo interruppe la sua interlocutrice con voce roca, cogliendolo di sorpresa.

Gli occhi grigio-blu della ragazza lo fissavano con un'intensità improvvisa e acuta.

«Un tatuaggio? Che tipo di tatuaggio?» chiese Jude, tirando fuori il telefono.

Le parole successive di Violet furono lente e deliberate. «Aveva il tatuaggio di uno scorpione di cristallo, proprio qui.» Indicò il lato del collo.

Nathan aggrottò la fronte e si grattò la testa.

«Sei sicura?» chiese Jude, annotando tutto sul cellulare.

Violet annuì.

«Era un tuo amico?» chiese la detective.

«Io...» Il suo viso si contorse in una smorfia e strizzò gli occhi. Dopo alcuni istanti, si lasciò sfuggire un singhiozzo sommesso. «Io... non... non riesco a ricordare.»

«Va bene», disse Jude con dolcezza.

Violet si voltò verso Nathan, la sua guancia gonfia solcata da una lacrima. «Non so chi sia», sussurrò.

«Va tutto bene, Violet.» Le diede una pacca delicata sulla spalla.

La ragazza afferrò la coperta argentata tra le mani, stropicciandola, mentre tutto il suo corpo veniva scosso da singhiozzi silenziosi. Le lacrime iniziarono a formare delle scie tra il sangue e il sudiciume sul suo viso.

«Basta così, per il momento» disse il paramedico. «È già stata qui troppo a lungo. Dovremmo portarla in ospedale.»

Nathan e Jude si fecero da parte, mentre Violet veniva caricata sul retro dell'ambulanza. Le luci lampeggiarono e il motore prese vita.

Jude sospirò. «Suppongo che dovremmo andare a ispezionare l'area in cui hai trovato—» La suoneria del suo cellulare la interruppe. Controllò l'orologio e fece schioccare la lingua. «È di nuovo mia figlia. È stata molto male e con gli straordinari che faccio ultimamente…»

«Va tutto bene, Jude. Se devi tornare a casa, vai pure.»

Jude strinse le labbra. «Non dovrei.»

«Sì, invece. Vai. I tuoi figli hanno bisogno di te.» Le diede una pacca sulla spalla. «Sei qui da più tempo di me, in ogni caso. Mi occuperò io di questo casino.»

La sua collega esitò. «Sei sicuro che non ti dispiaccia?»

«Per niente», disse, spingendola verso la macchina. «Vai a casa a dare il bacio della buonanotte ai tuoi bambini.»

Jude gli rivolse un sorriso stanco e la sua postura si fece un po' più eretta, come se si fosse tolta un pesante fardello dalle spalle. «Grazie, Nathan. Posso sempre contare su di te.»

Due ore dopo, Nathan se ne stava in piedi accanto alla sua auto a osservare l'ultimo veicolo della polizia allontanarsi dalla scena del crimine. Non appena le luci posteriori svanirono nella notte, si infilò sotto il nastro giallo e fece ritorno alla baita.

Era ora di archiviare quell'indagine una volta per tutte.

Per quanto odiasse manomettere le prove, era meglio che i casi che coinvolgevano i mutaforma rimanessero irrisolti – o avrebbero infestato gli incubi di Jude e dei suoi figli.

Doveva sbarazzarsi del secondo corpo, ma prima c'era

un'altra cosa da fare. Violet si era ricordata di un tatuaggio e, se lo avesse rivisto, si sarebbe scatenato l'inferno.

Con il vento che gli sferzava il viso, Nathan socchiuse gli occhi nell'oscurità. Niente. Sbattendo le palpebre, alzò lo sguardo verso il cielo e cercò, per la seconda volta, Venere. La radiosa stella della sera gli cantò una tenue melodia che solo lui poteva udire e il suo corpo rispose, facendo calare nuovamente le palpebre interne.

Tirò fuori la lingua e l'oscurità si riempì di nebbie fosforescenti, ogni brillante tonalità dell'arcobaleno viva con la propria collezione di sapori. La luce eterea cominciò a sbiadire, ma – dopo un altro guizzo della lingua – tornò a pulsare con vivida chiarezza.

Come un segugio, Nathan seguì le tracce, deviando a destra e a sinistra secondo i suggerimenti della sua lingua biforcuta. A differenza di un segugio, tuttavia, non seguiva degli odori, seguiva le emozioni e le intenzioni, i desideri e gli interessi – quel particolare miscuglio che costituisce l'anima stessa di un essere.

Gradualmente, rimosse le tracce familiari di Jude e degli altri agenti e paramedici, riducendo l'arcobaleno a pochi colori. Ben presto, isolò anche le tracce di Violet e della ragazza deceduta e le eliminò. Ne rimanevano solo una manciata.

Fece appello alla propria energia da Veniri e – simile a un fumoso respiro invernale – ne immise un po' nelle scie rimanenti, illuminandole e rendendole più nitide nell'oscurità circostante. Nuvole di luce sottile si raccolsero in varie zone. Erano echi di momenti passati, istantanee delle emozioni più forti di una persona. Con un altro soffio dell'energia di Venere, concentrò la propria attenzione su quei luoghi, finché non riuscì a mettere a fuoco dei volti nebbiosi al loro interno. Li ispezionò uno per uno, finché non trovò quello che stava cercando.

Nathan sospirò. Proprio lì, in quell'eco vaporosa del collo dell'uomo, c'era il tatuaggio di uno scorpione di cristallo.

Ignorando le proprie crescenti emozioni, Nathan prese a seguire il sentiero nella notte.

PAPILLE GUSTATIVE SOTTO ATTACCO

VIOLET SI SVEGLIÒ DI SOPRASSALTO. QUALCUNO LE AVEVA afferrato il braccio. Si allontanò di scatto, la sua mente invasa da vividi ricordi del recente rapimento.

«Va tutto bene» disse una voce femminile. «Ti sto solo controllando i parametri.»

Non appena riconobbe l'infermiera accanto al suo letto, il panico si placò. Si rilassò sui cuscini, strofinandosi gli occhi.

«Ti controllo la pressione, d'accordo?»

Prima che Violet potesse rispondere, l'infermiera le infilò il manicotto dello sfigmomanometro e lo attivò. Non appena la stretta sul braccio si fu allentata, la donna annotò i dati e poi passò rapidamente a controllare la temperatura e la frequenza cardiaca.

Violet si rimproverò silenziosamente. Avrebbe dovuto essere abituata a quella routine, ormai, considerando che un'infermiera controllava i suoi parametri vitali all'incirca ogni sei ore. Infermieri e medici del Brookhaven Hospital si erano presi cura di lei, ma ciò non cambiava il fatto che odiasse stare lì. Per quanto la riguardava, tutti gli ospedali erano odiosi, con le loro pareti bianche, i poster promozionali con scritto "Chiedilo al tuo medico" e quell'orrendo miscuglio di fluidi corporei e pungente antisettico.

Gli odori e l'ambiente poco accogliente, tuttavia, erano infinitamente più sopportabili del dolore che gli ospedali le riportavano alla mente, insieme all'amara consapevolezza di essere stata abbandonata da sua madre in uno di quegli edifici freddi e solitari poco dopo il parto. Violet aveva da tempo rinunciato all'idea che un giorno sarebbe tornata a reclamarla, ma questo non le impediva di provare dolore ogni volta che era costretta a entrare in uno di quei luoghi dimenticati da Dio.

«Mmm», disse l'infermiera, annotando alcuni appunti sulla lavagna in fondo al suo letto. «Le tue ferite stanno guarendo bene, ma la tua temperatura è ancora leggermente alta. Mi assicurerò che tu prenda un'altra dose di paracetamolo.»

Violet annuì, sbattendo le palpebre per allontanare le lacrime, e ingoiò il groppo che le si stava formando in gola.

Nonostante il peso delle emozioni, la permanenza in ospedale era comunque preferibile all'alternativa. Un leggero brivido attraversò il suo corpo al pensiero di essere rispedita dai suoi genitori adottivi.

L'infermiera aggrottò le sopracciglia. «Hai freddo?»

Violet rispose con un piccolo cenno del capo. Sempre meglio che spiegare la verità. Come poteva fare ritorno a "casa" ora che Lyla-Rose non c'era più? Lyla era stata la sua ancora di salvezza, la sua luce nell'oscurità, la brezza sotto le sue ali spezzate. Era la sua unica amica, la sola in grado di darle la forza di andare avanti.

E ora, se n'era andata anche lei.

«Ti porto una coperta.» L'infermiera le rivolse un sorriso rassicurante e uscì dalla stanza.

Violet fissò l'anonimo pattern delle piastrelle sul soffitto, cercando di respirare attraverso la crescente tensione al petto.

Morta. Lyla è morta.

Voltò il viso verso il cuscino e le lacrime iniziarono a irrigarle copiosamente le guance. I dolori, non ancora del tutto spariti, tornarono a farsi sentire, mentre il suo corpo veniva scosso dai singhiozzi.

Gli ultimi giorni erano un turbinio confuso nella sua mente, pieni di dolore e di una serie interminabile di infermieri, medici, assistenti sociali e agenti di polizia. L'avevano interrogata ripetutamente. *"Che cosa è successo? Chi è stato?"* Ma per quanto Violet si sforzasse, non riusciva a ricordare nulla, eccetto un'immagine sfolgorante: un tatuaggio sul collo raffigurante uno scorpione di cristallo.

Violet strinse gli occhi e si conficcò la punta delle dita nel cranio. *Forza. Pensa! Cerca di ricordare.* Non ottenne alcun risultato. I suoi ricordi rimasero impenetrabili e la frustrazione lasciò momentaneamente spazio alla paura. Cosa c'era di sbagliato in lei? Perché non riusciva a ricordare?

Un debole chiacchiericcio interruppe i suoi pensieri. Man mano che si avvicinavano, Violet riconobbe la voce baritonale del medico e quella più tenue della sua assistente sociale, Miranda. A giudicare dal tono, stavano discutendo di qualcosa di serio.

Quando i due si fermarono davanti alla sua porta, Violet si rannicchiò sul letto, fingendosi addormentata.

«Non possiamo tenerla qui per sempre, Miranda.»

«Lo so, lo so… Speravo di avere già un'altra casa pronta per lei, ma alla sua età è quasi impossibile trovarne una.»

Il panico cominciò a serpeggiare nel suo petto.

«Capisco, ma è qui da quasi due settimane… e solo perché al momento abbiamo pochi pazienti. È più che pronta per essere dimessa. Non è una casa di accoglienza, questa.»

«Hai ragione. Lo comprendo. E non potrò mai

ringraziarti abbastanza per averla tenuta qui più del necessario. È solo che non riesco a sopportare l'idea di riportarla da quelle orribili persone.»

«Vorrei poter fare di più per aiutarla. Davvero, lo vorrei. Ma per ora, il massimo che posso concederti è il resto del pomeriggio. Dovrai portarla via stasera.»

«Grazie, lo apprezzo molto. Dovrebbe essere sufficiente per fare un altro paio di telefonate.»

«Bene. Per ora lasciamola dormire. Mi assicurerò che una delle infermiere ti dia i moduli per le dimissioni.»

I loro passi risuonarono sul pavimento in linoleum dell'ospedale.

Gli occhi di Violet si aprirono di scatto.

Oggi. Miranda l'avrebbe riportata a casa quel giorno stesso. Aggrottò la fronte, mentre analizzava le proprie opzioni. Certo, non c'era per lei altro posto in cui rifugiarsi, ma aveva sedici anni. Non era più una bambina. Poteva cavarsela da sola, facendo l'autostop per la città, trovandosi un lavoro e nascondendosi finché i servizi sociali non si fossero dimenticati di lei. Poteva non essere un piano perfetto, ma di una cosa era certa: non sarebbe tornata dalla sua famiglia affidataria.

Mai più.

Gettò via la coperta e trasalì. Un'altra cosa di cui era certa era che avrebbe avuto bisogno di alcuni antidolorifici per il viaggio.

Si vestì rapidamente e infilò le poche cose che Miranda aveva recuperato per lei in una piccola borsa di jeans. Pochi istanti dopo, era pronta a partire.

Prima di uscire dalla stanza, mise fuori la testa e controllò che la strada fosse libera da entrambe le parti. Nel corso degli anni, era diventata un'esperta nello sgattaiolare via. Tenendosi alla larga dalla postazione delle infermiere e nascondendosi ogni volta che passava qualcuno in grado riconoscerla, riuscì a raggiungere senza problemi la farmacia ospedaliera – aiutata anche da un pizzico di fortuna.

La finestrella per i pazienti era chiusa, così come la porta d'accesso laterale. Probabilmente, il farmacista stava facendo il giro del reparto o era fuori a pranzo. Dopo essersi guardata rapidamente intorno per assicurarsi che nessuno la stesse osservando, Violet rovistò nella borsa e tirò fuori alcune forcine. Aiutandosi con i denti, ne aprì una fino a formare un grimaldello di fortuna e la infilò nella serratura, facendo prova di una maestria dovuta a ore di pratica.

Clic.

Perfetto. La porta si aprì con facilità.

«Sai», disse una voce grave alle sue spalle, «un conto è scappare dall'ospedale, ma rubare delle medicine ti condurrà dritta in riformatorio».

Violet si immobilizzò davanti alla porta aperta a malapena di un centimetro e, con la coda dell'occhio, vide un tizio appoggiato al muro al suo fianco – uno dei due poliziotti che le avevano fatto spesso visita per interrogarla sull'omicidio di Lyla. Invece che guardarla, si stava osservando le unghie con disinvoltura.

Violet lanciò un'occhiata verso l'uscita dell'ospedale all'estremità opposta del corridoio.

«Non lo farei se fossi in te», la avvertì l'uomo. «Ti placcherò e ammanetterò prima che il sensore della porta scorrevole si accorga della tua esistenza.»

Violet aggrottò le sopracciglia. Con le costole, la coscia e la caviglia ancora non del tutto guarite, probabilmente aveva ragione.

«Quello che, invece, *farei*», continuò, «è contemplare con molta attenzione la mia prossima mossa». La guardò con la coda dell'occhio. «Se la tua sarà una scelta saggia, forse dimenticherò di parlarne alla mia partner e al sovrintendente dell'ospedale. Per non parlare di Miranda. Sarebbe distrutta se sapesse cosa stai facendo. Continua a tessere le tue lodi.»

Violet esitò, ma lo sguardo fulvo di quell'uomo sembrò intimarle di agire presto – o lo avrebbe fatto lui. Sbuffando, rimosse la forcina dalla serratura e lasciò andare la porta, che si chiuse lentamente con un rantolo. Tutta la sua adrenalina si era esaurita, lasciando posto alla vergogna. Il poliziotto probabilmente avrebbe fatto la spia e Miranda l'avrebbe uccisa.

«Da questa parte, ragazzina» disse, dirigendosi lungo il corridoio in direzione opposta rispetto all'uscita.

Violet lanciò uno sguardo mesto verso la porta che conduceva alla libertà. Poteva ancora scappare; il poliziotto non si era nemmeno preoccupato di controllare se lo stesse seguendo.

Fece una smorfia. *Ma chi voglio prendere in giro?*

Con un sospiro, accettò la propria sconfitta e si incamminò dietro l'uomo. Qualche secondo più tardi, aggrottò le sopracciglia. Non la stava riconducendo nella sua stanza.

Il poliziotto attraversò una porta a vetri, tenendola aperta per farla passare.

«Questa non è la mia stanza.»

«Lo so», furono le sue uniche parole, mentre le faceva cenno di entrare.

Improvvisamente, Violet si ritrovò in un mondo completamente diverso, in netto contrasto con la sterilità dell'ospedale: il giardino botanico. Gli alberi svettavano in tutta la loro impressionante altezza e le pareti bianche erano state sostituite da un'infinita gamma di verdi, grazie alla vegetazione che si arrampicava in ogni direzione, inframmezzata da decine di fiori colorati. Dell'acqua scorreva lungo una parete rocciosa e una leggera brezza, pregna del profumo di terra e fiori, sovrastava l'odore di antisettico.

Alcuni pazienti si aggiravano lungo il sentiero o sedevano

sulle panchine. Un'infermiera spingeva un'anziana signora su una sedia a rotelle, sostando per consentirle di accarezzare un fiore con la sua mano rugosa.

«Cosa ci facciamo qui?» chiese.

«Ricordiamo per qualche minuto che la vita non è sempre uno schifo.»

Il poliziotto fece qualche passo sul sentiero, prima di accomodarsi su una panchina affacciata sullo stagno alimentato dalla cascata artificiale.

Violet aggrottò le sopracciglia. Che problemi aveva quel tizio? L'aveva appena beccata mentre cercava di rubare dei farmaci e, invece di gongolare, desiderava rilassarsi nella natura?

Dopo qualche istante, Violet si avvicinò e si sedette sull'estremità opposta della panchina. Con la coda dell'occhio, diede una sbirciata in direzione dell'uomo. Aveva gli occhi chiusi e il viso inclinato verso l'alto, come per meglio catturare la luce del sole che filtrava tra le foglie. Doveva avere circa una quarantina d'anni, a giudicare dai capelli scuri con striature argentate e dalla barba sale e pepe che gli ricopriva la mascella squadrata. Le rughe sulla fronte e intorno agli occhi e alla bocca gli conferivano un'espressione che sembrava dire: "sto per prenderti a calci in culo". La sua altezza imponente e la sua corporatura muscolosa, poi, non facevano che accrescere la sua aria intimidatoria.

Eppure, in sua presenza, Violet non avvertiva la paura provata con altri poliziotti, quelli che amavano usare il distintivo e i muscoli per intimidire i colpevoli, prima di consegnarli alla cosiddetta giustizia. Qualcosa in lui la tranquillizzava.

«Allora, ragazzina, vuoi dirmi perché stavi cercando di scappare?»

Violet si mise a giocherellare con le estremità delle maniche del maglione, mentre con lo sguardo seguiva una carpa koi arancione che nuotava tranquilla nello stagno. «Non stavo cercando di scappare.»

«Oh, davvero? E come lo definiresti, allora?»

Violet si portò le ginocchia al petto e le abbracciò. «Stavo…»

Rimase in silenzio per alcuni secondi, senza riuscire a finire la frase. Sarebbe stato del tutto inutile. Con tutta probabilità, il poliziotto si stava esercitando mentalmente per farle una ramanzina, inclusa la minaccia di usare il suo *taser* per farla tornare dai suoi terribili genitori adottivi. Perché era la cosa giusta da fare. Perché non era abbastanza grande per cavarsela da sola. Bla, bla, bla…

Invece, l'uomo aprì la cerniera della giacca a metà, vi infilò dentro la mano e tirò fuori un sacchettino di carta bianco. Lo aprì e lo allungò verso di lei, rivelando delle strane caramelle nere di forma circolare. Violet ne prese una. Anche il poliziotto ne prese una e se la mise in bocca, prima di rimettere il sacchetto nella giacca.

Violet ispezionò entrambi i lati della caramella. Uno era liscio, mentre sull'altro era stampata in rilievo una qualche moneta europea. Scrollando le spalle, se la mangiò.

Un sapore intenso di sale e liquirizia le riempì immediatamente la bocca e il suo viso si trasformò in una maschera di disgusto.

«Ma che…?» esclamò, prima di sputare involontariamente la sostanza gommosa nel giardino alle sue spalle. Seguirono suoni di repulsione, mentre cercava di eliminare il sapore persistente. Non riuscendoci, si strofinò la lingua con la manica.

«Che spreco», disse il poliziotto. La sua espressione conteneva una punta di divertimento.

«Cos'è questa roba?»

«In questa parte del mondo si chiama liquirizia olandese.»

Violet fece una faccia disgustata. «Che schifo! Ricordami di non mangiarne mai più.»

La punta di divertimento del poliziotto si trasformò in un aperto sorriso. «Dai, non è poi così male.»

«Stai scherzando? Preferirei leccare la strada! *Che schifo!*»

L'uomo ridacchiò, emettendo un suono grave che gli rimbombò nelle profondità del petto.

«Violet, eccoti qui!»

La ragazza si voltò e vide Miranda sbucare dalla porta, a pochi metri di distanza. Il suo volto era calmo, ma i suoi occhi erano ardenti. *Oh, è arrabbiata.*

«Cosa significa tutto questo?» chiese la sua assistente sociale. «Ti prego, dimmi che non stavi cercando di scappare di nuovo. Pensi davvero che vivere per strada sia la soluzione migliore? Una ragazza è già morta e ora tu—»

«Va tutto bene», intervenne una nuova voce. Un'altra poliziotta – una donna di mezza età che Violet riconobbe – si avvicinò a Miranda da dietro e le toccò la spalla. «L'abbiamo trovata.»

Violet si raggomitolò e si abbracciò di nuovo le gambe al petto. Nuove lacrime minacciavano di uscire dai suoi occhi.

«Vieni, Miranda» disse la poliziotta, allontanandola. «Che ne dici di fare due chiacchiere? Nathan, ti dispiace?»

«Torno subito, ragazzina.» L'uomo le diede una pacca sulla spalla e andò a raggiungere le signore.

Si riunirono a pochi metri di distanza, abbastanza vicini da poterla tenere d'occhio e abbastanza vicini perché potesse sentire la loro conversazione, nonostante i toni sommessi.

«Mi dispiace, Jude» disse Miranda.

«Non devi scusarti con me.»

«Lo so. È solo che… non so cosa fare. So perché vuole scappare. Lo capisco. Farei la stessa cosa nella sua situazione. Sono giorni che faccio telefonate per cercare di trovarle una nuova casa, ma persino i miei alloggi di emergenza sono pieni. Ho solo...» Miranda si prese la testa tra le mani ed emise un gemito carico di frustrazione.

«Ti capisco, Miranda» disse Jude. «Neanche a me piace l'idea che torni da quelle persone. Dannazione, se non stessi già crescendo due figli, le offrirei un letto in un batter d'occhio.»

«Grazie, lo apprezzo molto. E tu, Nathan, grazie per esserti assicurato che non se ne andasse. Non so cosa avrei fatto, se fosse scomparsa di nuovo.»

«Può restare qui per un'altra notte?» chiese il poliziotto.

Miranda scosse la testa. «Ci ho provato, ma è già rimasta oltre il dovuto. Devo portarla via oggi stesso. Finché non troverò qualcuno disposto ad accogliere una sedicenne, il meglio che posso fare è una casa-famiglia in città. Se solo avesse dieci anni di meno.»

Violet appoggiò la testa sulle ginocchia.

«Beh, si dà il caso che io abbia una camera per gli ospiti che non viene utilizzata», disse Nathan.

«Oh, mio Dio! Lo faresti?» esclamò Miranda.

«Senti, non so se sia appropriato o meno che un poliziotto la accolga, ma...»

«Non preoccuparti», lo interruppe Miranda. «Lascia fare a me. Sarà solo una cosa temporanea. Te lo prometto.»

«Nathan, sei sicuro?» disse Jude. «Non è come accogliere un cucciolo, sai.»

«Sì, lo so. Ma quella ragazza ha già avuto una vita difficile. Il minimo che possa fare è darle un letto per qualche giorno. E poi, mi darai tu qualche consiglio, vero, Jude?»

Jude ridacchiò. «Devo ancora sperimentare gli sbalzi d'umore degli adolescenti. Potrei non esserti molto d'aiuto.»

«Ed è forse una novità?»

«Bene, allora! È tutto sistemato.» Miranda elencò una lista di moduli da preparare prima di poter portare Violet a casa di Nathan.

«Ehi, Violet.»

La ragazza alzò la testa e vide che la poliziotta la stava guardando, con il suo partner al fianco. Miranda, alle loro spalle, era già alle prese con una telefonata.

«Abbiamo raggiunto un accordo temporaneo per farti stare nella stanza degli ospiti di Nathan, almeno fino a quando non troveremo una sistemazione migliore.» Jude inclinò la testa verso l'uomo in questione. «Pensi di poter sopportare questo tizio per qualche giorno?»

Violet si mordicchiò l'interno della guancia. L'idea di stare con un poliziotto era totalmente nuova per lei, ma che altra scelta aveva? Per essere un poliziotto, quel tipo non era male. Di certo non era tenuto a concederle quell'opportunità, soprattutto dopo averla sorpresa mentre tentava di fare irruzione nella farmacia. E non aveva fatto la spia. *Per ora.* Anzi, la cosa peggiore che aveva fatto fino a quel momento era stata aggredire le sue papille gustative con quella moneta dal sapore di catrame.

«Sì,» disse, facendo un lento cenno di assenso, «credo di potercela fare».

STUPIDA ROSA

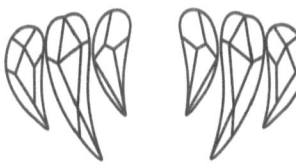

TRE ANNI DOPO

Nathan tirò un sospiro di sollievo, individuando un parcheggio libero vicino all'ingresso dell'università. «Deve essere il mio giorno fortunato», mormorò.

La jeep si fermò e il corpo di Violet, addormentata sul sedile del passeggero, ebbe un sussulto. Agitò le braccia, colpendo il cruscotto e – con gli occhi ancora chiusi – gridò.

Nathan si chinò su di lei e le afferrò un braccio. «Svegliati! È solo un sogno.»

La ragazza ringhiò, cercando di divincolarsi dalla sua presa.

«Violet!»

I suoi occhi si aprirono di scatto e respiri affannati sostituirono le grida. La ragazza si guardò intorno, la fronte aggrottata per la confusione, ma non appena vide Nathan, si accasciò sul sedile e gemette. «Scusa, devo essermi addormentata. Ho urlato di nuovo?»

Nathan annuì, un sorriso forzato sulle labbra. «Stesso sogno?»

Violet si stropicciò gli occhi. «Sì, l'uomo senza volto con il tatuaggio sul collo.»

Una familiare ondata di senso di colpa lo colpì al petto. *Quel maledetto tatuaggio sul collo.* Il trauma di Violet era ferocemente legato a quell'immagine, tanto che cancellarla si era rivelato impossibile. Inspirò. «Non preoccuparti, Vi. Era solo un sogno.»

«Sì, lo so» rispose la ragazza, la frustrazione evidente nel suo tono, prima di rivolgere l'attenzione verso gli edifici all'esterno dell'auto. «Wow. Siamo arrivati.»

Senza ulteriori indugi, scesero dalla jeep e andarono a recuperare le cose di Violet dal retro.

All'improvviso, Nathan venne urtato da un ragazzo con dei capelli blu dall'aria sporca e una giacca nera in vinile con borchie di metallo e, preso alla sprovvista, lasciò cadere lo scatolone che aveva tra le mani. Il ragazzo non si fermò e non si scusò. Ringhiando tutta una serie di paroline poco eleganti, il detective si piegò per raccogliere gli oggetti sparsi a terra, per poi fermarsi a metà imprecazione quando Violet gli si chinò accanto.

«Maledetta gioventù», brontolò, rovistando con una mano tra gli oggetti frettolosamente impacchettati. «Se ha rotto la tua macchina fotografica, giuro che—»

«Non preoccuparti. Ce l'ho qui» lo interruppe lei, sollevando la fotocamera che portava appesa al collo.

Nathan afferrò saldamente lo scatolone, il suo sguardo ancora minaccioso. «Se qualcosa si è rotto, la colpa è di quel punk dai capelli blu laggiù.» Indicò con il mento un gruppo di studenti universitari dai capelli colorati e stravaganti. Insieme agli abiti lucidi in vinile, molti indossavano collari per cani con le borchie. Nathan trasalì quando notò un ragazzo con il rossetto nero.

Violet si sporse per guardarli, aggiustando nel mentre la

presa sul cuscino e sulla valigia. «Direi che sono goth, non punk.»

Sbuffò. «Che differenza c'è?»

Violet si morse il labbro in quello che Nathan sapeva essere il suo modo di trattenere un sorrisetto. «Beh, se ti mettessi gli occhiali, vecchio mio, noteresti la mancanza di spille da balia e di creste.»

«Creste o meno, è un bene per loro che io non abbia intenzione di andare lì», disse Nathan, impassibile.

Violet sorrise. «Perché? Hai paura che capiscano che puzzi di naftalina?»

«Per la cronaca, non è naftalina. È Old Spice.»

La ragazza gettò la testa all'indietro e rise. «Sul serio? Usi qualcosa che ha letteralmente la parola *vecchio* nel nome.»

Nathan sorrise. Aveva una risata così bella, resa ancora più speciale dal suo significato: si stava lasciando alle spalle la sua vecchia vita per rinascere. L'immagine di lei la notte in cui l'aveva vista per la prima volta sarebbe rimasta per sempre impressa nel suo cervello, ma la ragazza che gli stava davanti era cambiata drasticamente da allora. I suoi occhi grigio-azzurri, in netto contrasto con i capelli castano scuro che le scendevano fino alle spalle, erano raggianti e colmi di divertimento. Quando sorrideva, i suoi zigomi spigolosi si facevano più arrotondati, a riprova di come una dieta sana e sufficiente esercizio fisico le avessero fatto bene.

Qualche settimana prima, avevano festeggiato il suo diciannovesimo compleanno con una tranquilla grigliata insieme a Jude e i suoi figli – come da lei richiesto – e per quanto fosse preoccupato all'idea di vederla fare il suo ingresso nel mondo, la sapeva più che pronta. Aveva fatto del suo meglio per insegnarle a badare a sé stessa e il suo istinto era micidiale, purché non si facesse prendere dal panico.

Le diede una leggera gomitata. «Sì-sì. Andiamo, questa roba sta cominciando a diventare pesante.»

Dopo alcuni passi, però, Nathan si fermò di nuovo. «Quasi dimenticavo.» Tenne lo scatolone in equilibrio con una mano e con l'altra tirò fuori le chiavi della macchina dalla tasca della giacca. «Ci manca solo che qualche imbecille mi rubi l'auto nuova», disse, premendo il pulsante di chiusura.

Violet sorrise nuovamente.

«Che c'è?» si difese lui. «Ce l'ho solo da una settimana.»

Violet rise, scuotendo la testa. «Andiamo. La tua jeep starà bene.»

Un'ampia scalinata in pietra conduceva dal parcheggio all'ingresso del college, formato da due pilastri di mattoni rossi, con pietre angolari bianche, alti un paio di piani e sovrastati da un decorativo arco nero bordato d'oro. In alto c'era l'emblema dell'università – un libro aperto sostenuto da uno scudo – e, sotto di esso, in argento, la scritta MONARCH GROVE COLLEGE. Gli alti cancelli neri erano aperti, come a voler accogliere i nuovi arrivati.

Violet si fermò davanti all'ingresso, le sopracciglia aggrottate, e la sua espressione ricordò a Nathan il giorno in cui era entrata in casa sua per la prima volta, tre anni prima, non molto tempo dopo essere stata dimessa dall'ospedale. A quel tempo, la sua timidezza era risultata più che evidente, anche durante il tour della sua nuova stanza.

Nathan si avvicinò e le diede una leggera spintarella. «Sai quel nuovo inizio di cui continui a parlare? Si trova oltre quei cancelli.»

Violet sospirò. «Lo so.» Ma non si mosse.

«Non qui sui gradini, Vi.»

La risposta sarcastica che si aspettava non arrivò; anzi, lo sguardo della ragazza si fece ancora più agitato. «Non so se posso farcela, Nathan.»

Il detective sbatté le palpebre un paio di volte e si grattò la testa. «Ehm... beh...» In momenti come quelli avrebbe desiderato essere più bravo con i discorsi d'incoraggiamento. «Senti, per come la vedo io, puoi arrenderti adesso e passare il resto della tua vita a chiederti "e se", oppure puoi attraversare quei cancelli a testa alta, consapevole di esserne all'altezza. Ti farai degli amici, andrete alle feste, studierete duramente e poi uscirete da questa università con il vostro meritato diploma di laurea. In ogni caso, dipende da te.»

Violet annuì un paio di volte, mordicchiandosi il labbro inferiore. «Non ho mai fatto niente di così importante prima d'ora»

Nathan alzò le spalle. «Sì, beh... se non ci provi, non saprai mai se ne sei capace.»

La ragazza sbuffò e, con suo immenso sollievo, gli angoli della sua bocca si piegarono in un sorriso.

«Allora, Violet. Qual è la tua scelta?»

«D'accordo.» Annuì. «Ci proverò.»

«Fantastico! Non vorrei aver guidato due ore per niente.»

Violet rise, rifilandogli un pugno scherzoso, e varcò i cancelli.

La luce del sole scintillava attraverso il tetto di foglie che ricopriva il sentiero e, a terra, un prato curato ospitava centinaia di fiori vivaci. Sparse per il giardino c'erano delle panchine, la maggior parte delle quali era occupata, e tra gli alberi si potevano scorgere gli edifici del campus, accomunati dallo stesso design fatto di mattoni rossi e pietre angolari bianche. I dormitori erano facilmente distinguibili dalle aule e dagli altri spazi universitari grazie alle loro finestre a bovindo.

La stanza di Violet era situata al secondo piano. Insieme, si fecero strada tra innumerevoli studenti, genitori e addetti all'accoglienza, facendo attenzione a non inciampare negli scatoloni e nelle lenzuola che non erano ancora state sistemate nelle camere. Quando finalmente arrivarono davanti alla stanza numero 2052 dell'ala ovest, tuttavia, la porta era socchiusa e Violet esitò.

Nathan le posò una mano sulla spalla. «Nuovo inizio, ricordi?»

Quando la ragazza si voltò verso di lui, fu sollevato nel vedere che la sua espressione non era spaventata. Al contrario, i suoi occhi contenevano una sana dose di eccitazione. Con un sorriso e un cenno del capo, spalancò la porta.

«Ahi!» urlò una voce maschile all'interno.

«Ma che—?» Violet arretrò, andando a sbattere contro Nathan, che fece cadere lo scatolone che aveva tra le mani per la seconda volta.

La porta si riaprì lentamente, rivelando un ragazzo che si stringeva il naso, emettendo alcuni gemiti agonizzanti tra le dita.

«Cos'è successo?» chiese una voce femminile da qualche altra parte nella stanza.

Il ragazzo si limitò a gemere.

Pochi istanti dopo, fece la sua apparizione una ragazza minuta, con dei dreadlocks castani che le arrivavano fino alla vita. Indossava la maglietta oversize di una band heavy metal e un paio di pantaloncini di jeans blu, bordati di pizzo bianco. La sua pelle era dorata, come se fosse stata recentemente baciata dal sole o si fosse abbronzata con l'aiuto di uno spray; sembrava appena tornata dalla spiaggia.

«Fammi vedere», disse, allontanando le mani del ragazzo dalla faccia.

«Ahi! Attenta, Autumn.»

«Smettila di fare il bambino e fammi vedere.» Dopo una breve ispezione, lo lasciò andare e gli diede una pacca sulla spalla. «Non c'è sangue. Va tutto bene.»

Il ragazzo rispose con un grugnito, poi indicò Violet. «Credo che la tua compagna di stanza sia qui.»

I rasta si aprirono a ventaglio mentre la ragazza si voltava.

Violet spalancò gli occhi e si coprì il viso con le mani, mentre le sue guance andavano a fuoco. «Mi dispiace tanto. Non pensavo che... Oh, mio Dio. Stai bene?»

La ragazza sorrise. «Non preoccuparti, sta bene» disse. Subito dopo, però, si mise le mani sui fianchi, arricciò il naso e iniziò a scrutarla con i suoi occhi castano scuro. «Allora... sei la mia nuova compagna di stanza.»

Pur essendo di qualche centimetro più bassa del suo metro e ottanta, la ragazza irradiava un'energia tale da spingere Violet a indietreggiare contro di lui.

«Sì», mormorò qualche istante dopo. «Penso che tu possa andare.»

Il ragazzo dietro di lei gemette e alzò gli occhi al cielo. «Non preoccuparti, Autumn. Prima o poi ti abituerai ai suoi modi prepotenti.» Detto ciò, le si avvicinò e le tese la mano. «Ciao, io sono August.»

Era più alto di Violet, ma gli mancava ancora qualche centimetro per poter guardare negli occhi Nathan. I suoi capelli castano scuro erano acconciati in un ciuffo disordinato. Indossava jeans sbiaditi e strappati insieme a una maglietta bianca con scollo a V e una mezza dozzina di collane fatte di filo nero, perline, rame e argento.

Dopo una leggera esitazione, Violet gli strinse la mano. Sul braccio portava un polsino turchese sbiadito, ornato da alcuni braccialetti abbinati alle collane. «Ciao, sono Violet.»

«Fantastico.» Il ragazzo sorrise.

«Mi dispiace ancora per averti colpito con la porta.»

August agitò la mano libera, mentre con l'altra stringeva ancora quella di Violet. «Non preoccuparti. Non mi hai arrecato danni permanenti. Ci vuole molto di più per rovinare questo bel visino.»

Quella stretta di mano stava iniziando a diventare decisamente troppo lunga per i suoi gusti. Si schiarì la gola e il ragazzo lasciò cadere sia il sorriso che la presa.

Violet inclinò la testa verso di lui. «Questo è Nathan.»

«Bene» annuì August, ricordandogli una di quelle statuette orientali a forma di gatto. Tese la mano verso di lui. «È un piacere.»

«Anche per me», rispose Nathan, assicurandosi di infondere nel suo tono una nota di avvertimento. Soppresse la tentazione di frantumargli la mano, ma la afferrò comunque con una presa più salda del necessario. Il ragazzo riuscì a mascherare piuttosto bene il dolore, ma dopo che lo ebbe lasciato andare, il suo sollievo fu evidente.

«Allora», disse dopo una pausa. «Autumn e August?»

«Sì, è colpa delle nostre madri hippy» rispose quest'ultimo. Si mise le mani in tasca e prese a dondolare sui talloni, sfoggiando un sorriso teso.

Autumn agitò la mano tra sé e il ragazzo. «Siamo cugini, nati a una settimana di distanza l'uno dall'altra. Le nostre madri sono sorelle e hanno pensato che sarebbe stato molto carino dare ai loro bimbi nomi simili.»

August fece una risatina forzata, fingendo indifferenza. «Ovviamente, non hanno pensato a quanto sarebbe stato carino una volta raggiunta l'età adulta. E nel caso ve lo steste chiedendo, io sono nato a maggio, non ad agosto». Fece una pausa. «E sì, ad essere sincero, sono contento che mia madre non mi abbia chiamato May. Ma se volete saperlo—»

«Potete chiamarlo Gus», lo interruppe Autumn.

«Giusto. Sì. Gus va bene.» La sua testa rimbalzò di nuovo avanti e indietro mentre incrociava le braccia. «Allora, Violet, cosa ne pensi della tua nuova stanza?»

«Non l'ha ancora vista», si intromise Nathan.

Autumn ridacchiò e le guance di Gus si tinsero di rosso.

Dopo averli aiutati a raccogliere gli oggetti fuoriusciti dallo scatolone, i cugini accompagnarono Violet in un tour della sua nuova camera, composta da due letti, due comodini, due scrivanie, due sedie e due armadi, il tutto posizionato in maniera speculare ai lati di una finestra a bovindo. A destra, una porta conduceva in un piccolo bagno; a sinistra, invece, c'era un angolo cottura con mini-frigo e microonde.

Dal momento che l'altra ragazza aveva già occupato il lato destro, spargendo in giro vestiti, scarpe, cavi elettrici, schede elettroniche e tutta una serie di altri oggetti, Violet lasciò cadere le lenzuola sul letto libero e Nathan posò lo scatolone sulla scrivania.

Quando ebbero finito, Autumn si mise a sedere sulla seduta del bovindo con le gambe piegate sotto di sé e indicò lo spazio vuoto al suo fianco. «Vieni qui e fai come se fossi a casa tua, coinquilina.»

Violet gli lanciò un'occhiata e Nathan mimò con le labbra un *"Vai"*. La ragazza gli fece un leggero sorriso, prima di attraversare lo spazio tra i due letti per sedersi accanto alla compagna di stanza.

«Allora, Violet, cosa ti porta al Monarch Grove College?»

«Ehm, niente di speciale.» Prese un cuscino e se lo mise in grembo. «Voglio solo studiare fotografia.»

Nathan incrociò le braccia. Odiava quando Violet sminuiva il proprio talento. La sua bravura era stata palese fin dal primo giorno in cui aveva preso in mano la sua vecchia macchina fotografica impolverata e non avrebbe mai dimenticato il suo sorriso quando gliene aveva comprata una nuova, con un numero di tasti tale da competere con un'astronave. Le pareti di casa sua erano piene delle opere incorniciate di Violet.

«E tu?» chiese, nel frattempo, la ragazza.

«Studio cybersecurity e ingegneria informatica», rispose Autumn, sprofondando nei cuscini, mentre il sole che entrava dalla finestra faceva brillare la sua pelle dorata. La giovane strinse un dreadlock tra le dita e lo fece roteare.

«Oh.» Violet accarezzò una nappa del cuscino. «Di cosa si tratta?»

«È solo un modo elegante per dire che è un'hacker» intervenne Gus, che nel frattempo si era accomodato sulla sedia della scrivania della cugina e stava girando da una parte all'altra. «È qui solo per scoprire come fa oggi la gente normale nelle lande di Internet a proteggersi da quelli come lei.» Le puntò un dito contro con fare accusatorio.

In risposta, la ragazza alzò gli occhi al cielo. «Stai zitto, Gus. Se non fosse stato per il mio "hackeraggio", non saresti mai arrivato fin qui e lo sai benissimo. Piantala con questo tuo atteggiamento altezzoso e mostra un po' di gratitudine.»

Il cugino scosse la testa. «No. Ho lavorato sodo per ottenere quei miseri voti e tu mi hai rovinato la reputazione da cattivo ragazzo. Sul serio, non devi sempre manipolare tutto per ottenere ciò che vuoi.» Fece un cenno verso il portatile. «Lo tratti come se fosse un genio che esaudisce i tuoi desideri.»

Autumn alzò gli occhi al cielo. «Come vuoi. Ma ammetti almeno di essere felice di trovarti qui, spalla a spalla con le ragazze del college, invece che a girare hamburger.»

«Pfff. Aspetta a congratularti con te stessa. Non ho ancora avuto modo di sfiorare le spalle – o qualsiasi altra parte del corpo, se è per questo – di nessuna ragazza del college.»

Autumn sogghignò.

«Fermi un attimo», esclamò Violet. «Sei seria? Hai davvero hackerato la rete della vostra scuola per cambiargli i voti?»

«"Hackerato" è un termine così volgare», disse Autumn. «Mi piace pensare che stavo facendo un favore all'umanità. Non solo stavo aiutando mio cugino, ma ho anche scoperto che il nostro insegnante di biologia usava il computer della scuola per conservare la sua disgustosa collezione di porno tabù. Per fortuna, dopo una mia segnalazione anonima alla polizia, non insegna più biologia.» Autumn rabbrividì per il disgusto. «*Bleah!*»

«Accidenti», disse Violet. «Dov'eri quando avevo bisogno di aiuto con i miei voti?»

Nathan si schiarì la gola e le lanciò un'occhiata tagliente.

«Che c'è? Sto scherzando», disse lei, nascondendo un sorriso. «E tu, Gus? Cosa studi?»

«Niente di importante. Seguo giusto qualche corso a caso mentre cerco di capire cosa voglio fare.»

«Che spreco», sbuffò Autumn. «Continuo a sostenere che, se ti applicassi, potresti diventare un medico come tua madre. E poi, ho già sistemato i tuoi voti delle superiori, così nessuno saprà che stavi cercando di far credere a tutti di non essere che un fannullone.»

«Lascia perdere, Autumn.» Il suo tono suggeriva una discussione ricorrente.

«Dai,» piagnucolò Autumn, «non è troppo tardi per diventare uno studente di medicina. Sul serio, stai sprecando il tuo tempo con la poesia greca e i corsi di tessitura.»

«Non è detto. Il corso di tessitura potrebbe tornarmi utile per aiutare zia Skye con la lavorazione della canapa.»

«Smettila di scherzare», ringhiò Autumn. «Non ti permetterò di rinunciare alla medicina. Non capisco perché—»

«Lo *sai* perché», disse Gus a denti stretti. «Piantala, ora.» Il suo sguardo era talmente gelido che avrebbe potuto trasformare l'acqua in ghiaccio.

Autumn si zittì, ma il suo sguardo eguagliava in durezza quello di Gus.

Nathan e Violet si scambiarono un'occhiata imbarazzata.

Gus gemette e gettò la testa all'indietro, mettendosi a guardare il soffitto. «Ne possiamo parlare più tardi, quando non staremo cercando di fare una buona impressione sulla nostra nuova amica?»

«Va bene», cedette Autumn. «Ma non finisce qui.»

Gus alzò gli occhi al cielo. «Ma certo. Quando mai lasci perdere qualcosa?»

Autumn sbuffò e incrociò le braccia.

Gus rivolse un sorriso di scuse a Violet e Nathan. «Mi dispiace per il dramma.»

«Non c'è problema», disse Violet.

Nathan sorrise a denti stretti e agitò una mano con indifferenza.

«Allora...» Gus si mise a chiacchierare con Violet, finché la tensione non cominciò ad allentarsi. Alla fine, anche Autumn abbandonò il suo atteggiamento scontroso e i tre iniziarono una lunga discussione sulle loro aspettative circa la futura carriera universitaria, sulle città di provenienza e su altre cose frivole come i film e la moda.

Nathan osservò Violet sorridere e rispondere a qualsiasi cosa Autumn e Gus stessero dicendo. Non la vedeva così felice e sicura di sé da molto tempo. Anzi, a pensarci bene, non l'aveva mai vista comportarsi come... beh... come un'adolescente.

«Oh, mio Dio!» esclamò Autumn. «Non posso credere che tu non sappia chi sono i The Wanderers.»

«Ehm, scusa.» Le labbra di Violet assunsero un'espressione a metà fra il sorriso e la smorfia.

Gus gemette. «Tieniti forte. Stai per essere iniziata a una delle ossessioni di Autumn, che tu lo voglia o meno.»

«Non è colpa mia se non hai orecchio per la grande musica, cugino» ribatté Autumn.

«Non sono i tuoi gusti musicali a preoccuparmi, *cugina*. Sono i tempi, i luoghi e la costanza a crearmi problemi. Violet, ti consiglio di investire in un paio di tappi per le orecchie, se desideri dormire in questa stanza.»

Autumn gli lanciò un cuscino, colpendolo dritto in faccia.

Gus strillò: «Autumn! Porta! Ferito! Ricordi?!» Si pulì il

naso con il colletto della camicia. «Accidenti! Ce l'avete proprio su con il mio naso da queste parti?»

Autumn incrociò le mani dietro la testa e si appoggiò ai cuscini, un sorriso vittorioso sul volto.

Violet nascose una risata dietro la mano.

Nathan scosse la testa. Non la invidiava, costretta a sopportare quei due. Quando il suo telefono suonò, lo tirò fuori dalla tasca per leggere il messaggio e il suo sguardo cadde sull'ora.

«Cavolo! Allarme dinosauro!» Gus indicò il suo cellulare a conchiglia, l'accenno di un sorriso sulle labbra. «Non credevo che la gente andasse ancora in giro con questi oggetti d'antiquariato.»

Nathan gli rivolse lo sguardo che di solito riservava ai criminali durante gli interrogatori. Qualche secondo dopo, Gus incrociò goffamente le braccia e abbassò lo sguardo a terra. *Troppo facile.* Se solo i criminali sotto torchio avessero ceduto con la stessa rapidità.

Chiuse il telefono e lo rimise in tasca. «Violet, scusa se ti interrompo, ma devo andare.»

«Non c'è problema. Ti accompagno all'uscita.»

Non appena ebbero messo piede in corridoio, un giovane con in mano una pila di volantini si avvicinò, rivolgendo a Violet un ampio sorriso. «Ciao, ho ragione a supporre che tu sia nuova qui?»

Violet annuì. «Ehm, sì. Sono appena arrivata.»

«Fantastico!» Il ragazzo alzò il pollice con grande entusiasmo. «Benvenuta al Monarch Grove College, o MGC, se ti piacciono gli acronimi. Posso garantirti che ti piacerà stare qui. E, per festeggiare il tuo arrivo, abbiamo organizzato una festa.» Le porse un volantino.

«Una festa?» disse Violet. «Di già?»

«Ma certo! Quale momento migliore del presente per dimostrare il nostro straordinario spirito scolastico?»

«Perché tutto ciò che abbiamo è il presente, giusto?» Violet gli rivolse un sorriso altrettanto ampio.

«Giusto! Vedo che la pensiamo allo stesso modo.»

Nathan rabbrividì internamente. I ragazzi così vivaci lo irritavano, ma non poteva non apprezzare il fatto che stesse dando a Violet un caloroso benvenuto.

La giovane diede un'occhiata al volantino e indicò il nome del locale. «Scusa, ma dove si trova?»

«Oh, è facilissimo da raggiungere.» Il ragazzo si girò e, agitando le mani, le fornì le indicazioni necessarie. Il movimento, tuttavia, mise in mostra un tatuaggio a forma di rosa sul suo collo.

Nathan sentì Violet irrigidirsi al suo fianco. I suoi respiri divennero rapidi e irregolari e le sue mani si strinsero a pugno, sgualcendo il volantino, fino a far diventare le nocche bianche.

Quando il ragazzo si voltò di nuovo verso di loro, né Nathan né Violet risposero e il suo sorriso degno della pubblicità di un dentifricio vacillò.

«Ah, come hai detto, è facilissimo da raggiungere», sbottò Nathan. «Grazie per l'aiuto.»

Violet annuì e sorrise, sebbene in maniera decisamente meno convinta. Sulle sue labbra era tornato quel sorriso teso che Nathan conosceva bene, quello che non nascondeva alcuna gioia, ma serviva solo a mascherare l'agitazione che le ribolliva dentro. La prese per le spalle e la guidò delicatamente verso l'uscita.

«Respira, Violet» sussurrò, nel tentativo di calmarla. «Era una rosa. Non è lui. Respira, ok?»

La sua ansia, scatenata da qualcosa di così ordinario come un tatuaggio mal posizionato, sarebbe stata evidente a chiunque l'avesse guardata da vicino. Era evidente nella tensione delle sue spalle, nel modo in cui i suoi occhi saettavano da una parte all'altra, nel suo respiro irregolare, nel modo in cui stropicciava il volantino.

Nathan la condusse fuori, nella speranza che un po' d'aria fresca le facesse bene. Per fortuna, trovarono una panchina vuota sotto uno degli alberi secolari del giardino.

«Mi dispiace, Nathan. So che hai da fare» disse Violet, sedendosi. «Non preoccuparti per me. Starò bene.»

«Va tutto bene, Vi.» Si sedette accanto a lei e le posò una mano sulla schiena. «Posso dedicarti dieci minuti.»

Ricordava quando aveva iniziato a manifestare i primi sintomi di stress post-traumatico, non molto tempo dopo il suo ritrovamento. Quando aveva avuto alcuni episodi a scuola che andavano dal catatonico alle urla frenetiche, l'aveva subito indirizzata verso il consulente scolastico e uno psichiatra. Ci era voluto parecchio impegno, ma dopo aver iniziato a parlare con qualcuno specializzato in traumi, la sua salute mentale era notevolmente migliorata. Con il tempo, aveva imparato a riconoscere i fattori scatenanti e aveva sviluppato dei metodi per affrontarli.

Era orgoglioso di vedere come stava gestendo bene la situazione. Alcuni fattori scatenanti erano peggiori di altri e, solo l'anno precedente, la vista di un tatuaggio sul collo avrebbe provocato in lei un vero e proprio attacco di panico, spingendola persino ad afferrare il coltello a serramanico che teneva nella tasca posteriore dei jeans. In quel momento, invece, stava gestendo la situazione come una vera soldatessa.

La ragazza fece alcuni respiri profondi, nel tentativo di regolarizzare la respirazione e rallentare il battito cardiaco. Lentamente, la tensione nelle sue spalle si allentò e si sedette con la schiena contro la panchina in maniera un po' meno rigida.

Pur sapendo che era ormai tutto sotto controllo, Nathan aggiunse qualche parola di incoraggiamento, per sicurezza.

«Violet, sei al sicuro. Nessuno vuole farti del male. Non sei in pericolo e stai gestendo benissimo l'ansia.»

Le sue parole la fecero ridacchiare. La giovane annuì e fece qualche altro respiro controllato, mentre Nathan sospirava di sollievo. *Il peggio è passato.*

Erano trascorsi dei mesi dal suo ultimo attacco di panico vero e proprio e Nathan sperava che non dovesse sperimentarne mai più, ma non poteva fare a meno di preoccuparsi per lei, da sola in un posto nuovo e sconosciuto.

Violet si alzò, interrompendo la sua lista mentale di preoccupazioni.

«Okay, ora sto bene.» Fece un sorriso, che però non raggiunse i suoi occhi. Anche se la sua espressione era più calma, il volantino tremava ancora tra le sue mani a causa dell'adrenalina residua.

Nathan fu colto da una voglia improvvisa di afferrarla per il polso e ricondurla alla propria macchina e, a giudicare dalla sua espressione, la ragazza ne era consapevole.

Fece anche lui un sorriso forzato. «Allora, hai tutto quello che ti serve?»

«Credo di sì.» La sua voce tremò un po', ma subito dopo sollevò il mento e disse, in tono più deciso: «Sì, ho tutto quello che mi serve. Starò bene».

Doveva riconoscerglielo, sembrava davvero determinata a dimostrare che non avrebbe permesso a un piccolo incidente di rovinare il suo primo giorno di università. Con un sorriso sincero, le fece un cenno di approvazione.

«Bene. Oh, e prima che mi dimentichi...» tirò fuori le chiavi della jeep e gliele mise in mano. «Sono tue, ora.»

Violet spalancò gli occhi e la bocca. «Cosa? Non è possibile. È la tua nuova auto. Non posso accettarla», disse, tentando di restituirgliele.

Nathan scosse la testa e le chiuse le mani intorno alle

chiavi. «Hai già usato tutti i tuoi risparmi per le tasse scolastiche. Consideralo un regalo di compleanno in ritardo.»

Violet scosse la testa.

«Va bene. Se non vuoi farlo per te stessa, fallo almeno per me. Questo vecchio vorrebbe poter dormire la notte sapendo che hai un mezzo sicuro per tornare a casa dalle feste fuori dal campus, dallo shopping in città e da qualsiasi altra cosa voi universitari facciate di questi tempi. Sarò sincero, non mi piace l'idea che tu prenda treni o autobus, ma soprattutto che torni a casa a piedi la sera.»

Violet lo guardò con uno sguardo che sembrava dire: "Mi prendi in giro?". «Davvero? E dal parcheggio al dormitorio? Sono comunque dieci minuti di strada ed è pieno di posti bui in cui potrebbero nascondersi degli aggressori, sai?»

«Lo so, ma è proprio per questo che lo porti sempre con te» rispose, indicando il posto dove teneva nascosto il suo coltello a serramanico. «Non dirmi che hai già dimenticato tutte le lezioni di autodifesa degli ultimi anni. Se così fosse, ricordati che un rapido calcio nelle palle dovrebbe bastare.»

Violet si mise le mani sui fianchi. «E se fosse una ragazza ad attaccarmi?»

«Io… ehm…» Nathan aggrottò le sopracciglia e si strofinò la nuca. «Non so, le darei un calcio nei denti e le tirerei i capelli, o qualcosa del genere.»

Violet rise. «O qualcosa del genere?»

Nathan sorrise. «In ogni caso, ti lascio tornare dai tuoi nuovi amici.» Le diede una pacca sulla spalla. «E non dimenticare che puoi chiamarmi quando vuoi. Giorno o notte, non importa.»

La ragazza annuì.

«Dico sul serio, Vi.»

«Lo so.» Il suo sorriso divertito si tramutò in uno sguardo serio. «Grazie, Nathan.»

«Figurati.»

«No, sul serio. Grazie. Di tutto. Non sarei mai arrivata fino a qui senza di te.»

Nathan agitò una mano. «Ah, qualcuno doveva pur accompagnarti. Non potevi certo prendere il treno, con tutta quella roba che ti sei portata dietro.»

Violet lo colpì sul braccio. «Sai cosa voglio dire.»

Nathan annuì e, prima che potesse reagire, la ragazza lo abbracciò. Ebbe un attimo di esitazione, ma poi ricambiò la stretta. «Sai, penso che andrai benissimo.» Non aveva bisogno di vederla in faccia per sapere che stava sorridendo. «Ci vediamo, Vi.» Si voltò e si incamminò lungo il sentiero.

«Aspetta», lo chiamò lei. «Come farai a tornare a casa senza macchina?»

Senza fermarsi, le rispose: «Ho comprato un biglietto del treno. La stazione è a pochi passi da qui».

«Ma la stazione in città è a venti minuti di macchina da casa tua.»

«Viene a prendermi Jude.»

«Che cosa? Mi stai dicendo che finalmente…»

«Ciao, Vi. Goditi il tuo primo giorno.»

FATINE ARRABBIATE

Una volta che Nathan se ne fu andato, Violet rimase seduta da sola sulla panchina per qualche minuto. Dopo aver evitato per un pelo un attacco di panico, tutto ciò che desiderava era rannicchiarsi sul letto e dormire.

Poter vivere nella stanza degli ospiti di Nathan negli ultimi tre anni era stata una vera benedizione. Avrebbe dovuto essere una soluzione temporanea, ma dopo tre mesi la sua assistente sociale non era ancora riuscita a trovarle una sistemazione adeguata e, in seguito a qualche discussione, Nathan si era offerto di ospitarla in modo permanente. Violet aveva accettato senza molte esitazioni. Dopotutto, Nathan era il tutore legale meno invadente che si potesse desiderare e le aveva fatto dono, senza fare domande, di uno spazio tutto suo, un posto dove nascondersi ogni volta che ne sentiva il bisogno. Le aveva dato un rifugio sicuro, un posto dove poter guarire e riprendersi dopo la perdita di Lyla.

Adattarsi a vivere insieme a qualcun altro in uno spazio angusto non sarebbe stato facile. Violet non era tipo da fidarsi spesso, se non mai. Tuttavia, Autumn e Gus erano il genere di persone che le sarebbe piaciuto conoscere e, con un po' di pazienza, forse sarebbe arrivata a chiamarli amici.

Si agitò sulla panchina. Il pensiero di quello che si celava nella tasca dei suoi jeans la tormentava. Tirò fuori il suo coltello a serramanico, un altro regalo di Nathan. Glielo aveva regalato non molto tempo dopo aver iniziato a impartirle lezioni di autodifesa. All'inizio, le aveva insegnato solo le nozioni di base, come liberarsi dalle prese, ma dopo qualche settimana era passato a come difendersi da qualcuno con un'arma, a cominciare da un coltello. E non solo l'aveva addestrata a difendersi da una lama, ma le aveva anche insegnato a usarne una in maniera efficace.

Quando le aveva mostrato quel coltello, sostenendo che appartenesse alla sua famiglia da diverse generazioni, ovviamente Violet si era rifiutata di prenderlo. Non aveva mai posseduto nulla di così prezioso. Ma Nathan aveva insistito.

Lo fece roteare nel palmo della mano. Era di una bellezza innegabile. Quando premette il pulsante, una lama a doppio taglio scivolò fuori dal centro dell'impugnatura con uno scatto.

Violet impugnò l'arma; il manico si adattava perfettamente ai contorni della sua mano. L'impugnatura perlacea brillava sotto i raggi del sole e una sorta di stemma ne ornava il lato superiore. Sul retro erano incastonate dieci gemme nere.

All'estremità del manico, sia il colletto che la guardia erano per lo più di colore verde-azzurro, ma facendo ruotare il coltello da un lato all'altro, venature di verde smeraldo e magenta scintillavano alla luce del sole, intonandosi con la lama stessa, dove lo smeraldo e il magenta brillavano attraverso l'azzurro in un motivo organico e vorticoso fino alla punta mortale.

Premette di nuovo il pulsante. *Clic*. La lama scomparve nell'impugnatura.

Violet spostò la sua attenzione sulle chiavi nell'altra mano e scosse la testa. La generosità di Nathan era sconcertante. Una parte di lei aveva desiderato più e più volte di averlo conosciuto prima, ma un'altra parte sapeva che era arrivato nella sua vita proprio al momento giusto.

Nel corso degli anni, aveva assistito mentre il suo mondo veniva distrutto pezzo per pezzo, e la morte di Lyla era stata l'Armageddon finale. Ma Nathan le aveva mostrato come ripartire, l'aveva aiutata a uscire dal suo misero abisso e le aveva insegnato ad affrontare i propri demoni. Era diventato il suo faro, era riuscito a convincerla ad avere fiducia, non solo in lui ma anche in sé stessa. Era stato presente quando aveva avuto più bisogno di qualcuno.

Inspirò profondamente ed espirò lentamente. Era all'università. Da sola. Nathan non era più a un corridoio di distanza. Il pensiero che avrebbe dovuto affrontare il capitolo successivo della propria vita senza di lui le provocò quasi una nuova ondata di panico.

Violet strizzò gli occhi. *Basta!* Non poteva più farlo. Non poteva continuare a cadere a pezzi e aspettare che Nathan la rimettesse in sesto. *Forza, Violet, riprendi il controllo. Dovrai farci un po' l'abitudine, tutto qui.*

Aveva bisogno di crescere, di abbracciare la sua nuova realtà e di ricordare che la vita universitaria era ciò che desiderava. Doveva solo affrontare la situazione un giorno alla volta.

Per il momento, forse un po' di caffeina le avrebbe fatto bene. Al suo arrivo aveva intravisto una piccola e pittoresca caffetteria vicino al parcheggio fuori dall'università. La passeggiata di andata e ritorno le avrebbe dato abbastanza tempo per schiarirsi le idee e prepararsi ad affrontare le dinamiche della sua nuova vita domestica.

Circa venti minuti dopo, varcò la porta a vetri del negozio e ordinò un Chai Latte con schiuma extra, poi si appoggiò al muro, lontano dagli altri clienti, e fece roteare il fiocco della sua sciarpa mentre aspettava.

Le pareti della caffetteria erano ricoperte da una carta da parati lucida e decorate da varie opere d'arte e un televisore in un angolo trasmetteva un film in bianco e nero di Marilyn Monroe a volume basso. La gente entrava e usciva con tazze di polistirolo, croissant fumanti e altri snack da portare via. Uno dei baristi chiamò un numero e una donna con i capelli biondi e ondulati e una giacca marrone le passò davanti per prendere la sua bevanda.

Il cuore di Violet ebbe un sussulto. *Quella donna... È...?*

La donna si voltò e incrociò per caso il suo sguardo mentre usciva. Le spalle di Violet si incurvarono. Cosa c'era di sbagliato in lei? Certo che quella donna non era Lyla.

Le si formò un nodo in gola.

Aveva perso il conto di quante volte avesse desiderato ricordare cosa fosse successo la notte in cui Lyla era morta. Sapeva solo quello che le avevano raccontato Nathan e Jude, ma niente che spiegasse il perché. Perché lei e Lyla erano state rapite? Perché Lyla era morta? Perché Violet era ancora viva? Lyla meritava di vivere più di lei. Lyla aveva una famiglia: una madre, un padre e un fratello che sentivano la sua mancanza.

Il disprezzo per sé stessa le restava aggrappato addosso come una sostanza gelatinosa. Per quanto si sforzasse di eliminarlo, rimaneva sempre un residuo appiccicoso, proprio come il ricordo dell'uomo tatuato che infestava i suoi incubi. Quell'uomo senza volto il cui stupido tatuaggio la perseguitava ogni volta che chiudeva gli occhi.

Violet rabbrividì interiormente, ripensando alla reazione avuta davanti al ragazzo che distribuiva i volantini. *Era solo uno stupido tatuaggio a forma di rosa, per la miseria!* Strofinandosi gli occhi, emise un sospiro.

«Signorina? Ehi, signorina.»

Sbatté le palpebre un paio di volte. La giovane barista dietro il bancone stava cercando di attirare la sua attenzione agitando una mano. «Il tuo Chai Latte è pronto.»

«Oh, scusa.» Violet si avvicinò e porse alla ragazza alcune banconote dal portafoglio. «Ecco a te.»

«Non preoccuparti, tesoro» disse la barista, prendendo i soldi.

Tesoro? Violet odiava quando le ragazze più giovani la chiamavano "tesoro". Fece un sorriso tirato, prese il suo Chai Latte e si girò.

E andò a sbattere contro qualcuno.

Per un attimo, tutto ciò che vide fu un getto di liquido marrone e schiuma bianca, mentre l'aroma di cannella e di altre spezie invadeva i suoi sensi.

Si bloccò per l'orrore.

Un ragazzo della sua età si stava guardando la sciarpa, la giacca, i pantaloni e le scarpe, ormai ricoperti di liquido marrone. Si pentì di aver chiesto della schiuma extra. Sia lei che lo sconosciuto si fermarono a osservare quella scia bianca che gli attraversava la sciarpa, per poi cadere in una pozzanghera lattiginosa ai suoi piedi.

Il ragazzo alzò lo sguardo su di lei.

Il suo cuore batteva a mille, le sue guance stavano andando letteralmente a fuoco e i suoi occhi non si sarebbero potuti spalancare più di così. Tutto il suo corpo si irrigidì in preparazione di ciò che stava per accadere. La rabbia. Le urla e le grida sulle ustioni di terzo grado e sui vestiti rovinati. I ricordi le balenarono nella mente, uno più violento dell'altro. Si tenne forte.

Poi lo sconosciuto sorrise.

Violet sbatté le palpebre.

Stava davvero sorridendo.

Un'ondata di panico rischiò di sopraffarla.

Il sorriso del ragazzo era sbilenco ma genuino e un

accenno di divertimento scintillava nei suoi occhi castano-dorati.

«Sai,» disse, rimuovendo alcuni granelli di schiuma bianca dal pizzetto biondo, «non era esattamente questo che avevo in mente, quando ho pensato che un po' di caffè mi avrebbe riscaldato».

«Scusami?» Le era sfuggito qualcosa? Di solito le persone non reagivano così dopo essere state battezzate con del chai caldo.

Il ragazzo alzò le spalle, senza smettere di sorridere. «Scuse accettate.»

Scuse? Violet sussultò. *Oh, giusto!* Si mise una mano sulla bocca. «Mi dispiace davvero tanto, *tanto*.»

Si voltò e afferrò alcuni tovaglioli. Probabilmente avrebbe dovuto aiutarlo a pulirsi i vestiti, ma l'idea di toccare un estraneo la metteva leggermente a disagio. Invece, si chinò e cercò di asciugare la pozzanghera ai suoi piedi.

Lo sconosciuto ridacchiò e si abbassò al suo livello. «Ecco.» Allungò una mano verso di lei e le sue dita le sfiorarono il polso. «Lascia che ti aiuti...»

D'istinto, Violet si ritrasse e balzò in piedi. Un'espressione colma di orrore sostituì immediatamente il sorriso del ragazzo, che si alzò con deliberata lentezza, tenendo entrambi i palmi delle mani rivolti verso di lei.

«Mi dispiace... Non volevo... È solo che...» Il suo sguardo saettò da lei allo spazio circostante e fece mezzo passo indietro, come se si stesse preparando a fuggire.

«Oh!» *Voleva solo prendere i tovaglioli che ho in mano.* «No, mi dispiace.» *Presto questo tizio penserà che io sia in grado solo di scusarmi.* Mentre gli rivolgeva un sorriso di scuse, Violet si rese conto di avere una mano appoggiata sul coltello a serramanico nascosto nella tasca posteriore dei jeans. Si costrinse a rilassarsi e lasciò cadere la mano lungo il fianco. *Va tutto bene, Vi. Non stava davvero per—*

Sbatté le palpebre. Per fare cosa? Aggredirla nel bel mezzo del bar? Afferrarla per il polso, trascinarla fino al suo furgone bianco e ficcarcela dentro?

Strinse i denti e scosse leggermente la testa. *Sul serio, datti una calmata. Non tutti sono dei rapitori.*

«Mi hai solo… sorpresa. Tutto qui.» Gli porse i tovaglioli. «Tieni.»

Il ragazzo puntò lo sguardo su quegli innocui pezzi di carta. Aveva ancora le mani alzate, con i palmi rivolti verso di lei.

Accidenti, questo tizio si comporta come se avessi in mano una pistola invece di una manciata di tovaglioli. L'intensità del suo sguardo la fece arrossire. Poteva biasimarlo? La sua reazione era stata decisamente esagerata per un accidentale tocco al polso. Dall'espressione di lui, pareva piuttosto che gli avesse urlato: "In alto le mani, amico, e dammi tutti i tuoi soldi!".

Il ragazzo fece un passo indietro e cominciò a voltarsi.

Violet si maledisse. Era la seconda volta che aveva una reazione esagerata quel giorno. Doveva proprio comportarsi come una pazza psicopatica ogni volta che un ragazzo carino cercava di essere gentile con lei?

«Lascia che ti paghi il caffè», sbottò, prima che potesse voltarsi completamente. Il ragazzo si fermò ma non disse nulla, allora Violet aggiunse: «Per tutta la settimana».

Lo sconosciuto non rispose, ma il suo viso sembrò rilassarsi un po'.

Violet lanciò un'occhiata alla sciarpa. «Posso anche sostituirti la sciarpa, se vuoi. Te ne prenderò una con…» Fece una smorfia. «…meno macchie di latte.»

«Mmm…» Il ragazzo inclinò la testa da un lato e poi dall'altro, facendo finta di considerare la sua offerta, poi, con suo immenso sollievo, lasciò cadere le mani. *Per fortuna, perché stavo iniziando a sentirmi una gangster.*

Il ragazzo annuì e un mezzo sorriso si aprì sul suo viso.

«Credo che accetterò il caffè gratis, ma non preoccuparti per la sciarpa, tanto non mi è mai piaciuta.» Sollevò una nappina con le dita. «Anzi, credo che tu l'abbia migliorata.»

Due nuovi caffè e una pila di tovaglioli dopo, Violet e il ragazzo si ritrovarono davanti alla porta del bar. Mise la mano sulla maniglia, poi esitò. Il vento si era alzato e sembrava voler portar via i cappotti, le giacche e le sciarpe delle persone che camminavano per strada. Le nuvole coprivano il sole, bloccando ogni suo sforzo di emanare un po' di calore.

Sospirò e strinse la bevanda calda tra le mani.

«Se non hai fretta», disse lui, «perché non ci sediamo per qualche minuto e attendiamo di vedere se il sole deciderà di mostrarsi anche oggi?» Indicò un tavolo vuoto con due sedie vicino alle finestre a tutta altezza. Poi, prima che potesse rispondere, alzò una mano a mo' di avvertimento. «Promettimi solo che non mi tirerai addosso un'altra tazza.» Un angolo della sua bocca si contrasse, mentre i suoi occhi scintillavano per il divertimento.

Violet non poté fare a meno di sorridere, nonostante le farfalle che le danzavano nello stomaco per l'imbarazzo. Diede un'ultima occhiata al tetro panorama esterno. La attendevano venti minuti di camminata per tornare al dormitorio e l'unica cosa che aveva intenzione di fare una volta in camera era un pisolino.

«Giuro che non mordo», disse lui.

Le farfalle nello stomaco si agitarono più forte. *Non farfalle, ma piuttosto fatine arrabbiate che ronzano e si dimenano per fuggire.*

Il ragazzo sorrise.

Il suo pisolino poteva attendere.

Violet annuì e lo seguì al tavolo.

Una volta sistematosi, il giovane si tolse la giacca ancora umida e l'imbarazzo di Violet divampò di nuovo, quando si rese conto che il suo caffè era arrivato a macchiargli persino la camicia. Il ragazzo si aggiustò la sciarpa, poi bevve un sorso dalla sua tazza.

Violet abbassò la testa, sperando che il suo rossore non fosse così evidente, e bevve un sorso del suo Chai Latte, assaporandone il tepore e gustandosi le note speziate che le danzavano sulla lingua.

«Allora, non ho capito il tuo nome.» Il ragazzo fece girare lentamente la tazza sul tavolo.

«Il mio nome?»

Di nuovo, un angolo della sua bocca si contrasse. «Sì, sai... quella parola che la gente usa per attirare la tua attenzione. A parer mio, se una signora adorabile come te si offre di pagarti il caffè per il resto della settimana, il minimo che tu possa fare e chiederle il suo nome.»

Violet inarcò un sopracciglio. «Signora adorabile? Mi fa pensare a una donna anziana con i barboncini.»

Il ragazzo ridacchiò. «D'accordo, che ne dici di "bella signora"?»

Le guance e il collo di Violet si tinsero di un rosso acceso. Lasciò cadere lo sguardo sul coperchio della sua bevanda, sui quattro rilievi etichettati come *White*, *Capp*, *Latte* e *Choc*. Il rilievo corrispondente alla parola *Latte* era premuto a formare un incavo e la ragazza vi fece girare il pollice. «Mi chiamo Violet.»

«Violet», ripeté lui con voce vellutata.

Si morse il labbro.

«Sei uno studente?» chiese.

Il ragazzo scosse la testa. «No, per fortuna ho finito con l'università. Lavoro da casa, ora.»

«Oh, davvero? Che cosa fai?»

«Sono un consulente di marketing.»

«Sembra una cosa raffinata.»

Il ragazzo emise un sospiro divertito. «Non proprio. In

pratica, valuto la strategia di marketing di un'azienda e sviluppo un piano, illustrando alcune proposte di miglioramento.»

«Bello.»

«Sì, non è male come lavoro. Sono il capo di me stesso e posso decidere da me gli orari. All'inizio non potevo permettermi il lusso di scegliere i clienti, ma ho sviluppato una certa reputazione ora e posso accettare solo quelli che mi interessano.»

«Wow, sembra fantastico.» Prima aveva pensato che avesse più o meno la sua età, ma per essersi laureato e gestire già un'attività in proprio doveva avere almeno ventitré anni. Aveva senso; i suoi tratti erano molto più maturi rispetto a quelli dei ragazzi del suo liceo, che stavano ancora uscendo dalla delicata fase infantile.

«Allora, Violet, se posso chiederlo, perché il chai?»

La ragazza aggrottò le sopracciglia e inclinò la testa. «In che senso?»

«Voglio dire, perdonami se mi sbaglio, ma non mi sembri una persona da… *chai*.»

«Oh.» Violet scrollò le spalle. «Non so, perché non dovrei? È come bere una tazza di Natale. Tutti quei sapori festivi! Zenzero, chiodi di garofano, vaniglia, anice stellato, cannella… A chi non piace la cannella?»

Il suo interlocutore arricciò il naso.

Violet spalancò la bocca. «Non dirmi che non ti piace la cannella?»

Lui strinse le labbra e scosse la testa. «Mi dispiace. Non sono un fan.»

«Dai, amico, che ne dici delle ciambelle alla cannella? Appena sfornate.»

Arricciò di nuovo il naso. «Preferisco quelle glassate.»

«Cosa? Stai scherzando? È impossibile ritenere che le ciambelle glassate siano migliori di quelle alla cannella.»

Il ragazzo rise e alzò le mani. «Ok, ok. Che ne dici se accettassimo di non essere d'accordo? Tu ti tieni il tuo chai e io le mie ciambelle glassate.»

Violet rise e annuì. «D'accordo, affare fatto.»

Sorrise. «Perfetto.»

Dato il piccolo tavolo, la distanza tra loro era ridotta e Violet poté vedere che i suoi occhi erano in realtà di un cioccolato intenso con abbaglianti macchie d'oro, che insieme restituivano l'effetto di una tonalità marrone-dorata. Il suo pizzetto, ora privo di schiuma, si intonava al biondo sabbia dei suoi capelli, illuminati anch'essi da striature dorate. La sciarpa gli nascondeva il collo e gran parte del petto, ma le maniche grigie erano abbastanza strette da mettere in evidenza i muscoli delle spalle e delle braccia.

All'improvviso, Violet si rese conto che il ragazzo la stava studiando con la sua stessa intensità e, ancora una volta, le sue guance arrossirono. Il suo sguardo cadde nuovamente sul coperchio del caffè.

«Dunque, immagino che dovrei chiederti il tuo nome» disse. «Perché, sai, penso che i miei amici vorranno conoscere l'identità di quella povera anima sfortunata assalita dal mio chai.»

Il ragazzo rise. «Ah, in questo caso, non possiamo deludere i tuoi amici.»

«No, non possiamo» disse lei, mordendosi le labbra.

«Beh, farai meglio a dire loro che mi chiamo Thane.»

* * *

Violet fece ritorno in camera con il resto del Chai Latte in mano.

«Tuo padre è davvero in gamba» disse Autumn, seduta sulla sedia della scrivania, mentre faceva roteare un dreadlock intorno al dito. I suoi capelli erano decorati da fili colorati e perline e i suoi orecchini d'argento tintinnavano quando muoveva la testa, riflettendo scintille di luce solare sul suo viso.

Gus si sedette sulla sua sedia, girando con disinvoltura da una parte all'altra. «Sì, è anche un po'...» Socchiuse gli occhi, cercando la parola giusta. «...intenso.»

Con un sorriso sulle labbra, Violet si lasciò cadere sulla seduta del bovindo e scosse la testa, avvolgendo le braccia intorno a un cuscino. «Nathan non è mio padre.»

«Oh», disse Gus. «È tuo zio, quindi? Un fratello molto più grande?» Fece un sorrisino malizioso e mosse le sopracciglia su e giù con fare ammiccante. «È il tuo sugar daddy?»

Violet gli lanciò il cuscino che aveva tra le mani, ridacchiando. «È solo un amico.»

Quando lo colpì in faccia, Gus sbuffò. «Per l'amor delle ciambelle, volete smetterla di aggredire il mio bel visino? Comincio a credere che siate gelose del mio bell'aspetto.»

«Se così fosse, ti avrei tirato addosso il mio chai.»

Gus rise. «D'ora in poi, starò in guardia dalle bevande calde volanti.»

Violet rise e finì di bere, poi posò il contenitore vuoto sul davanzale. Il sapore del chai riusciva sempre a risvegliare i suoi pochi ricordi felici, la maggior parte dei quali riguardava Lyla.

«Comunque,» disse Autumn, «oltre a trasportare scatole, cosa fa il tuo amico?»

«È un poliziotto.»

«Oh», disse Autumn, nello stesso momento in cui Gus esclamava: «Un poliziotto!»

Gus si colpì la fronte con un pugno e gemette. «Perché, oh, perché ho parlato della canapa di zia Skye davanti a un poliziotto?»

Autumn alzò gli occhi al cielo. «Non è illegale, idiota.»

«Forse lui la pensa diversamente. E che dire di te? Non

certo la persona migliore con cui parlare delle tue attività illegali online. Probabilmente è già alla radio a chiedere rinforzi.»

«Smettila di farla sembrare una cosa così losca», sbottò Autumn.

«Sapevo che un giorno ti avrebbero beccato!»

«Nathan è un tipo a posto», disse Violet. «Fidatevi, a lui non interessano queste cose.»

«Questo lo dici tu.» Gus le puntò un dito contro con fare accusatorio. «Come facciamo a sapere che non sei una talpa inviata qui per saperne di più sulle attività di hackeraggio di Autumn?»

«Una cosa?»

«Sai, una *talpa*. Significa spia nel linguaggio dei poliziotti.»

«Ehm, in realtà...»

Autumn borbottò: «Non è una spia, Gus».

«Come fai a saperlo?»

«Lo so e basta.»

«Come? Pensi che sia sufficiente fare un po' di "clack-clack"», disse, mimando l'azione di digitare su una tastiera, «per poter sapere tutto?»

Autumn diede un calcio alla sua sedia. «Stai zitto, Gus.»

«Sono serio. Un giorno supererai il limite e ti ritroverai seriamente nei guai.»

«Stai dando di matto per niente.»

«E tu non ti stai agitando abbastanza!»

Autumn strinse i denti e borbottò qualcosa, esasperata. Gus si limitò a fissarla. Per qualche istante i due si guardarono in cagnesco.

Violet cominciava a pensare di essere rincasata troppo presto.

Poi, come se fosse uscita da uno stato di trance, Autumn esclamò: «Comunque, passando a questioni più importanti...» Sollevò un volantino come quello ricevuto prima da Violet. «Un tizio è passato a darci uno di questi. Ci andiamo, vero?» Quando non rispose, si rivolse al cugino. «Vero?»

Gus sospirò e alzò le mani. «Certo, andiamo a fare festa.»

Autumn urlò dalla gioia. «Che ne dici, Vi?»

«Ehm...» Violet esitò. Quando aveva ricevuto il volantino, aveva desiderato andarci, ma le feste significavano gente, *tanta gente*, e dopo aver quasi avuto un attacco di panico l'idea di doversi mostrare allegra per il resto della serata non la entusiasmava.

Inoltre, per quel giorno aveva già fatto il pieno di incontri. Sicuramente, ci sarebbero state altre feste più avanti. Dopotutto, quello era il college.

«Voi due dovreste andare. Credo di aver bisogno di andare a letto presto stasera. Voglio essere fresca e pronta per domani.»

Autumn mise il broncio.

«Stai scherzando, vero?» disse Gus. «Siamo all'università! È il momento di sciogliere i capelli e fare festa fino a vomitare. E poi, sul serio, non dobbiamo preoccuparci delle lezioni almeno fino alla settimana prima degli esami.»

«Sì, lo so» disse Violet, trattenendo una smorfia. «Ma ho avuto una lunga giornata. Rimanderò il vomito a più tardi.»

Dopo qualche altro tentativo, Autumn e Gus rinunciarono a convincerla. Rimasero nei paraggi ancora per un po', poi, con suo grande sollievo, se ne andarono a sistemare la stanza di lui, che si trovava nell'ala sud dell'edificio.

Violet si accoccolò sul davanzale della finestra e abbracciò forte un cuscino, sopraffatta dalla stanchezza.

Fuori, gli ultimi raggi del sole al tramonto tingevano il mondo di un giallo dai toni caldi. In basso, poteva vedere la rete di sentieri che, partendo dai dormitori, attraversavano il giardino. Ogni sentiero si stava riempiendo di studenti, la maggior parte dei quali si dirigeva nella stessa direzione.

Si stavano recando tutti verso il luogo dell'imminente festa, in base alle indicazioni che il ragazzo con i volantini le aveva fornito poco prima. Probabilmente, quel ragazzo pensava che lei fosse un'idiota. Probabilmente, in quel momento stava dicendo a tutti i suoi amici quanto fosse stramba.

Violet gemette e seppellì il viso nel cuscino.

Era solo il tatuaggio di una rosa. Una stupida, stupida rosa!

Sospirando, si lasciò andare contro la finestra e appoggiò la testa su una mano. Sperava che il giorno seguente sarebbe andato un po' meglio, anche se, in fin dei conti, la giornata non era stata poi così male.

Il sapore di cannella e spezie avvolgeva ancora le sue papille gustative e i suoi pensieri tornarono a Lyla. Le si strinse la gola e un dolore feroce e familiare le trafisse il petto. Prima che potesse fermarla, una lacrima le scese lungo la guancia.

«Ce l'ho fatta, Ly. Sono al college.»

5

ECCOTI QUI

LA MUSICA MARTELLANTE, LE RISATE E LE CHIACCHIERE LO raggiunsero nel suo nascondiglio, nell'oscurità della notte, lì dove le ombre scure degli alberi e dei cespugli gli consentivano di mimetizzarsi alla perfezione

In una delle sale comuni, al piano terra, si stava tenendo la prima festa del nuovo anno accademico. Inclinò la testa per scrutare attraverso il fogliame e il suo sguardo ispezionò ogni finestra, dalle fondamenta al tetto. I partecipanti alla festa erano suddivisi secondo i ruoli tipici: i ballerini vicino al palco del DJ, i festaioli esperti intenti a osservare una partita di *beer pong*, quelli che avevano bisogno dell'alcol per sentirsi più sicuri di sé intorno alle ciotole di punch e ai barili di birra e i socialmente impacciati sparsi ai margini.

Arricciò il naso nell'osservare quella folla rumorosa. Non aveva mai capito il fascino di rendersi ridicoli sotto l'effetto di alcolici e narcotici.

Scuotendo la testa, rivolse l'attenzione verso i dormitori e ne perlustrò le finestre, finché non individuò quella che stava cercando. La luce all'interno metteva in risalto la sagoma di una studentessa intenta a osservare i festaioli che riempivano il prato sottostante.

Sorrise. «Ah, eccoti qui, Violet.»

Una zanzara gli ronzò vicino all'orecchio e si posò sul lato del suo collo. Le diede uno schiaffo, poi strofinò la pelle irritata, facendo momentaneamente stropicciare il contorno netto del tatuaggio di uno scorpione di cristallo. Liberatosi dell'insetto, piegò le braccia e si appoggiò al muro di mattoni, senza mai staccare lo sguardo dalla ragazza alla finestra.

6

QUEL LAMPADARIO...

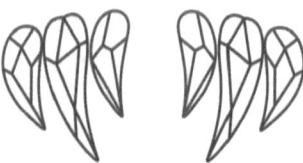

NATHAN ABBASSÒ IL FINESTRINO DELL'AUTO E LASCIÒ CHE IL vento gli accarezzasse il viso, mentre scrutava le case e i negozi che gli scorrevano accanto.

«Com'è andata la prima settimana di college di Violet?» chiese Jude, dal posto di guida dell'auto non contrassegnata. Nathan preferiva lasciare alla sua partner il compito di guidare; non era mai riuscito a comprendere pienamente come manovrare quei veicoli Erathi.

«Beh, lei—»

Proprio in quel momento, venne interrotto dalla segnalazione di un'effrazione. Prese il ricetrasmettitore portatile e rispose che avrebbero controllato.

«Ottimo», disse la voce all'altro capo. «Ecco l'indirizzo.»

Udendolo, gli parve familiare, anche se non riusciva a capire perché. D'altra parte, quale indirizzo in quella città non gli era familiare?

«I cattivi non si riposano mai», mormorò, mentre Jude si dirigeva verso la loro nuova destinazione.

«Se lo facessero, noi rimarremmo senza lavoro.»

«E sarebbe così brutto?»

«Per me sì. Tua figlia sarà anche all'università, ma io devo ancora mandarci i miei. Dio solo sa che gli alimenti pagati dal mio ex-marito non bastano nemmeno per coprire le lezioni di pianoforte. Ma torniamo alla mia domanda iniziale. Come sta Violet?»

«Non male», rispose, dopo una leggera pausa.

«Oh-oh, cos'è successo?»

Nathan guardò verso di lei e scosse la testa. «Come fai, Jude?»

La detective agitò una mano con aria disinvolta. «Anni di lavoro. Riesco sempre a capire quando qualcuno sta cercando di minimizzare un evento.»

Nathan guardò fuori dal finestrino dell'auto. Da quando aveva iniziato a lavorare con Jude, tre anni e mezzo prima, aveva fatto di tutto per nascondere la propria vera identità – non solo a lei, ma anche al resto della città – e sopprimere la sua natura lo aveva costretto a imparare a fare affidamento sulle capacità umane di leggere e prevedere le emozioni e le motivazioni delle persone che gli stavano intorno. Una pratica che si era rivelata infinitamente più difficile da quando si era ritrovato a dover crescere un'adolescente.

Quando Violet si era trasferita da lui, si era rivolto a Jude per avere consigli su come gestire la situazione e l'esperienza della partner nel crescere due preadolescenti si era rivelata davvero preziosa. Senza di lei, per esempio, non avrebbe mai conosciuto le potenzialità di una tavoletta di cioccolato nel consolare una ragazza affetta da malumore.

Prima che potesse addentrarsi troppo nei propri pensieri, Jude gli rifilò un pugno sul braccio.

«Pronto, ci sei? Sputa il rospo. Che succede a Violet?»

«Ah, lo sai. Violet è una dura. Ne ha passate più di quante possiamo immaginare.»

La donna sibilò. «Puoi dirlo forte. Il fatto di non essere riuscita a trovare i loro rapitori mi uccide ancora. Non posso credere che ogni pista fosse un vicolo cieco.» Batté le mani sul volante. «*Odio* i casi irrisolti.»

Nathan si agitò sul sedile. Era certo che la sua ira non gli avrebbe lasciato scampo, se avesse scoperto quanti dei loro casi irrisolti erano frutto delle sue manomissioni.

«Comunque...» Jude lanciò un'occhiata nella sua direzione. «Non hai risposto alla mia domanda. Che succede a Violet?»

Nathan aprì la bocca per rispondere.

«Non importa», lo interruppe la sua collega. «Siamo arrivati.»

Preso com'era dalla conversazione, non aveva fatto caso di essere entrato nella zona più ricca della città. Prati curati, giardini con siepi che parevano sculture, terrazze e pilastri di arenaria... Ogni casa sembrava gareggiare con le altre per grandezza e complessità del design. La gente del posto la chiamava "la via dei milionari" – politici e alcune celebrità minori possedevano case lì. Quando riconobbe la proprietà del sindaco Clearwater, iniziò a provare un brutto presentimento.

Quando capì dove si erano fermati, il terrore gli attanagliò le viscere.

La casa dei Branstone. La casa di Lyla-Rose.

I Branstone non erano né politici né celebrità, ma gestivano da generazioni una ricca azienda di famiglia. In città si diceva che possedessero alcuni noti franchising in tutto il paese, che spaziavano dalla gioielleria all'arredamento.

Mentre si dirigeva, insieme a Jude, verso la doppia porta d'ingresso, Nathan fece del suo meglio per reprimere l'apprensione. Non era mai entrato in casa Branstone. Durante le indagini sulla morte di Lyla, lui e Jude avevano usato un approccio alla *divide et impera*. Nathan si era concentrato sulla scena del crimine e sull'aspetto forense, partecipando agli interrogatori solo quando si tenevano in centrale, mentre la sua partner si era occupata delle necessarie visite a casa della famiglia della ragazza.

Jude premette il campanello. Pochi secondi dopo, una donna con indosso un top sportivo rosa shocking e leggings leopardati aprì la porta. Un asciugamano le copriva le spalle, dove i suoi capelli biondi ossigenati ricadevano in morbide onde.

«Sì?»

«Salve, signora Branstone,» disse Jude, «forse si ricorda di me. Sono…»

«Certo che mi ricordo di lei, detective» disse la donna, interrompendola. «Mi ricordo anche di lui.» Fece un gesto in direzione di Nathan.

L'uomo cercò di ricordare l'ultimo incontro avuto con la madre di Lyla. Era bruna, allora, ed era certo ci fossero stati dei cambiamenti anche nelle labbra e nel naso. Chirurgia estetica, forse?

«Ottimo», continuò Jude. «Abbiamo ricevuto una chiamata per un'effrazione.»

L'espressione della donna mutò da diffidente a sollevata. «Oh, giusto!» Fece loro un ampio sorriso. «Tempismo perfetto. Ho appena finito di allenarmi.»

Nathan ne dubitava, visto il suo trucco impeccabile.

«Entrate pure.»

Rimase fermo per far passare prima la sua partner.

«Oh, aspetti!» La signora Branstone alzò una mano per impedire a Jude di andare oltre.

«Per l'amore del cielo», mormorò la detective sottovoce, prima di fare un passo indietro.

«Ho appena fatto passare la cera sui pavimenti,» continuò la signora Branstone, «perciò toglietevi le scarpe e i calzini prima di entrare».

Abbassando lo sguardo, notò le assi di legno sotto i piedi smaltati di rosso della donna. Jude fece un cenno di assenso, prima di fare un passo indietro per eseguire gli ordini, mentre Nathan sopprimeva un sospiro e un'alzata di spalle adolescenziale, per poi affrettarsi a fare lo stesso. Mentre aspettava, la padrona di casa si mise a tamburellare con le unghie rosse sulla porta.

Una volta che furono entrambi scalzi, la donna fece loro un sorriso ammaliante e li invitò ad accomodarsi.

L'ingresso si espandeva in un grande atrio dai soffitti alti, illuminato da un enorme lampadario di cristallo che penzolava al centro della stanza. A destra, una scala saliva verso l'alto, il parapetto in legno intricatamente intagliato. Foto di famiglia adornavano le pareti bianche e altrimenti spoglie lungo le scale. Sul pianerottolo, Nathan vide alcune porte chiuse e non poté fare a meno di chiedersi quale potesse essere la stanza di Lyla.

«Datemi un secondo per cambiarmi. Porterò anche qualcosina da stuzzicare», disse la signora Branstone, conducendoli in un ampio salone. Prima di andarsene, fece un gesto verso uno dei divani. «Prego, accomodatevi.»

Si sedettero di fronte al camino in pietra e, come la donna non fu più a portata d'orecchio, Nathan si avvicinò alla collega, sussurrando: «Non ricordavo che la mamma di Lyla fosse così bionda».

«Già», rispose Jude, imitando il suo tono di voce. «O che avesse labbra così piene.»

Nathan ridacchiò, poi si mise a ispezionare la stanza, scrutando l'arredamento stravagante. Stava cercando di ricordare il nome del franchising di articoli per la casa della famiglia quando notò qualcosa che gli fece serrare lo stomaco. I vasi di cristallo e i candelabri sulla mensola del camino scintillavano alla luce del sole che filtrava dalle finestre e, esaminando il resto della stanza, notò altri gingilli di vetro e cristallo.

Concentrato com'era, non sentì la signora Branstone

rientrare e l'apparizione di un bicchiere d'acqua davanti al suo viso lo fece trasalire.

«Ecco a lei», disse la donna con voce cantilenante.

La luce scintillava sulla collana che portava al collo. Tre grosse gemme incolori erano disposte al centro delle sue clavicole, incorniciate da pietre di dimensione inferiore. A un occhio inesperto sarebbero potuti sembrare diamanti o forse zirconi, ma Nathan notò una differenza nel modo in cui i raggi del sole si riflettevano sulle loro sfaccettature, in un distinto motivo vorticoso. E quel profumo...

Nathan posò gli occhi sul bicchiere d'acqua davanti al suo viso. La stretta allo stomaco si trasformò in nausea e si costrinse a focalizzarsi su di esso, a non volgere lo sguardo altrove. Si concentrò anche sulla respirazione, nel tentativo di trattenere un imminente conato di vomito.

Jude, con il suo bicchiere d'acqua in mano, gli diede una gomitata. La sua fronte era aggrottata e la confusione era evidente nella sua espressione. Nathan tentò di sorridere, poi prese il bicchiere.

Quando la signora Branstone si sedette sul divano adiacente, la poliziotta disse: «Lo perdoni, è come se non avesse mai visto un bicchiere in vita sua».

«Le piacciono? Me li ha regalati mio marito la settimana scorsa. Antichi oggetti di cristallo provenienti dal Giappone.»

Nathan chiuse gli occhi, cercando di isolare il suono della donna che parlava di tutti gli altri "oggetti di cristallo" acquistati dal marito. Jude fece un commento anche sulla collana.

Cercò di concentrarsi su altro – qualsiasi cosa pur di riuscire a controllarsi – ma i suoi pensieri tornarono al lampadario di cristallo nell'atrio.

Un sudore freddo gli scivolò lungo tutto il corpo e la

saliva gli inondò la bocca, mentre la nausea si faceva due volte più forte.

Frammenti di diamantio. Ma quanti?

La collana da sola ne avrebbe richiesto almeno uno.

Ma quel lampadario...

Nathan quasi vomitò sul pavimento.

Si alzò di scatto. Jude e la signora Branstone lo fissarono, chiaramente sbigottite.

«Mi dispiace,» sbottò, «deve essere il cibo cinese di ieri sera. Dov'è il bagno?»

7

COSA VUOI, BIONDINA?

Violet inspirò a pieni polmoni quei profumi familiari. Il caffè tostato era, ovviamente, il più pungente, ma qualcos'altro aggiungeva un tocco di dolcezza caramellosa. All'improvviso, una ventata di burro fuso e formaggio si mescolò agli altri aromi: un croissant salato per la colazione di qualcuno.

Era passata una settimana dal suo primo giorno, ma stava ancora cercando di adattarsi alla vita universitaria. Una volta ricevuto il programma dei corsi, era stata travolta da una routine fatta di lezioni e studio – con pasti e dormite occasionali – che non l'aveva più abbandonata. Non si era mai sentita così esausta in vita sua.

Tutti quegli impegni costituivano un cambiamento gradito rispetto alla vita monotona che aveva lasciato a Brookhaven. Tuttavia, a ogni nuova lezione corrispondeva un nuovo elenco di compiti, ognuno più impegnativo del precedente e, in un momento particolarmente buio, aveva addirittura pensato di abbandonare del tutto. Allora, aveva dovuto ricordare a sé stessa che era ciò che desiderava, ciò per cui aveva lavorato duramente.

Era ciò che Lyla avrebbe voluto per lei.

Violet si aggrappò ai ricordi dell'amica. Il giorno del loro primo incontro, sei anni prima, era ancora vivido nella sua mente.

* * *

La porta si chiuse, lasciando Violet da sola in camera da letto e le voci dall'altra parte si fecero sempre più distanti, mentre i passi si spostavano gradualmente verso il piano di sotto. Probabilmente, Miranda stava raccontando loro la sua storia.

Trasalì. Non era la prima volta che assisteva alla dolce messin-scena che le famiglie affidatarie organizzavano ogni volta che la sua assistente sociale veniva a trovarla. Quando, approfittando della distrazione di Miranda, il suo nuovo padre le aveva fatto un sorrisetto squallido e un occhiolino, dentro di sé aveva avvertito il familiare sapore della bile. Le era bastata un'occhiata alla moglie per capire che era tipo da far finta di niente.

Violet aveva sentito parlare di bambini nel sistema accolti da famiglie amorevoli e premurose e in seguito adottati, ma in tredici anni di vita non aveva ancora avuto la fortuna di trovare quella mitica casa.

Gettò a terra il sacco della spazzatura contenente i suoi pochi averi e si accasciò sul letto, senza preoccuparsi di familiarizzare con la nuova stanza. Si mise, invece, a fissare il soffitto e iniziò a pianificare la propria fuga. Probabilmente, sarebbe riuscita ad andarsene da lì in poche settimane – o in qualche mese, nella peggiore delle ipotesi.

Un rumore fuori dalla finestra interruppe i suoi pensieri.

Improvvisamente, i vetri si aprirono e Violet si alzò di scatto dal letto. Un piede e poi una gamba fecero capolino oltre il davanzale, subito seguiti dal corpo di una ragazzina della sua età. L'intrusa si spolverò il trench e i leggings neri, rimosse qualche foglia dai lunghi capelli biondi, si girò verso Violet e sorrise. Una sciarpa tartan color crema chiaro, nero e rosso era drappeggiata liberamente intorno al suo collo e... quello era davvero un berretto? E dov'erano le sue scarpe? Era anche lei in affido? In tal caso, doveva aver svaligiato un negozio di alta moda

«Salve». La ragazzina allungò una mano. «Sono Lyla-Rose. Piacere di fare la tua conoscenza.»

Violet non si mosse. Scrutò la posa e l'espressione della sconosci-uta, cercando di indovinare le sue intenzioni. Mmm, probabil-mente non è in affido. *Era troppo sorridente e... educata. Violet non aveva mai incontrato un adolescente che usasse l'espressione "piacere di fare la tua conoscenza".*

Rendendosi conto che non avrebbe risposto, la ragazza lasciò cadere la mano e scrollò le spalle. «Va bene, che ne dici se comincio dalle basi?» Frugò nella tasca del cappotto e tirò fuori un quadernino e una penna, prima di sedersi sul bordo del letto. Aprì il blocco, fece scorrere la penna sulla pagina e poi la guardò. «Qual è il tuo nome completo? E la tua data di nascita?»

Violet la fissò. Che diavolo stava succedendo? *Nel corso degli anni aveva visto molte cose, dalle più strane alle più spaventose, ma non aveva mai assistito a nulla di simile. Strinse il pugno, rifiutan-dosi, per sicurezza, di abbassare la guardia.*

Lyla-Rose la studiò, accigliata. «Ehm, parli la mia lingua?»

Violet aggrottò le sopracciglia. «Cosa? Sì, certo che la parlo.»

La sconosciuta sospirò di sollievo. «Oh, bene. Per un attimo ho temuto che fossi straniera... o forse muta.»

Le sopracciglia di Violet schizzarono verso l'altro e per un attimo le sorse il dubbio che la ragazzina fosse fuggita da un mani-comio, per poi rapinare una modella e arrampicarsi su un albero per raggiungere la sua finestra al secondo piano.

«Allora, nome e data di nascita?» ripeté l'intrusa.

Violet incrociò le braccia, non sapendo bene come gestire quella strana situazione. «Ehm, perché sei qui? Sei anche tu in affido?»

La ragazzina sgranò gli occhi. «Cosa?» Si mise una mano sul petto. «Io? Certo che no! No, no, no», rispose, agitando le braccia come se le avesse suggerito di farsi spuntare delle ali.

«Che cosa vuoi, allora, biondina?»

Lyla-Rose inclinò la testa. «Non è ovvio?»

Violet aggrottò le sopracciglia.

L'intrusa sospirò, lasciando cadere il blocco e la penna sul letto. «Ok, senti...» Fece un respiro profondo. «Il fatto è che la signorina Graham mi ha detto che per ottenere il posto di redattrice del giornale scolastico ho bisogno di un pezzo molto avvincente e di interesse umano. Tuttavia, Cynthia Clearwater», arricciò il naso nel pronunciare il nome, «ha già completato la sua intervista sul sindaco, il che è assolutamente banale e del tutto ingiusto, perché il sindaco è suo padre». La ragazza si alzò e cominciò a fare avanti e indietro dalla finestra al letto. «Quindi è ovvio che la sua intervista avrà una prospettiva "non filtrata" ed "emotiva".» Mentre parlava, alzò le mani per mimare le virgolette. «Ma quando ho spiegato alla signorina Graham che a Brookhaven non succede mai nulla e che per tutte le cose interessanti sono già stati fatti milioni di pezzi, tutto ciò che ha detto è stato...» Si mise le mani sui fianchi e assunse un forte accento britannico. «Sei una ragazza intelligente, Lyla. Se davvero vuoi diventare redattrice, allora sicuramente tu, tra tutti, riuscirai a trovare un argomento avvincente su cui scrivere.»

Finalmente, la ragazzina fece una pausa e sorrise. «Quindi, eccomi qui.»

Violet la squadrò da capo a piedi. «Ehm, scusa, ma non ho ancora capito cosa stia succedendo.»

Lyla sgranò gli occhi. Corse verso il letto per recuperare il suo taccuino e la sua penna e li alzò per aggiungere enfasi alle proprie parole. «Sono qui per intervistarti. Ovvio.»

«Cosa? Stai scherzando?» Violet era ormai del tutto convinta che quella ragazza fosse scappata da un manicomio.

Lyla ridacchiò. I suoi occhi verdi scintillarono e il suo viso si illuminò, trionfante. «Certo che no. Non capisci? È perfetto.»

Spalancò le braccia. «Non solo sei l'ultima arrivata in città, ma sei anche in affido. Ho l'opportunità di scrivere un affascinante articolo di interesse umano del tutto inedito per il giornale scolastico. Potresti fornirmi tutti i dettagli cruenti con una prospettiva da insider su cosa significhi davvero essere uno degli "orfani dimenticati" del nostro paese, "trascurati dagli uomini". Elencherò i pro e i contro, tra mito e realtà.»

Violet spalancò la bocca. Deve essersi fatta di crack. Mai in vita sua qualcuno aveva definito la sua esperienza "affascinante". Esattamente, quali "pro" si aspettava quella bambolina?

Iniziò a scuotere la testa. «Non credo...»

«Ti prego, lascia che ti intervisti. So che sarà il mio miglior articolo di sempre. E sarà esattamente quello di cui ho bisogno per ottenere il posto di redattrice. Ti prego, dimmi di sì.» L'intrusa si precipitò verso di lei con uno sguardo implorante e le afferrò un braccio.

Violet si liberò immediatamente dalla presa, urlando dal dolore.

Lyla inciampò all'indietro, con gli occhi spalancati e lo sguardo incollato sulle sue braccia.

A quel punto, Violet si rese conto che le sue maniche dovevano essersi alzate, rivelando i brutti lividi blu e viola sugli avambracci. Le andarono a fuoco le guance. Le riabbassò frettolosamente fino ai polsi e incrociò di nuovo le braccia, prima di osare uno sguardo in direzione dell'intrusa. I suoi occhi brillavano dalla curiosità, ma dietro vi si celava anche un'altra emozione, qualcosa che Violet non riuscì a decifrare. Qualunque cosa fosse, era troppo per lei da gestire.

«Vattene», disse a bassa voce.

Lyla rimase a bocca aperta. «Cosa? Ma...»

Violet indicò la finestra e ringhiò: «Ti ho detto di andartene».

Passarono alcuni secondi e Violet prese in considerazione l'idea di afferrare la ragazza per la sua costosa sciarpa e lanciarla dalla finestra.

Lyla strinse le labbra e alzò il mento. «Bene.» Detto ciò, si arrampicò sul davanzale e scese di nuovo dall'albero. Raggiunto il suolo, indossò un paio di pattini a rotelle che aveva abbandonato accanto al tronco. Il suo sguardo incontrò quello di Violet e, con aria di sfida, calpestò l'erba con i roller, poi raggiunse il marciapiede di cemento e sfrecciò via.

Qualche giorno dopo, iniziando a frequentare la nuova scuola, non fu sorpresa di ritrovare la strana ragazzina nella propria classe. La scuola era piccola rispetto a quelle che aveva frequentato in precedenza e, data la ridotta popolazione studentesca, sarebbe stato quasi impossibile evitarla completamente. Con suo grande sollievo, tuttavia, Lyla sembrava decisa a ignorarla.

Violet non ci mise molto a capire chi fosse quella Cynthia di cui le aveva parlato con tanto astio, tuttavia, impiegò un po' di più per scoprirne il motivo. Le due ragazze erano vicine di casa e migliori amiche fin dai tempi dell'asilo. Pareva, però, che avessero litigato qualche mese prima del suo arrivo e, a seconda della fonte, il motivo variava dal furto del fidanzato a una rivalità familiare. Qualunque fosse la ragione, Cynthia era diventata la reginetta della scuola, mentre Lyla si era trasformata nel bersaglio dei pettegolezzi.

La ragazzina aveva, tuttavia, due elementi a proprio favore: la reputazione della famiglia e il fratello Sagan. Quest'ultimo era più grande di due anni e si diceva lo stessero educando per subentrare nell'azienda di famiglia, il che comportava frequenti assenze da scuola per partecipare ai viaggi di lavoro del padre. Violet non sapeva molto di lui, se non che era rispettato e desiderato dalla maggior parte delle ragazze. Cynthia compresa.

La parentela con Sagan, tuttavia, non bastava a proteggere Lyla da tutti i messaggi maligni, dalle umiliazioni sui social media, dalle risatine e dagli sberleffi nei corridoi della scuola e nei bagni. E la situazione non faceva che peggiorare quando lui era via.

Un giorno, durante una lezione di storia, alcuni compagni si sedettero alle sue spalle e, durante la proiezione di un documentario, iniziarono a tagliarle a turno delle ciocche di capelli. Più *tardi, Violet la trovò nel bagno delle ragazze, in lacrime, mentre si guardava allo specchio, artigliando le punte appena tagliate, quasi volesse costringerle a ricrescere.*

Quelle forti emozioni e quella disperazione le erano dolorosamente familiari, così come il desiderio incessante che qualcuno – chiunque – si fermasse e prestasse attenzione.

E, in quel caso, qualcuno stava prestando attenzione.

Lyla aveva decisamente bisogno di aiuto e Violet era proprio lì.

Avrebbe dovuto... cosa? Confortarla? Ma... come? Sembrava una cosa fuori dalla sua portata, più adatta a un'insegnante, a una psicologa o a... un'amica.

Il suo cuore si mise a battere più forte. Fece un passo avanti, affinché Lyla potesse vederla riflessa nello specchio.

«Ok, lo farò» *dichiarò.*

I singhiozzi si interruppero. Alcune emozioni si susseguirono sul volto della ragazza, prima che la confusione avesse la meglio. «Che cosa?»

Violet entrò in uno dei bagni e ne uscì con della carta igienica. Gliela porse e rispose: «Farò la tua intervista».

La ragazza si girò verso di lei, ma non fece alcuna mossa per afferrare la carta. Invece, si mise a fissarla intensamente.

Violet cercò di restare immobile, riconoscendo lo stesso sguardo che lei stessa aveva rivolto a Lyla quando era entrata nella sua stanza. Sebbene Violet non fosse stata direttamente coinvolta in nessuna delle crudeltà inflittegli dai compagni, non era intervenuta in alcun modo, il che non la rendeva migliore di quei vermi che le avevano tagliato i capelli. Sapeva che Lyla dubitava delle sue reali intenzioni e stava cercando un qualche indizio della sua malafede.

Dopo una leggera esitazione, Violet fece un altro passo in avanti, fino a trovarsi faccia a faccia con lei. «Senti, dimmi l'ora e il luogo e risponderò a tutte le tue domande.» *Le mise in mano la carta.* «Nessun secondo fine e nessun vincolo, lo giuro.»

Lo sguardo di Lyla si fece più penetrante e, dopo qualche istante, Violet cominciò a pensare che non avrebbe mai risposto.

«*A casa mia, dopo la scuola*», disse infine, senza più alcun accenno di singhiozzo nella voce.

«*Perfetto. Ci vediamo, allora.*»

Lyla si tamponò le guance e Violet si voltò per andarsene.

«*Prima di andare...*» la fermò la ragazza.

Si voltò e vide che teneva in mano un paio di forbici.

«*Non è che per caso hai esperienza come parrucchiera, vero?*»

Violet fece un piccolo sorriso e, afferrando le forbici, cominciò a sistemare i suoi capelli dorati.

* * *

Se Lyla fosse stata ancora viva, sarebbero andate all'università insieme e magari sarebbero state anche compagne di stanza. Si sarebbe potuta trovare con lei proprio in quel momento, ad aspettare il suo caffè mentre chiacchierava dei compiti e delle divergenze con il tutor di classe.

Sospirò. Quando si lasciava andare a quei "e se" dal sapore dolceamaro, le fitte al petto erano una compagnia familiare. Non che la vita di Violet fosse peggiorata dal giorno della sua morte, ma di certo sarebbe stata migliore se Lyla fosse stata ancora al suo fianco.

Autumn e Gus erano la cosa più vicina a degli amici che avesse avuto da allora, a parte Nathan e Jude. Vivere e dormire così vicino a un'altra persona a volte era un po' claustrofobico, ma non era poi così diverso dal dormire con una mezza dozzina di altri bambini in affido. Come compagna di stanza, Autumn non era male. Passava la maggior parte del tempo con il naso nel computer o nello smartphone e il suono delle sue dita sulla tastiera era diventato ormai per Violet come una sorta di rumore bianco.

Oltre ai cugini, durante la prima settimana aveva avuto modo di socializzare anche con alcuni compagni di corso, i quali visitavano spesso la loro stanza tra una lezione e l'altra. Tra questi spiccava in particolar modo Bessie, una ragazza irlandese frizzante e intraprendente con una malsana dipendenza da Hello Kitty, dai dolciumi giapponesi e dai film di Quentin Tarantino. Autumn e Gus l'avevano conosciuta alla festa del primo giorno; le avevano raccontato di essersi avvicinati a lei convinti che fosse Violet, per poi comprendere immediatamente il loro errore una volta che la ragazza aveva iniziato a parlare con il suo forte accento irlandese. A parte lo stesso colore di capelli, Violet non riusciva a vedere la somiglianza, ma da allora diversi altri compagni avevano fatto allusione ai doppelgänger in sua presenza.

A una settimana dall'inizio delle lezioni, sia Gus che Bessie facevano ormai praticamente parte dell'arredamento della stanza. I quattro andavano molto d'accordo, ma Violet si riservava comunque piccole quantità di tempo libero fuori dal dormitorio, di solito al mattino.

Anche quel giorno, si era svegliata presto ed era uscita di nascosto, sebbene ad Autumn occorressero ancora una o due ore per mettersi in piedi. Era quella l'ora in cui lei e Thane avevano deciso di incontrarsi, ogni giorno dal suo battesimo con il chai.

Come tutte le mattine, la caffetteria era affollata. Uno dei baristi fischiettava un motivetto appena udibile tra il sibilo delle macchine del caffè, mentre gli avventori si accalcavano per la loro dose quotidiana di caffeina, facendo entrare raffiche di vento pungente ogni volta che aprivano la porta.

Violet si guardò intorno alla ricerca di un tavolo libero e, quando lo trovò, si accomodò su una delle due sedie. Mancava ancora qualche minuto all'arrivo di Thane, perciò affondò il viso nella sciarpa di lana verde giada e tirò fuori la macchina fotografica. Durante il tragitto era stata colta dall'ispirazione e aveva deciso di scattare qualche foto spontanea agli studenti che approfittavano dei rari raggi di sole. Si soffermò sulla foto di una coppia seduta su una delle panchine del giardino; un ragazzo teneva con disinvoltura il braccio intorno alle spalle di una ragazza, la quale rideva con la testa gettata all'indietro e i denti bianchi che luccicavano, e la guardava incantato.

Violet non aveva mai avuto un fidanzato. *Come ci si sente a essere quella ragazza?* Sembravano così affiatati e a proprio agio nella reciproca compagnia. Se uno dei due fosse sparito, la foto sarebbe stata incompleta.

Sorrise, pensando alle recenti conversazioni con Thane. Parlare e ridere con lui era sorprendentemente facile. Stentava a credere di essere già arrivata all'ultimo giorno di quella settimana di caffè.

«Amici tuoi?»

Violet alzò lo sguardo e lo vide prendere posto di fronte a lei. Il ragazzo si liberò della giacca e la appese allo schienale della sedia, poi si tolse la sciarpa dal collo e la appoggiò sul tavolo.

Violet sbatté le palpebre. «Come, scusa?»

Thane sorrise e fece un gesto verso la macchina fotografica che aveva tra le mani. «La coppia nella foto. Sono amici tuoi?»

«Oh.» Violet abbassò lo sguardo sullo schermo. «No, sono solo degli sconosciuti a cui ho scattato delle foto mentre venivo qui.»

Thane assunse un'espressione sorpresa. «Oh. Quindi sei una stalker.»

Violet sgranò gli occhi. «Cosa? No! Non sono... Quello che voglio dire è...»

Thane sorrise e alzò le mani. «Rilassati. Stavo solo scherzando.» Rise. «Dovresti vedere la tua faccia.»

Violet si premette i palmi delle mani sulle guance in fiamme. Perché aveva quell'effetto su di lei?

Thane ridacchiò di nuovo. «Mi dispiace, non ti dovrei

stuzzicare così. Quello che avrei dovuto dire è: "Che foto fantastica. Hai un vero dono".»

La ragazza avvertì un palpitio nel petto e non poté fare a meno di sorridere. «Grazie. Sei un vero idiota.»

Intorno ai suoi occhi si formarono delle piccole rughe mentre rideva. «Hai ragione. Me lo sono meritato.»

All'improvviso, le loro risate si spensero e, qualche istante dopo, Violet si accorse che si stavano fissando entrambi.

Si schiarì la gola. «Ehm… vado a ordinare.» Fece per alzarsi, ma fu interrotta dall'arrivo di una ragazza con la divisa della caffetteria, che posò due tazze sul loro tavolo.

«Un cappuccino e un Chai Latte, giusto?» chiese.

Violet e Thane si scambiarono uno sguardo.

«Sì», disse Thane.

«Ottimo! Puoi pagare anche dopo, tesoro.» La barista sorrise e fece loro l'occhiolino.

Dopo che se ne fu andata, Thane le rivolse un sorriso cospiratorio. «Solo sette giorni e siamo già diventati clienti abituali.»

Violet rise. «In realtà, credo che *ti* siano bastati sette giorni scarsi. Secondo me, la barista ha una cotta per te. Una volta finita la tua settimana di caffè gratis, sono sicura che riuscirai a estorcergliene altri, soprattutto quando capirà che sono fuori dal gioco.»

Thane aggrottò la fronte. «Fuori dal gioco?» Abbassò lo sguardo sul suo cappuccino e fece girare la tazza un paio di volte con le dita. «È questo che vuoi?»

Violet inclinò la testa. «No, stavo… stavo solo cercando di fare una battuta.»

Quando il ragazzo alzò di nuovo lo sguardo su di lei, i suoi occhi brillavano. «Ottimo, perché stavo, ehm… Vorrei continuare a vederti. Cioè… se per te va bene.»

Il cuore di Violet prese a battere più forte. «Ah, okay. Cioè sì», disse, annuendo con un po' troppo vigore. «Sì, piacerebbe anche a me.»

Il sorriso di Thane si fece largo da un orecchio all'altro. «Fantastico! Allora, che ne dici della prossima settimana? E questa volta i caffè li offro io.»

«Perfetto», rispose Violet.

8

SORRISI DA SQUALO

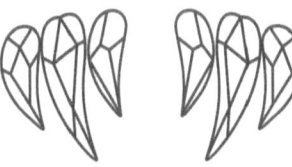

NATHAN SI SPRUZZÒ DELL'ACQUA SUL VISO, POI NE BEVVE UN sorso per sciacquar via il bruciore acido della bile che aveva appena vomitato nel bagno della villa dei Branstone. La vita da umano doveva averlo rammollito. Negli anni, aveva visto tante cose orribili – e altrettante ne aveva fatte lui stesso – ma nessuna aveva mai avuto su di lui un effetto simile all'arredamento di quella casa.

Quando chiuse il rubinetto, intorno a lui calò il silenzio. I pensieri si rincorrevano nella sua mente mentre si guardava allo specchio, cercando di elaborare quanto successo nei minuti precedenti.

Quanti? Quella collana da sola ne rappresentava almeno uno, ma il *lampadario!*

Le emozioni che si agitavano nel suo petto traboccarono, manifestandosi sotto forma di un'agonia lancinante ai gomiti. Si tolse in fretta la giacca, prima di ritrovarsi con le maniche strappate.

La sensazione si intensificò. Nel corso degli anni aveva imparato a reprimerla, ma in quell'occasione decise di lasciare libero sfogo alla propria natura. Alzò un braccio e osservò nello specchio la lama scintillante che fuoriusciva dalla pelle del suo gomito. Si sviluppava parallelamente all'avambraccio, giù fino a raggiungere il polso. Sollevò anche l'altro braccio, dal quale sporgeva una seconda lama simile al cristallo, identica alla prima.

Le ispezionò, soffermandosi sul particolare motivo vorticoso delle sfaccettature, simile a quello della collana della signora Branstone e, molto probabilmente, a quello di ogni frammento di cristallo del lampadario. Tuttavia, il disegno sulle lame di diamantio che gli spuntavano dai gomiti era il suo – unico, come un'impronta digitale.

La sua mente si riempì nuovamente del ricordo della cosiddetta collana di diamanti della signora Branstone e, ricordandone il sentore, si coprì il viso con le mani. Con un nodo in gola, cercò di liberare la mente da quelle immagini violente, dall'orrore della macellazione della sua razza, delle ossa di cristallo spezzate in piccoli frammenti e poi riassemblate per fare sfoggio della ricchezza umana.

Scosse la testa, incredulo. Perché tutto ciò gli dava la nausea? Gli era già capitato di dover vedere e maneggiare i morti della sua stessa specie e non aveva mai avuto una reazione simile. Ma d'altronde, a parte un Veniri in particolare, non ne frequentava da quando era fuggito dal suo alveare quindici anni prima, e tantomeno aveva occasione di vederne di defunti. Forse stava sviluppando una sorta di sensibilità sensoriale.

Come aveva fatto a non accorgersi prima di quei cacciatori? Ma soprattutto, sapevano di lui? Negli ultimi dieci anni, aveva fatto ogni sforzo possibile per mantenere celata la propria identità di Veniri, tanto che nemmeno Jude e Violet ne erano a conoscenza. Tuttavia, non conosceva i meccanismi interni dei cacciatori, né il modo in cui identificavano e rintracciavano le loro prede. Se lo avessero saputo, però, dubitava che avrebbe resistito così a lungo vivo nella loro casa. Forse Jude era la sua salvezza, un testimone indesiderato che avrebbe impedito loro di ucciderlo.

…o forse era in qualche modo coinvolta e li stava aiutando ad attirarlo in qualche elaborata trappola?

Scosse la testa. Era una follia. *Impossibile.* Era con lei quasi ogni giorno; se ne sarebbe di certo accorto.

Si bloccò. *Jude.*

Era ancora là fuori. Dubitava che fosse in pericolo. Se c'era una cosa che sapeva dei cacciatori Erathi, era che non facevano del male agli umani. Tuttavia, non gli piaceva l'idea che fosse là fuori senza di lui. Riportò l'attenzione sul suo riflesso e alzò le braccia. Le lame di diamantio rientrarono nella carne, procurandogli meno dolore di quando erano uscite.

Rimessa a posto la giacca, uscì dal bagno e tornò nel corridoio. Il salone era vuoto. Il suo cuore ebbe un sussulto e il sangue gli affluì immediatamente alla testa. Un battito irregolare prese a rimbombargli nelle orecchie, mentre la pressione aumentava dietro le tempie.

Prima che il panico potesse sopraffarlo del tutto, udì delle voci nella stanza accanto. Mettendo mano alla pistola, seguì quei rumori attraverso una porta dall'altro lato del salone. Stava per estrarre l'arma, quando vide Jude e riconobbe la sua postura da lavoro: schiena dritta, spalle squadrate, testa bassa. Annuiva mentre prendeva appunti con il telefono, borbottando di tanto in tanto un "mm-hmm".

Fece un bel respiro e rimise la pistola al proprio posto, ma proprio mentre stava per entrare nella stanza, una voce baritonale lo fece fermare sulla soglia. Veloce come era arrivato, il suo sollievo si dissolse.

Due uomini avevano raggiunto Jude e la signora Branstone.

Uno, con capelli così biondi da sembrare quasi bianchi, doveva avere intorno ai vent'anni. Nathan lo riconobbe come

Sagan, il fratello maggiore di Lyla. Era appoggiato contro il muro, con le braccia incrociate e l'aria irritata. Quando vide Nathan, i suoi occhi si spalancarono, poi il suo sguardo si riempì d'astio. Subito, si allontanò dal muro e si mise sull'attenti.

L'uomo che aveva parlato, invece, era più anziano e la sua altezza, intorno al metro e novanta, gli consentiva di guardarlo negli occhi. Aveva capelli castano scuro con basette brizzolate, baffi curati e pizzetto. La felpa nera attillata che indossava metteva in risalto le sue spalle larghe e il suo fisico muscoloso. Un'intensa severità irradiava da ogni sua espressione, movimento e persino dalla sua immobilità.

Matthias, il padre di Lyla-Rose.

I gomiti di Nathan ebbero un sussulto quando incrociò il suo sguardo e dovette reprimere una smorfia. Aveva bisogno di ricomporsi, di mantenere la sua facciata da detective umano. Tuttavia, non poté fare a meno di prepararsi mentalmente al peggio.

Esaminò alcuni ipotetici piani di fuga per far uscire sé stesso e Jude da quella casa, catalogando le armi che aveva con sé e quelle di cui sapeva essere in possesso la sua partner. Con la loro scorta collettiva, avrebbero avuto una possibilità contro quei due – tre, se si contava la signora Branstone. E, alla fine, se si fosse rivelato necessario utilizzare le sue lame di diamantio, avrebbe raccontato la verità a Jude più tardi. O almeno una versione diluita. Ammesso che riuscissero a uscirne entrambi vivi.

Quando Nathan entrò nella stanza, Matthias si fermò a metà risposta.

Jude alzò lo sguardo, seguendo quello dell'uomo. «Signor Branstone, si ricorda del detective Delano?»

La bocca di Matthias si incurvò in un sorriso – espressione che ricordò a Nathan quella di uno squalo poco prima di azzannare la sua preda. «Certo, detective Delano.»

Matthias gli tese la mano. «È da un po' che non ci incontriamo.»

Nathan esitò, per poi rimproverarsi quando il sorriso da squalo del signor Branstone si intensificò. Si sforzò di ricambiare e gli strinse la mano. «Sì, signor Branstone. È passato un po' di tempo.»

«La prego, mi chiami Matthias.»

Nathan rispose con un cenno di assenso.

La presa di Matthias si fece più stretta. Né il suo contatto visivo né il suo sorriso vacillarono.

I gomiti di Nathan bruciavano di dolore e la sensazione aumentava di secondo in secondo. La sua giacca rischiava di strapparsi. Lottò contro l'impulso di mettersi davanti a Jude e di proteggerla da quell'uomo. Matthias se ne sarebbe sicuramente accorto, per non parlare del fatto che Jude lo avrebbe spinto da parte e avrebbe messo in discussione il suo strano comportamento.

Nathan aprì la bocca per parlare, per dire alla collega che aveva ricevuto una telefonata dalla centrale e che attendevano il loro ritorno, ma Matthias parlò per primo.

«Mia moglie mi ha detto che è stato male, detective.»

«Oh, sì» disse la signora Branstone. «Come si sente?» Arricciò il naso. «Non avrà preso un brutto virus, vero?»

«Certo che no, signora.» Nathan sorrise, sollevato, quando Matthias fece un passo indietro per circondare con un braccio la vita della moglie.

«Oh, bene» disse la signora Branstone. «Non vorrei che ce lo trasmettesse.»

«Non c'è da preoccuparsi, cara» disse Matthias, dandole una pacca sulla spalla. «Sono sicuro che a creare caos nelle viscere del detective sia stato uno sviluppo molto recente.»

La donna strinse le labbra. «In ogni caso, sarebbe comunque una buona idea disinfettare il bagno, nel caso in cui sia contagioso.»

Matthias fece una risatina. Qualcosa nel suo sguardo fece nascere in Nathan il sospetto che sapesse esattamente cosa fosse. Riusciva a percepire quell'innegabile avidità di cui i cacciatori facevano prova nel valutare le loro prede. Il signor Branstone sapeva esattamente quale fosse il suo valore da morto e chi sarebbe stato disposto a comprare il suo scheletro di diamantio.

Nathan lo osservò con uno sguardo che sperava sembrasse casuale. Alla vita aveva due pistole, una per ciascun fianco, ma dubitava che fossero le uniche armi presenti sulla sua persona, dato il suo abbigliamento. Le lunghe maniche della felpa erano perfette per nascondere molte altre armi, di quelle specializzate nell'uccisione di esseri come lui.

Nathan fissò gli occhi sulle mani dell'uomo, a denti stretti. Decifrarne le intenzioni sarebbe stato molto più facile se avesse potuto spostarsi parzialmente e usare la sua lingua biforcuta.

Il sorriso di Matthias si allargò ancora di più, come se conoscesse i suoi pensieri e Nathan trattenne il desiderio di cancellare quel sorriso compiaciuto dal suo volto con qualsiasi mezzo, anche il più brutale.

Jude si schiarì la gola. «Allora, Nathan, poco prima del tuo ingresso stavo raccogliendo i dettagli del furto del portatile del loro figlio.»

«Infatti,» disse Matthias, «ecco la questione che ci ha riuniti tutti». Fece un cenno al giovane dai capelli biondi. «Vieni qui, ragazzo. Detective, si ricorda di mio figlio Sagan?»

Nathan si era quasi dimenticato della sua presenza nella stanza. «Sì, certo» disse, tendendogli la mano.

Sagan non fece alcuna mossa per stringerla.

Ora che si trovavano uno accanto all'altro, le somiglianze tra i due erano evidenti. Gli occhi, il naso e gli zigomi del ragazzo erano una copia carbone di quelli del padre e anche lui indossava una felpa nera su un fisico imponente e muscoloso. La differenza principale era costituita dagli occhi. Dove quelli di Matthias erano marroni, quelli di Sagan erano di un sorprendente blu pastello, e dove quelli di Matthias avevano un luccichio di selvaggio divertimento, quelli di Sagan erano colmi di puro odio.

Matthias mise una mano intorno alla nuca del ragazzo. I suoi polpastrelli divennero bianchi e le sue parole successive furono d'acciaio. «Vai, figliolo. Stringi la mano al buon detective.»

Con la mascella tesa, Sagan gli strinse doverosamente la mano, per poi lasciarla cadere immediatamente.

Matthias fece un sorriso storto e diede due pacche alla testa del figlio. Nathan quasi si aspettava che gli rivolgesse un: "bravo ragazzo".

Terminate le sgradevoli presentazioni, Jude procedette con la sua indagine.

Nathan piegò le braccia e cercò di ricordare i suoi colloqui con la famiglia Branstone, setacciando i ricordi alla ricerca di qualcosa che potesse alludere alla loro vera iden-tità, ma la sua memoria si era fatta confusa negli ultimi anni. Per quanto si sforzasse, riusciva a ricordarli solo come una famiglia addolorata e distrutta che cercava disperatamente di scoprire chi avesse ucciso la figlia e perché.

Ad un certo punto, Nathan colse lo sguardo scrutatore di Sagan su di sé e, dopo un attimo, prese a esaminarlo come aveva fatto con suo padre. Una catena nera faceva capolino sopra il collo della felpa e la sottile sagoma di un amuleto era visibile sotto il tessuto all'altezza del petto. Nathan spostò l'attenzione su Matthias. Anche lui aveva la stessa catena nera e la sottile impronta di un amuleto sotto la camicia.

Gli amuleti erano stemmi del clan di riferimento che i cacciatori ricevevano durante la loro iniziazione. Ognuno di essi conteneva dieci piccole fiale incastonate nel metallo, una per ogni specie di mutaforma conosciuta. I cacciatori iniziati usavano le fiale per conservare un campione di sangue luminescente proveniente dalla loro prima uccisione di ogni specie. Più colori c'erano in un amuleto, più il cacciatore veniva venerato.

Nathan non aveva mai incontrato un cacciatore con tutti e dieci i colori; il massimo che aveva visto era cinque. Un suo amico, invece, sosteneva di aver visto un amuleto con sei colori.

Si chiese quanti colori ci fossero nell'amuleto di Sagan. E che dire di quello di Matthias? Di quanti colori aveva bisogno un cacciatore per dare prova di una simile arroganza?

«Oh, a proposito...» Matthias riportò l'attenzione su Nathan. «Mi stavo chiedendo... Quella ragazza, come si chiamava?» Socchiuse gli occhi e fece schioccare le dita un paio di volte. «Sapete, la ragazza che era lì quando Lyla è morta.»

Nathan strinse i pugni e Sagan si voltò verso il padre.

«Oh, vuoi dire Violet», disse Jude.

«Sì, Violet.» Il suo sorriso si allargò, trionfante. «Come sta?»

«Bene, tutto sommato.»

«Meraviglioso.» Gli occhi di Matthias brillarono e lo sguardo di Sagan sembrò vacillare. «Grazie, detective, per il suo aiuto» disse a Jude.

La donna si rimise il telefono in tasca. «La chiameremo non appena sapremo qualcosa.»

«In tal caso, farete meglio a chiamare mia moglie. Vado fuori città per qualche giorno.»

Jude annuì. «D'accordo.»

Una volta tornati in macchina, Jude iniziò la sua sfuriata. «Che diavolo è successo? Hai visto come ti guardava quel ragazzo? Che razza di verme!» Borbottò qualcosa a proposito di ragazzi ricchi e ingrati. «Dopotutto, è il suo portatile che è stato rubato.»

Nathan non fece caso alle sue parole; la sua mente ronzava. Quando Jude fermò la macchina, si rese conto che gli aveva rivolto una domanda. «Scusa, cosa hai detto?»

«Ho detto che ho fame e che vado a prendere da mangiare. Vuoi qualcosa anche tu?»

Nathan trasalì. Il suo stomaco era ormai vuoto, ma essere passato davanti al lampadario di diamantio una seconda volta gli aveva fatto salire di nuovo una certa nausea. «No, grazie. Sto bene così.»

«Ok, ci metto un attimo.»

Una volta che Jude se ne fu andata, Nathan tirò fuori il telefono e compose un numero. Qualche squillo dopo, rispose una voce maschile.

«Sì?»

«Dove ti trovi?» chiese Nathan. «Sei in città?»

«No, al momento no. Perché?»

«Bene. Non venire a casa mia. Ho attirato l'attenzione di alcuni cacciatori Erathi.»

Ci fu una pausa. «Oh, sei sicuro di non volere che io...»

«No», disse Nathan. «È meglio che tu stia lontano. Ti chiamerò quando... *se* sarà sicuro tornare.»

9

PSICOPATICI E PRESE MORTALI

VIOLET USCÌ DALLA DOCCIA E, MENTRE SI ASCIUGAVA, DIEDE una rapida occhiata al proprio corpo nello specchio sulla porta del bagno. Linee pallide le solcavano un lato delle costole, cicatrici screziate le ricoprivano i gomiti e le ginocchia e i fantasmi di piccoli tagli ed escoriazioni erano ancora evidenti sul viso, sui palmi delle mani e sulla maggior parte delle dita. Eppure, non ricordava nulla di come le avesse ricevute.

Le cicatrici più sconcertanti, tuttavia, erano quelle sulla schiena. Si girò e allungò il collo per ispezionarne la parte bassa nello specchio. Su entrambi i lati della colonna vertebrale, dove ci sarebbero dovuti essere i due piccoli incavi delle sue fossette di Venere, c'erano due montagnole di tessuto marmorizzato, come se la sua pelle fosse stata bruciata dall'acido o dal fuoco. Quelle cicatrici si distinguevano da tutti gli altri segni di abuso; erano troppo simmetriche, come se fossero state pianificate. Nessun medico o infermiere era riuscito a fornire una risposta alle sue domande fatte in ospedale.

Scuotendo la testa, accantonò per l'ennesima volta quel

mistero irrisolto e si infilò il vestito. Doveva truccarsi o no? Avvicinandosi allo specchio, si ispezionò il viso e aggrottò le sopracciglia. Non le era mai piaciuto il colore dei suoi occhi. Erano più grigi che blu, come se il pigmento si fosse esaurito durante la loro formazione. E poi... Erano occhiaie quelle? Le ombre scure risaltavano sulla sua pelle chiara. I compiti si sommavano gli uni agli altri con una rapidità sorprendente e gli effetti delle notti insonni iniziavano già a farsi sentire. Come facevano gli altri a bilanciare studio e vita sociale?

Un'ondata di stanchezza la travolse e Violet valutò l'idea di mettersi il pigiama e addormentarsi guardando un film sul portatile. Convincere Autumn, Gus e Bessie, tuttavia, sarebbe stato impossibile, soprattutto dopo che aveva già saltato la festa precedente. Inoltre, avrebbe dovuto sfruttare al meglio la sua esperienza universitaria.

Frugò nella borsa dei trucchi della sua compagna di stanza. «Ehi, Autumn, hai un correttore da prestarmi?» chiese.

Il trucco era qualcosa che Violet aveva sempre evitato, anche se una volta, a quattordici anni, aveva rubato un luci-dalabbra al gusto di anguria in un negozio. Ne aveva perso le tracce dopo circa tre case-famiglia: probabilmente era stato rubato da un'altra ragazzina in affido.

Autumn fece capolino dalla porta e si appoggiò allo stip-ite. «Ne ho alcuni, ma non sono sicura di poterti aiutare. Nessuno è color "cadavere".»

Violet mise il broncio, ammirando i toni dorati della pelle di Autumn. Sembrava pronta per uno shooting sulla spiaggia – le mancavano solo un bikini e una tavola da surf.

L'amica incrociò le braccia. «Perché tutto d'un tratto questo interesse per il trucco? Non ti ho mai vista truccarti. Non che tu ne abbia bisogno, tra l'altro.» Arricciò il naso. «Sei una di quelle fastidiose ragazze che possono permettersi di postare foto con l'hashtag *#appenasveglia*.»

Violet rise. «Più che altro, opterei per qualcosa tipo: "che aspetto ha il sole?".»

Autumn rise. «Un po' di sole non ti farebbe male.»

«Sì, beh, non tutti siamo stati educati ad abbracciare uno stile di vita alternativo e hippy.»

«Ehi, non lasciarti ingannare dai rasta. È la vita di città che desidero, anche se mi lamento del latte comprato al supermercato.»

Violet ridacchiò.

«È meglio che tu vada a cambiarti, Vi.» Autumn controllò l'orologio. «Abbiamo solo pochi minuti prima che arrivino gli altri.»

«Sono pronta», disse Violet, cercando di orientarsi tra i numerosi prodotti di bellezza dell'amica.

«Che vuoi dire?» Autumn aggrottò le sopracciglia osservando il suo abbigliamento. «Non puoi metterlo.»

«Perché? Cosa c'è di sbagliato?»

La ragazza si mise una mano sul fianco. «È nero.»

Violet inclinò la testa e aggrottò le sopracciglia. Il vestito di Autumn aveva una galassia stampata su sfondo blu e alcuni dei suoi dreadlocks erano tinti di colori fluorescenti.

«Non puoi vestirti di nero a un fluo party», disse Autumn.

«Cosa?» Violet accarezzò il morbido tessuto del suo vestito. «Perché no?»

«Perché un vestito completamente nero ti renderà invisibile, per non parlare del fatto che ogni pelucco bianco sarà super evidente.»

«Oh.» Violet afferrò l'orlo del vestito e lo ispezionò un po' più da vicino.

«Ehi, ragazze, siamo arrivati» chiamò Gus.

«Siamo in bagno», rispose la cugina.

«Visto che la porta è aperta, mi aspetto che siate completamente vestite. È troppo presto per la nudità», disse Gus.

Bessie apparve sulla porta. «Ehi, ragazze, cosa ne pensate?»

Violet sgranò gli occhi quando fece una piroetta per mostrare il suo abbigliamento. Indossava una parrucca verde fluorescente a caschetto e un rossetto abbinato. Bastoncini luminosi e bracciali neon completavano il suo look, composto da una canottiera rosa shocking e una gonna a tutù, anch'essa fluo.

Bessie tese le mani. «Guardate qui. Le ho appena rifatte.» Le sue unghie erano un misto di rosa alla base e verde sulle punte. «Vi piacciono?»

Autumn sorrise e annuì. «Wow! Sono stupende.»

«Posso guardare?» disse Gus, ancora fuori dal loro campo visivo.

Violet sorrise e Autumn alzò gli occhi al cielo. «Sì, Gus. So che muori dalla voglia di mostrarci come ti sei vestito. Il palco è tutto tuo.»

Gus saltò accanto a Bessie con un "ta-daaa".

«Wow», disse Violet.

Gus si girò per offrire alle ragazze una visione a trecentosessanta gradi del suo outfit completamente fluorescente. Indossava pantaloni eleganti giallo limone, con una camicia rosa abbottonata sotto una giacca arancione.

«Non ho trovato scarpe fluorescenti, ma ho rimediato con un barattolo di lacca blu.» Alzò un piede, mostrando il nuovo colore delle sue scarpe da ginnastica, un tempo bianche.

«Wow!» disse Autumn. «Fantastico!»

Gus infilò i pollici nel colletto della giacca, un sorriso soddisfatto sul volto. Sorriso che si trasformò in cipiglio quando vide Violet. «Non lo indosserai alla festa, vero?»

Violet alzò gli occhi al cielo. «Non c'è niente di male nel mio vestito. Andiamo e basta.»

«Mmm… Assolutamente no.» Autumn la afferrò per le

spalle e la spinse fuori dal bagno, finché non si trovarono davanti al suo guardaroba. «Bessie, occupati dei capelli. Io penserò al vestito.»

* * *

Le loro scarpe battevano ritmicamente sul selciato della strada cittadina, in sincronia con la musica rave che risuonava qualche isolato più avanti. Un mix di profumi di cibo provenienti da ristoranti e food truck accompagnava il loro incedere. Lo stomaco di Violet brontolò, quando il sentore di pollo al burro, riso speziato e altre prelibatezze del ristorante indiano dall'altra parte della strada raggiunse il suo naso. Dubitava che alla festa ci sarebbe stato cibo altrettanto aromatico e appetitoso. Avrebbe dovuto mangiare prima di partire.

Violet si strinse il colletto della giacca intorno al collo. Aveva perso il conto del numero di cose di cui si era già pentita in quella notte gelida, ma aver affidato la scelta del proprio outfit a Autumn era decisamente in cima alla lista. Abbassò l'orlo del vestito completamente bianco che aveva addosso. Il tessuto elasticizzato aderiva a ogni curva, lasciando ben poco all'immaginazione. Un paio di leggings rosa fluo – un suggerimento di Bessie – erano l'unica cosa che la salvava dalla vergogna più assoluta. Non potendo nascondere il coltello a serramanico in quel vestito, lo aveva riposto in una pochette a forma di fenicottero – un altro oggetto prestatole per la serata dalla sua compagna di stanza.

Violet tirò un po' più forte l'orlo e Autumn le diede uno schiaffo sulla mano. «Smettila. Mi rovinerai il vestito.»

«Questa cosa non ha abbastanza tessuto per essere considerata un vestito», disse a denti stretti. «Non posso credere di essermi fatta convincere a indossarlo in pubblico.»

Autumn alzò gli occhi al cielo. «Stai bene, Vi. Anzi, *benissimo*. Smettila di lamentarti.»

Quando raggiunsero la fine della strada, Autumn allargò le braccia per fermarli, prima che potessero svoltare nel vicolo. «Aspettate, prima che mi dimentichi! Vi servirà uno di questi.» Aprì la pochette dorata e porse a ciascuno una tessera. «Potete ringraziare Prophecy03 per i documenti falsi.»

«Chi?» disse Violet.

Gus gemette. «È uno dei suoi amici hacker.»

Bessie strillò di gioia mentre prendeva il documento.

«Ma stiamo scherzando?» Violet guardò la sua foto accanto al nome Vanessa Smith. «Sul serio, Autumn. Nathan mi ucciderebbe, se dovesse scoprirlo.»

Autumn sorrise. «E tu fai in modo che non lo scopra.» Detto ciò, prese lei e Bessie sottobraccio e le trascinò dietro l'angolo.

Due buttafuori erano in piedi davanti all'ingresso di uno squallido locale pieno di graffiti. L'abbigliamento fluorescente degli avventori che entravano e uscivano contrastava nettamente con il vicolo buio e abbandonato.

«Aspetta», disse Violet, «questo è un club. Credevo avessi detto che saremmo andati a una festa universitaria».

Autumn inclinò la testa e scrollò le spalle. «Beh, tecnicamente ho detto che ci sarebbe stata un sacco di gente del college.»

Violet scrutò i volti di quelle persone fluorescenti, non riconoscendone nessuno.

«Dai, Vi.» Autumn le diede una gomitata. «Rilassati. Una notte fuori dal campus non ti ucciderà. Davvero, cambiare aria ci farà bene.» Si aggrappò al suo braccio e la trascinò in avanti.

I suoi amici passarono l'ispezione del buttafuori con facilità, ma, arrivato il suo turno, l'uomo lanciò un paio di occhiate tra lei e il documento falso, facendola sussultare. Quando, finalmente, le fece cenno di passare, evitò a stento di sospirare di sollievo.

Una volta dentro, Violet fece un respiro profondo, mentre i bassi della musica elettronica le vibravano nel petto. «Wow.»

Il locale era immerso nell'oscurità, a tratti interrotta da macchie gialle, verdi, blu, rosa e magenta. L'abbigliamento degli avventori spaziava dalle più svariate tonalità neon alle luci a LED stroboscopiche. Un ragazzo indossava addirittura una camicia che si illuminava a ritmo con la musica, mentre un altro indossava lenti a contatto arancioni fluo. Il corsetto di vinile nero di un'altra ragazza era illuminato da LED rosa, con un motivo geometrico che metteva in risalto il suo corpo sinuoso. Una folla compatta si muoveva sulla pista da ballo, mentre gli spettatori osservavano da una balconata a forma di U al secondo piano.

Violet si voltò verso i suoi amici e rimase sbalordita dall'-effetto della luce sui loro abiti. Abbassò lo sguardo sul proprio vestito bianco, che ora risplendeva di un azzurro freddo.

Autumn ridacchiò e gridò sopra la musica: «Vedi, te l'avevo detto. Stai benissimo. Dovresti vedere i tuoi capelli!»

Violet ne sollevò una ciocca e sorrise. Il gesso fluorescente che Bessie le aveva messo brillava con i colori di un vibrante arcobaleno.

Bessie afferrò il braccio di Autumn e gridò: «Forza, andiamo a prendere da bere».

Pochi minuti dopo, le due tornarono con un vassoio pieno di una ventina di bicchierini luminosi e Bessie che sorrideva come se avesse appena vinto alla lotteria.

Violet spalancò la bocca. «Quanto pensate di ubriacarvi?»

Bessie alzò le spalle. «Non sapevo cosa prendere, così il barista mi ha suggerito di provare un assortimento.»

«Di' loro la verità», la incalzò Autumn con un sorriso. «Ti sei fatta abbindolare dal barista sexy.»

Violet rise, osservando ancora una volta il vassoio strapieno. «Quanto era sexy quel tizio?»

«Non lo so, non saprei dire con questa luce. Ma aveva una cresta epica.»

Violet e Gus si scambiarono uno sguardo incredulo e si unirono alle ragazze per qualche scatto di gruppo. Dopo un po' di giri, Violet si abituò al bruciore dell'alcol in gola e in breve tempo iniziò a godersi quel caldo ronzio. Con sua grande sorpresa, riuscirono a svuotare il vassoio in un attimo.

Bessie strillò e indicò un angolo del locale. «Sì! Andiamo a farci dipingere!»

Prima che qualcuno potesse rispondere, la ragazza li aveva già trascinati verso la postazione di body painting.

Più tardi, una volta seduti a un tavolo che Autumn era riuscita miracolosamente ad accaparrarsi grazie al proprio fascino, Violet ammirò il disegno floreale che si era fatta dipingere lungo il braccio.

«Che ne pensi?» Bessie inserì il proprio viso nella visuale di Violet e indicò la farfalla che aveva sulla guancia. Violet sorrise e alzò entrambi i pollici.

«Non posso più trattenermi. Devo ballare!» Gus prese la ragazza per il braccio e la trascinò verso la pista da ballo, urlando a Violet un avvertimento: «Tieni d'occhio Autumn, va bene? Sa essere molto elusiva».

Lui e Bessie si unirono alla folla. La giacca arancione dell'uno e la parrucca verde dell'altra spiccavano come fari, anche in mezzo all'orda fluorescente. Violet non poté fare a meno di ridacchiare per i loro passi di danza oltraggiosi. *Se solo potessi essere anch'io così spensierata.* Se Lyla fosse stata lì con loro, non solo sarebbe stata all'altezza di quei balli folli, ma avrebbe persino rubato loro la scena.

Controllò l'orologio e i suoi occhi si spalancarono. «Ehi! Hai idea di che ora sia, Autumn? Forse dovremmo tornare a casa.»

Autumn scosse la testa e bevve un altro sorso del suo drink. «No. Non posso andarmene. Non l'ho ancora visto.»

Violet aggrottò le sopracciglia. «Visto chi?»

«A proposito di ragazzi...» Autumn agitò una mano, ignorando la sua domanda, e con parole un po' biascicate, disse: «Quando mi racconterai di quel ragazzo di cui continui a parlare? Ho capito che gli piacciono gli scorpioni».

Un brivido gelido pose fine alla sua calda euforia alcolica. «Che cosa?»

Autumn scivolò sulla sedia più vicina e si mise una mano sotto il mento, in attesa. «Ho detto: ho capito che gli piacciono—»

«Ho sentito quello che hai detto. Non ti ho mai parlato di un ragazzo. O... o di nessuno.» Non aveva mai parlato di Thane con gli amici.

Autumn annuì, facendo rimbalzare la testa su e giù con più vigore del necessario. «Sì, invece. L'hai fatto. L'ho sentito. L'ho sentito mentre dormivi.» Appoggiò la testa sulla sua spalla e alzò lo sguardo, fissandola con occhi vitrei. «Sai che parli nel sonno?»

I muscoli del viso di Violet si irrigidirono e l'alcol nel suo stomaco si trasformò in acido. «Ho bisogno di un bicchiere d'acqua.» Si alzò in piedi e Autumn si accasciò sul posto lasciato libero.

«Violet, aspetta! Non mi hai detto che aspetto ha. Non mi hai detto...» La musica martellante soffocò il resto, non appena Violet si fece largo tra i ballerini, dirigendosi verso l'uscita.

Corpi e arti la spingevano in tutte le direzioni, osta-colando la sua rapida fuga. Il petto di Violet si gonfiò mentre il suo mondo girava in un frenetico groviglio di colori fluorescenti. Aveva bisogno di correre. Allontanarsi da quel demone che dominava il suo passato e i suoi incubi.

Le ginocchia le cedettero.

I lineamenti dei danzatori intorno a lei divennero sfocati, indistinti. Senza volto, come l'uomo dei suoi sogni.

Chiuse gli occhi, ma non servì a cancellare l'immagine che albergava nei meandri più oscuri della sua mente. Quello scorpione di cristallo era impresso nei suoi occhi, più vivido che mai. Nella sua testa, l'uomo senza volto si stava protendendo verso di lei.

«Violet!» Una mano pesante le si abbatté sulla spalla.

La ragazza urlò e si girò di scatto, con il panico che le attanagliava il petto.

Era solo Gus.

«Mi hai quasi fatto venire un infarto», ansimò, stringendo e piegando la stoffa del vestito all'altezza del cuore, che batteva rapidamente. Gemette e si premette una mano sulla fronte. «Credo di aver bevuto troppo.»

«Dov'è Autumn?» gridò Gus.

«Cosa?»

Gli occhi di Gus erano enormi, il suo sguardo intenso.

«Gus? Stai bene?»

«Dov'è Autumn?» gridò di nuovo.

«Lei è… ehm…» Violet si guardò intorno per orientarsi.

Gus la afferrò per le spalle e iniziò a scuoterla. «Violet, dov'è?»

Indicò il tavolo che aveva lasciato poco prima, ma era occupato da un nuovo gruppo di clienti, nessuno dei quali era Autumn. «Ehm… Era…»

Gus imprecò ad alta voce, facendo a gara con il volume della musica. «Sapevo che sarebbe successo! Non la conosci come la conosco io. Dobbiamo trovarla.» La prese sottobraccio e si fece largo tra la folla.

«Aspetta, dov'è Bessie?» urlò.

«Al bar.»

Violet individuò una parrucca verde in fila per i drink.

«Speriamo di trovare Autumn prima che arrivi il suo turno», continuò Gus. «Forza, proviamo da questa parte.»

Urtarono contro diverse persone e la sua pelle iniziò a ricoprirsi di sudore per il calore emanato da tanti corpi schiacciati gli uni contro gli altri. Non riusciva a immaginare quanto caldo dovesse avere Gus con la sua giacca. Scrutò la folla, sperando di scorgere dei rasta fluorescenti e un vestito a galassia.

«Lì!» urlò Gus, indicando la balconata al piano superiore.

Violet tirò un sospiro di sollievo. Autumn era appoggiata alla balaustra e stava facendo roteare un dreadlock con una mano, mentre con l'altra reggeva un drink. Ridacchiava mentre un ragazzo le cingeva la vita con un braccio. Un drago fluorescente serpeggiava sulla sua pelle d'ebano, dal viso fino al collo.

Gus strinse la presa sul suo braccio e la trascinò verso le scale.

Si fecero strada a fatica tra la mandria che si dirigeva verso la pista da ballo e il bar. Violet, affannata, faticava a tenere il passo. Una volta in cima, si diressero verso la balaustra, ma il punto in cui avevano visto Autumn era ormai vuoto.

Gus ringhiò esasperato. «Ma mi prendi in giro!» Si sporse dalla ringhiera e indicò una scala dall'altra parte del locale. Autumn era laggiù in fondo, condotta tra la folla dal tizio con il drago.

«Guarda.» Violet indicò altri due ragazzi dalla pelle scura. Stavano seguendo da vicino la sua amica e il suo accompagnatore, spingendo e spintonando la gente per farsi strada. Pochi secondi dopo, la giovane fu condotta attraverso una porta con un cartello "Staff", subito imitata anche dagli altri due ragazzi.

Il corpo di Violet fu attraversato da una scarica di adrenalina.

Tutto ciò non le piaceva affatto. Le mani le tremavano mentre stringeva forte la pochette a forma di fenicottero, rincuorata dalla presenza del suo coltello a serramanico. Guardò l'uscita al piano inferiore, di fronte alla porta da cui era passata Autumn, e respirò profondamente. La puzza di birra stantia e di superalcolici le fece quasi venire i conati di vomito.

Gus si mise a correre giù per le scale.

Violet lanciò di nuovo un'occhiata all'uscita. L'istinto le imponeva di correre in quella direzione. Scappare. Allontanarsi il più possibile da quel posto. Ma non poteva andarsene. Non ancora. Non senza i suoi amici.

Ricacciò indietro la paura e costrinse il proprio corpo a seguire Gus.

Corsero come meglio poterono tra la folla, ripercorrendo il percorso fatto da Autumn, finché non raggiunsero la porta dietro la quale era sparita. Gus tirò la maniglia, ma non si mosse.

Imprecò. «Certo, doveva proprio essere chiusa a chiave.»

«Lascia fare a me», disse Violet, passandogli davanti. «Assicurati che nessuno mi stia guardando.»

Si tolse le due forcine che le tenevano i capelli lontani dal viso e se ne infilò una tra i denti, piegando il metallo, mentre torceva l'altra nella forma che le serviva. Quando ebbe finito, le infilò entrambe nel buco della serratura e le mosse, finché non sentì un debole *clic*.

Aprì la porta, lasciando l'amico a bocca aperta.

«Andiamo.» Violet gli afferrò il braccio e, dopo essersi gettata una rapida occhiata alle spalle, lo tirò dentro.

«Dove hai imparato a farlo?» chiese il ragazzo sottovoce. La musica giungeva attutita da dietro la porta ormai chiusa.

Violet alzò le spalle. «Sono abilità che si acquisiscono quando si cresce tra famiglie affidatarie.»

«È fantastico. La migliore abilità da me acquisita è il macramè.»

Violet inarcò un sopracciglio. «Davvero?»

Gus non rispose e si mise a scrutare il corridoio in cemento scarsamente illuminato nel quale si erano ritrovati varcando la porta. Sulla parete di fronte a loro erano appesi un estintore e una planimetria di emergenza ed evacuazione.

Violet guardò in entrambe le direzioni. «Da che parte pensi che siano andati?» Non riusciva a individuare alcun indizio visivo.

«Proviamo da questa parte», disse Gus, facendo un passo deciso.

«Aspetta.» Violet lo fermò con una mano sul petto. «Hai sentito?»

Una debole risatina femminile risuonò nella direzione opposta.

«Speriamo sia Autumn», disse il ragazzo, voltandosi di scatto.

Si affrettarono da quella parte e, arrivati a un incrocio alla fine del corridoio, si fermarono di nuovo ad ascoltare. A sinistra, udirono un debole chiacchiericcio.

«Da questa parte.» Violet prese l'amico sottobraccio, con il cuore che le batteva come un tamburo contro le costole. Seguirono il corridoio fino a una porta aperta, da cui proveniva un'indistinta musica jazz. I suoni di conversazioni e risate si fecero più forti man mano che si avvicinavano.

«Forse è una festa privata?» sussurrò Gus.

«Forse», disse Violet, adeguandosi al suo tono di voce.

Sbirciarono dietro la porta aperta.

Violet fu invasa dal sollievo alla vista dell'amica. Aveva la schiena premuta contro la parete e il petto a pochi centimetri di distanza dal ragazzo con cui l'avevano vista nel locale, il quale la sovrastava quasi di un'intera testa e doveva piegarsi solo per guardarla negli occhi. La sua camicia aderente e semi-trasparente era ricamata con un audace disegno floreale di colore azzurro, blu e nero e la sua pelle d'ebano si piegava e si fletteva sotto il tessuto a ogni movimento. Il suo drago dipinto brillava sgargiante sotto la luce delle lampade a incandescenza.

«Il bicipite di quel tizio è grande come la mia vita», sussurrò Gus.

L'istinto di fuga si fece più forte. Quell'uomo era un colosso, pieno di muscoli. Violet si concentrò per non farsi tradire dai suoi respiri affannati.

Gus allungò leggermente il collo. «Non vedo gli altri due ragazzi, e tu?»

Gli altri due ragazzi? Violet si era quasi dimenticata di loro. Guardò in giro per la stanza. *Forse non sono lì dentro. Forse—*

Girò la testa per controllare dietro di sé, scrutando in entrambe le direzioni.

«Scommettiamo che sono andati a cercare la loro prossima dose di steroidi?» sussurrò Gus.

La risatina di Autumn riportò l'attenzione di Violet all'interno della stanza. La sua amica sorrise, posando una mano sul braccio del ragazzo e mormorò qualcosa che Violet non riuscì a sentire, a causa della musica.

Il ragazzo ricambiò il sorriso.

«E come una falena attratta dalla fiamma, un altro idiota cade nella sua trappola» disse Gus a bassa voce.

«Cosa vuoi dire?» chiese Violet. «Che cosa ha in mente?»

Poi, come un lampo, il ragazzo le sbatté una mano contro la gola.

Violet ebbe un sussulto e si morse forte il labbro per non urlare.

Gli occhi della sua amica si spalancarono. Aprì la bocca e

iniziò ad agitare le mani per liberarsi dalla presa sulla sua trachea.

No, no, no! Non può succedere di nuovo. A Violet sfuggì un singhiozzo. Le cedettero le gambe e si accasciò contro il muro, mentre un'ondata di senso di colpa e di ineluttabile impotenza le intorpidiva i nervi.

Gus si precipitò nella stanza. «Ehi! Lasciala stare!» Saltò e si aggrappò al braccio dell'energumeno, con i piedi a penzoloni. L'uomo lo guardò, l'espressione di qualcuno infastidito da una zanzara.

Gus gli strattonò il bicipite, ma era come tentare di spostare la trave di sostegno di un ponte. L'uomo lasciò andare il collo di Autumn per scrollarsi di dosso Gus e la ragazza cadde a terra, tossendo tra una boccata d'aria e l'altra.

Violet fece per avvicinarsi, ma qualcuno la afferrò saldamente per i capelli, impedendole di muoversi. Strillò. Mentre tentava di afferrare la mano che la tratteneva, la sua pochette a forma di fenicottero cadde a terra vicino ai suoi piedi.

«Alzati, Autumn!» urlò Gus, ancora aggrappato al braccio dell'uomo. Dando prova di una forza incredibile, il colosso lo scaraventò contro il muro. Il volto di Gus si contorse dal dolore, prima che il ragazzo si accasciasse a terra.

Drago Verde era in piedi davanti ad Autumn, con il volto stravolto dalla furia e le mani strette a pugno lungo i fianchi. Ringhiò qualcosa al ragazzo che la teneva per i capelli in una lingua gutturale e tagliente che Violet non riuscì a identificare.

Un colpo di tosse della sua amica attirò nuovamente l'attenzione di Drago Verde su di lei. La raggiunse.

«No!» urlò Violet. «Lasciala stare!» Strillò quando il ragazzo dietro di lei le tirò i capelli a mo' di avvertimento.

Drago Verde non le prestò attenzione. Si accovacciò

accanto ad Autumn, parlando ancora una volta in quella lingua rozza e sconosciuta.

Violet strinse gli occhi, cercando inutilmente di arginare il flusso di lacrime che già le scorreva lungo le guance. Non era riuscita a salvare Lyla e non sarebbe riuscita a salvare neanche i suoi amici. Perché era così inutile? Perché era sopravvissuta?

Non c'era niente che potesse fare. Niente. *Lei* non era niente.

Trattenne il respiro.

«Forza, ragazzina. Respira.» Nathan le diede una pacca sulla schiena. «Ce l'hai quasi fatta. Devi solo riprovarci.»

Violet si allontanò da lui e aprì il velcro dei guantoni da boxe. In preda alla frenesia, se li strappò di dosso e li scagliò contro il sacco che ondeggiava dal soffitto.

«Aaargh! Non ci riuscirò mai. Non ne sono capace.» Si accasciò a terra, nascondendo la testa tra le mani. «Tanto è troppo tardi.»

Un attimo dopo, udì un sibilo e lo schiocco di un asciugamano da palestra, seguito da un dolore improvviso sulla coscia.

«Ahi!» Violet si strofinò la gamba e guardò il poliziotto, il quale teneva l'asciugamano incriminato con entrambe le mani.

«Smettila di incolparti per la morte di Lyla.» Le sue labbra formarono una linea severa e le sue narici si dilatarono in un'espressione che Violet immaginava fosse di rabbia, ma il suo sguardo era dolce. «Non possiamo tornare indietro e cambiare o cancellare ciò che è stato fatto. Possiamo solo andare avanti. Dobbiamo imparare dai nostri errori e promettere a noi stessi di fare meglio. Non permettere al tuo passato di controllarti.»

Violet abbassò lo sguardo sul pavimento. Sbatté le palpebre un paio di volte, sperando che Nathan pensasse che le sue lacrime fossero solo sudore.

L'asciugamano sibilò di nuovo e il dolore le attraversò nuovamente la coscia.

«Ahi!»

«*Smettila di tenere il broncio. Alzati. Sai cosa fare.*»

Violet aprì gli occhi.

Serrò entrambe le mani sul pugno tra i suoi capelli e ruotò i fianchi, facendo un passo indietro e passando sotto il braccio dell'aggressore. Il movimento gli contorse la spalla e il polso in un angolo innaturale e doloroso e l'uomo grugnì, piegandosi in avanti per allentare la tensione.

Durante le sue lezioni di autodifesa, di solito quello era il momento in cui lasciava la presa e attendeva che Nathan le spiegasse i passi successivi.

Non questa volta.

I mugolii di Autumn e il corpo accasciato a terra di Gus la spinsero ad agire. In due rapide mosse, slogò la spalla dell'uomo e gli ruppe il polso con uno schiocco. Lui strillò e Violet mollò la presa. L'uomo crollò a terra, stringendosi il braccio, e la fissò, urlando quella che poteva immaginare fosse una serie di insulti.

Il suo sguardo si spostò sull'altro ragazzo, ancora piegato su Autumn. Il colosso la stava guardando, con la mano ferma a un centimetro dal collo della sua amica. Con un ghigno, riportò l'attenzione su Autumn. O non la considerava una minaccia, o non gli importava cosa avrebbe fatto dopo.

Ancora una volta, afferrò la ragazza per la gola, interrompendone il disperato rantolo. Le lacrime luccicavano sulle guance di Autumn e i suoi occhi incontrarono quelli di Violet, spalancati e imploranti.

A quel punto, Violet notò il fenicottero a terra. Recuperò il coltello e attraversò la stanza in tre rapidi passi. Il suo pollice trovò e premette il pulsante. *Clic.*

Con la mano libera, afferrò il mento dell'uomo e gli fece alzare la testa, premendo la lama proprio nel punto in cui la coda del drago si arrampicava sulla mandibola. L'uomo si bloccò e Autumn si zittì.

«Lasciala andare o ti apro da un orecchio all'altro»,

ringhiò a denti stretti. Strinse la presa sul coltello e le gemme nere lungo l'impugnatura perlacea le si conficcarono nel palmo.

Che capisse o meno la sua lingua, non c'era modo di fraintendere un coltello puntato alla giugulare. Premette più a fondo, conficcandogli la punta nella carne. L'uomo sibilò e lasciò la presa.

«Autumn, prendi Gus. Ce ne andiamo», disse, senza spostare la mano.

Autumn annuì, gli occhi spalancati e leggermente iniettati di sangue. Sul collo le stavano già spuntando i lividi.

Drago Verde trasalì quando Autumn fece per allontanarsi. «*Zhivotza*», disse, cercando di afferrarla di nuovo.

Violet premette ancora più forte la lama. «Non muoverti.» Il suo avvertimento rimase inascoltato, mentre il ragazzo cercava di girare la testa per sfuggire al coltello. Ripeté di nuovo quella parola straniera, questa volta con più veemenza.

«Non so cosa signifìchi,» disse Violet, «ma se non stai fermo, spargerò il tuo sangue su tutto il pavimento».

Drago Verde rispose con un ruggito.

Senza lasciarle il tempo di reagire, l'uomo si girò con una velocità sovraumana. La colpì con un braccio e Violet cadde sul pavimento con un grido di agonia, mentre i suoi occhi si chiudevano per la forza dell'impatto. L'aria le fuoriuscì dai polmoni. Il semplice atto di respirare le procurava un dolore acuto in tutto il corpo.

Quando riaprì gli occhi, il panico le attanagliò il petto, le spalle, la gola. L'uomo incombeva su di lei, riempiendo l'intera visuale con la sua enorme stazza. Le bloccò le spalle a terra, gli occhi iniettati di sangue, digrignando i denti per la furia.

Era riuscita a mantenere la presa sul coltello, ma si sentiva debole e inutile. Tutti gli insegnamenti di Nathan sembravano essersi volatilizzati. Gridò, scalciò e si dimenò, inutilmente, tirando pugni e fendenti con la lama.

Drago Verde le afferrò entrambi i polsi in una stretta ferrea e ruggì di nuovo, sputandole sul viso mentre ululava strane parole gutturali.

Le lacrime inondarono i suoi occhi. Non poteva più opporsi. Non riusciva a contrastare il panico o la paura.

Proprio quando stava per esaurire le forze, però, qualcosa sopra di lei emise un tonfo metallico. Il volto del ragazzo divenne inespressivo e i suoi occhi assunsero un'angolazione strana, prima che le si accasciasse addosso.

La parrucca fluo e la farfalla dipinta sul volto di Bessie entrarono nella sua visuale. Reggeva un estintore sopra la testa.

«È K.O.?» chiese.

Violet annuì. Non riusciva a parlare con il peso dell'uomo svenuto sul petto.

Bessie lasciò cadere l'estintore, il volto bianco come un lenzuolo. Si inginocchiò e la aiutò a liberarsi. «Cosa... diavolo? Stavo... Devo chiamare la polizia?»

«No!» gracchiò Autumn. «Niente polizia.»

I quattro incespicarono verso l'uscita. Bessie sorreggeva Gus, che aveva quasi ripreso conoscenza, e Violet stava appoggiata ad Autumn, il braccio con il coltello a serramanico gettato sulle sue spalle.

Come misero piede nel corridoio in cemento, Autumn si fermò. «Oh, aspettate. Ho lasciato la mia pochette lì dentro.»

«Lascia perdere», disse Violet.

«È importante. Farò in fretta.»

Violet trasalì quando le scostò il braccio. Cercò di aggrapparsi alla spalla dell'amica, impedendole di rientrare nella stanza, ma Autumn riuscì a sottrarsi alla presa.

«Quale parte della presa mortale di quello psicopatico sul tuo collo non hai preso sul serio?» le sibilò dietro.

Drago Verde era ancora svenuto e Violet osservò con il cuore in gola mentre Autumn gli girava intorno in punta di piedi per recuperare la pochette dorata. Non c'era traccia del tizio che l'aveva afferrata per i capelli, né del terzo ragazzo.

Il sollievo la investì con la forza di un'onda anomala quando Autumn, recuperata la borsetta, sgattaiolò verso di lei.

«Andiamo», sibilò la ragazza.

Violet alzò gli occhi al cielo. «Ottima idea. Perché non ci abbiamo pensato prima?»

Autumn ignorò il commento sarcastico e si rimise il suo braccio intorno al collo. Poi, insieme, cercarono di fare del loro meglio per attraversare in fretta il corridoio, guardandosi spesso alle spalle. Per fortuna, nessuno le stava seguendo. *Per il momento.*

Violet si abbracciò il petto con il braccio libero e fece un breve respiro. Chissà quante costole si era rotta. La nuca le pulsava; il solo sbattere delle palpebre aumentava esponenzialmente il dolore nel cranio.

Una volta raggiunti Gus e Bessie, i quattro si lanciarono un'ultima occhiata alle spalle e attraversarono la porta che conduceva nel locale, dove li accolse il fragore della musica. Violet si lasciò trascinare da Autumn attraverso la folla, alle calcagna degli altri due ragazzi, fino all'uscita e poi nel vicolo.

«Per un pelo», disse la ragazza, non appena ebbero girato l'angolo e furono tornati sulla strada principale.

Bessie diede immediatamente di matto. Gus era abbastanza cosciente da fare qualche commento ironico, ma il suo tono era un po' confuso, forse per l'alcol o forse per aver sbattuto la testa.

Violet non si preoccupò di unirsi agli sfoghi isterici di Bessie o alle blande rassicurazioni di Autumn. Voleva solo tornare a casa e andare subito a letto.

Il dolore sordo alla mano riemerse e si rese conto che stava ancora impugnando il coltello. La punta era ricoperta da un liquido arancione che luccicava sotto i lampioni. La pittura doveva essersi trasferita dal corpo del tizio con il drago verde alla lama quando gliela aveva puntata alla gola. *Eccetto che...* Si accigliò. La vernice era asciutta e non ricordava ci fosse dell'arancione nel disegno del drago.

Avvertì un pizzicore alla nuca e lanciò un'altra occhiata verso il locale.

Un ragazzo dalla pelle scura come la mezzanotte si trovava a qualche isolato di distanza, vicino al vicolo. Si stringeva un braccio al petto, scrutando la strada, poi i suoi occhi incontrarono quelli di Violet.

Il panico le fece rimbombare il sangue nelle orecchie.

L'uomo urlò e la indicò. Un battito di ciglia dopo, il terzo ragazzo girò l'angolo di corsa.

«Ragazzi, correte!» urlò.

Gus e Bessie ebbero un attimo di esitazione e si girarono per vedere cosa avesse scatenato la sua reazione, prima di gridare e iniziare a correre. Violet stava già trascinando Autumn per la strada.

Le loro scarpe battevano sul selciato. I polmoni di Violet bruciavano e l'agonia nelle sue costole aumentava con ogni respiro ansimante. Autumn la superò, mentre il dolore la faceva rallentare.

Il rumore di passi si fece più forte alle loro spalle. I ragazzi si stavano avvicinando.

«Da questa parte», esclamò una voce femminile – Autumn o Bessie, a Violet non importava. I suoi amici attraversarono la strada approfittando di un varco tra le auto in corsa, i cui clacson risuonarono nella notte. Violet lanciò un'altra occhiata dietro di sé, prima di avventurarsi anche lei sulla strada.

Il ragazzo le era quasi addosso, con il braccio teso e il volto contorto dalla rabbia.

Un urlo si fece strada nella sua gola, mentre lottava contro il proprio corpo per obbligarlo a correre più veloce.

Mentre si faceva strada tra le auto, Violet poteva quasi sentire le dita dell'uomo sfiorarle la schiena, il suo respiro pesante solleticarle il collo. E poi...

Crack.

Il suono del metallo che sbatteva contro la carne si impresse nel suo cervello. Delle gomme stridettero, mentre un'auto sbandava e si fermava, ma Violet non smise di correre e non si voltò indietro finché non fu arrivata dall'altra parte della strada. Il corpo del ragazzo giaceva immobile a pochi metri di distanza, circondato da un piccolo gruppo di passanti.

Violet non rimase a guardare cosa sarebbe successo. Ignorando i pochi curiosi che la chiamavano, approfittò della scarica di adrenalina per raggiungere Autumn, Gus e Bessie. Nessuno di loro si fermò finché non raggiunsero la sua stanza e, una volta entrati, sprangarono la porta.

10

CANNELLA E SALE

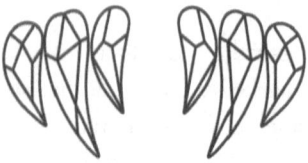

PRIMA DI USCIRE, NATHAN RINGRAZIÒ E DIEDE LA BUONANOTTE al proprietario del suo ristorante cinese preferito. Il vapore caldo proveniente dalla busta di plastica che teneva in mano gli scorreva sulle dita, portando con sé deliziosi aromi di pollo ai fagioli neri, gamberi allo zenzero e riso fritto. Gli venne l'acquolina in bocca. Se c'era una cosa in cui gli Erathi erano bravi, era la cucina. Ogni settimana, si recava a turno tra i caffè e i ristoranti della città, assaggiando sempre qualcosa di diverso. Da quando si era trasferito a Brookhaven, aveva provato l'intero menu del ristorante cinese almeno tre volte. Non aveva nemmeno più bisogno di telefonare per ordinare; il proprietario aveva ormai capito il suo schema e aveva sempre la cena pronta per lui quando era il turno del suo locale.

Di tanto in tanto, Jude lo accompagnava a casa dopo aver recuperato la cena, ma la maggior parte delle volte era più che felice di fare i pochi isolati a piedi. Era l'occasione perfetta per crogiolarsi nei raggi di Venere e rinnovare quelle riserve di energia Veniri che lo rivitalizzavano fino al midollo.

Anche quella sera, cercò il ronzio melodico che gli indicava la posizione della stella del mattino, riconoscendo quel dolce richiamo che invitava – senza obbligare – il suo lato Veniri a salire in superficie. A differenza di quanto narrato nelle fiabe e nei romanzi per ragazzi, i lupi mannari e gli altri tipi di mutaforma avevano quasi sempre la possibilità di scegliere se trasformarsi o meno. La luna o il pianeta a loro associato erano una fonte di energia necessaria, non una maledizione.

Mentre attraversava il parco per dirigersi verso casa, improvvisamente, il suo istinto si risvegliò, insieme al dolore lancinante ai gomiti.

C'era qualcosa che non andava.

Non era sopravvissuto così a lungo, né nel mondo dei Veniri né in quello degli Erathi, ignorando il proprio intuito. Avrebbe dovuto prendere la pistola – era quello che avrebbe fatto un Erathi, soprattutto un poliziotto – ma un impulso incontrollabile lo portò ad alzare il viso verso il cielo color dell'inchiostro e i raggi di Venere.

Il formicolio sotto la lingua si intensificò.

Fece saettare la lingua biforcuta, una poi due volte, assaporando l'aria della notte. Il vento si era alzato. Le foglie frusciavano tra gli alberi e l'altalena del parco giochi cigolava, dondolando avanti e indietro.

Nathan soffocò un'imprecazione quando sentì il profumo di cannella.

Pessimo segno.

Per gli Erathi, la cannella non era che un sapore piacevole, ma per tutti i Veniri era detestabile e significava una sola cosa: l'intenzione di uccidere.

Nathan tirò fuori il telefonino e premette un numero di chiamata rapida, lo stesso che aveva chiamato dopo aver lasciato la casa dei Branstone. Squillò due volte.

Un ramoscello si spezzò. Si girò verso destra e qualcosa di

elettrico lo colpì direttamente in faccia, facendogli cadere la testa all'indietro. Il suo corpo precipitò a terra. Il cibo contenuto nella busta di plastica si sparpagliò dappertutto, inondando il terreno di liquidi appiccicosi.

Il suo viso e il suo collo erano intorpiditi. Il suo telefono giaceva appena fuori portata, abbastanza vicino da udire una voce flebile uscire dall'altoparlante.

Diverse figure comparvero nel suo campo visivo. Erano vestite di nero dalla testa ai piedi, il che le faceva mimetizzare quasi perfettamente nel buio circostante. Lo circondarono, oscurando con le loro sagome le stelle sopra di lui.

La lingua di Nathan saettò di nuovo tra le labbra, testando le emozioni e le intenzioni dei suoi assalitori. La cannella era ancora preponderante, ma vi si era aggiunta anche una nota di sale. Interessante. Il sale significava moderazione. I suoi aggressori volevano ucciderlo, ma per qualche motivo si stavano trattenendo. Forse avrebbe potuto approfittarne.

Lasciò che le lame di cristallo fuoriuscissero dai gomiti e fece roteare il braccio contro le gambe più vicine. La sua lama si conficcò nella stoffa, nella carne e poi nell'osso. Un grido soffocato ruppe la quiete.

Nathan estrasse le lame per un altro attacco, ma qualcosa di appuntito lo colpì al petto. Afferrò ciò che lo aveva perforato e le sue dita si avvolsero intorno a un piccolo dardo di vetro con una punta in diamantio.

Una delle figure si tolse la maschera, rivelando il volto di un giovane uomo dai capelli biondi, quasi bianchi, con gli occhi di un blu pallido e penetrante. La vista di Nathan si offuscò, ma non prima di scorgere il volto del giovane contorcersi in una smorfia grondante veleno.

11

NIENTE PIÙ PAZZI PSICOPATICI

MALEDIZIONE! MALEDIZIONE! MALEDIZIONE! VIOLET PASSÒ ancora una volta il badge davanti alla porta d'ingresso dell'ala della biblioteca dedicata alla fotografia. Di nuovo, lo scanner emise un *bip* arrabbiato, illuminandosi di rosso, e mostrò sul display un codice di errore.

«Qual è il tuo problema?» ringhiò. Aveva appena ritirato la nuova tessera dall'ufficio studenti, dopo aver smarrito la precedente qualche giorno prima. La appoggiò di nuovo e lo scanner emise un altro *bip*! «Perché non mi fai entrare?»

Con la coda dell'occhio, vide qualcuno appoggiarsi al muro vicino alla porta, ma non ebbe bisogno di alzare lo sguardo per capire chi fosse.

Chiuse gli occhi e fece un profondo respiro, trasalendo per il dolore che le colpì le costole ancora ammaccate. «Vattene, Autumn. Non sono dell'umore giusto.»

«Dai, Vi. Sono passati tre giorni. Non puoi ignorarmi per sempre.»

«Non sottovalutare la mia testardaggine.»

«Possiamo risolvere la questione, per favore?»

Violet la ignorò e provò di nuovo ad avvicinare il badge.

Deve funzionare. Lo scanner emise un altro *bip*, chiedendo questa volta un codice di autorizzazione.

«Maledizione!» esclamò, dando un calcio alla porta.

«Dammi qua.» Autumn prese il badge, si inginocchiò a terra e tirò fuori dalla borsa il portatile e un altro dispositivo.

«Oh, mio Dio, Autumn. Vai davvero in giro con un lettore di carte elettroniche nella borsa?»

La ragazza inarcò un sopracciglio. «Non hai idea di quanto possa essere utile questo aggeggio.»

Violet sbuffò e si appoggiò al muro, mentre la sua compagna di stanza lavorava al computer.

«Ah, ecco il problema», disse la ragazza. «Quel pazzo che ti ha dato il badge si è dimenticato di attivarlo.»

Violet gemette. «Non può essere. Non ho tempo di fare un'altra mezz'ora di coda e gli uffici studenti sono dall'altra parte del campus.»

«Calma, non ci vorrà molto» la tranquillizzò Autumn, senza smettere di battere sulla tastiera. «Ecco qua, ho finito.» Mise via il computer e il lettore di carte, poi si alzò per restituirle il badge. «Ecco a te. Tutto attivato e autorizzato al massimo livello. Se vuoi, puoi anche pranzare nella sala professori. Il giovedì c'è un'ottima selezione di dolcetti e pasticcini. Oh, e in futuro, se ti dovessero chiedere un codice, digita semplicemente la tua data di nascita.»

«Cosa?» Violet prese la tessera dalle sue mani e la guardò, accigliata. «Come fai a sapere la mia data di nascita?»

«È nel tuo fascicolo universitario.»

«Come fai a sapere cosa c'è scritto nel mio fascicolo?»

Autumn rispose con un sorriso.

Violet lanciò un'occhiata alla borsa con dentro il portatile, poi scosse la testa. «Incredibile. Ti sei introdotta nel mio fascicolo?»

«Per favore, non arrabbiarti. L'ho fatto solo per trovare i tuoi orari.»

«Fantastico!» esclamò, alzando le braccia al cielo. «Sei diventata anche una stalker, ora?»

«Solo perché tu mi eviti come la peste.»

«Ho delle ottime ragioni per farlo, idiota. Sono incazzata con te!»

«Lo so, e mi dispiace. Ti prego, Violet, ti prego, *ti prego*, perdonami. Gus e Bessie l'hanno fatto.»

«Perché sono anche loro degli idioti.»

Autumn scrollò le spalle. «Sì, può essere. O forse è perché ho regalato loro i biglietti per un concerto di Katy Perry e un nuovo gioco per la PlayStation.»

Violet sgranò gli occhi. «È per questo che sei qui?» Sventolò il badge. «Per comprare il mio perdono?»

«Beh… no…» Autumn lasciò cadere lo sguardo a terra, strisciando i piedi sul selciato. Alcuni dei ciondoli che aveva tra i capelli tintinnarono, mentre i dreadlocks le ricadevano sul viso. «Hai ragione. Ho fatto un casino. Non vi avrei dovuti trascinare in quella situazione. Dico sul serio, mi dispiace. Non hai idea di quanto mi dispiaccia. Odio che tu sia arrabbiata con me.» Diede una sbirciata nella sua direzione attraverso i rasta. «Ti prego, Vi, dimmi cosa devo fare per farmi perdonare.»

Violet stava per sospirare, ma poi si ricordò delle costole doloranti e si abbracciò il busto. «Che ne dici di iniziare da una spiegazione? *Che* diavolo? *Chi* diavolo? E *perché* diavolo?»

Autumn trasalì. «Ehm… Sei sicura di non volere una scatola di ciambelle alla cannella?»

«Spiegati.»

«Vorrei… ma non posso.»

«Maledizione, Autumn! Se non inizi a parlare, andrò all'ufficio studenti e chiederò che mi cambino stanza.»

«E io la cambierò di nuovo.»

Violet le lanciò un'occhiata schifata, di quelle che aveva riservato ai peggiori dei suoi genitori adottivi.

«Violet, dico sul serio. Non posso dirtelo. È meglio che tu non lo sappia…»

«Non iniziare con queste stronzate.» Violet incrociò le braccia e strizzò gli occhi. «Mi devi molto di più di un "è meglio che tu non lo sappia". E che dire di Gus? È fortunato a essersela cavata solo con una lieve commozione cerebrale.»

«Sì, lo so. Ma ora sta bene. Il medico del campus ha fatto un ottimo lavoro nel curarlo. Voglio dire, ammettiamolo, probabilmente ha fatto molta pratica con le commozioni cerebrali di tutti gli ubriachi delle confraternite.»

«Non sto scherzando. Qualcuno si sarebbe potuto fare male seriamente.»

«Lo so, lo so.» Autumn giocherellò con l'estremità di una delle sue ciocche.

«Credo che dovremmo dirlo alla polizia, o almeno—»

«No!» esclamò la ragazza. «Niente polizia. Ti prego, Violet. Sono seria. È solo che…» Le sue spalle si incurvarono. «Non avrei dovuto trascinarvi con me. Mi dispiace. Per favore, Violet, non andare dalla polizia. Lascia che me ne occupi io, okay?»

Nell'espressione della sua compagna di stanza Violet riconobbe, chiara come il sole, la paura, in netto contrasto con la sicurezza e la spensieratezza dimostrate fino a quel momento.

«Credimi,» continuò la ragazza, quando Violet non rispose, «se potessi dirtelo, lo farei».

Sospirò. «Mi puoi almeno dire chi era quel tizio con il drago verde?»

Autumn scosse la testa. «Meno sai, meglio è.»

Violet fece una smorfia e non poté fare a meno di alzare gli occhi al cielo.

«Sul serio,» disse l'amica, «non sapevo che quel tizio si sarebbe trasformato in uno psicopatico».

Lo sguardo di Violet si posò sui lividi sbiaditi che le

deturpavano il collo e fu invasa dal senso di colpa. Negli ultimi giorni, a causa della rabbia, si era completamente dimenticata del suo possibile dolore. «Come va il collo?» domandò in tono dolce.

«Va molto meglio, ora» rispose la ragazza, con una scrollata di spalle. «E la tua testa?»

«Sta bene. Ho preso un po' di botte, ma sono le costole a farmi ancora male.»

Autumn trasalì. «Mi dispiace.»

Violet fece un piccolo sorriso, che la coinquilina ricambiò.

«Allora… siamo a posto?» chiese, con gli occhi pieni di speranza.

«Sì», rispose Violet dopo un attimo di esitazione. «Siamo a posto.»

«Mi prometti di non coinvolgere i poliziotti?»

Sbuffò. «Per ora. Ma se dovesse succedere qualcos'altro, avviserei Nathan all'istante.»

Per farlo, però, il detective avrebbe dovuto rispondere alle sue chiamate, mentre negli ultimi giorni non aveva risposto nemmeno ai messaggi, il che era un po' insolito. Probabilmente era solo molto preso con il lavoro, ma Violet stava comunque iniziando a preoccuparsi.

«Niente più pazzi psicopatici, lo prometto.» Il sorriso le illuminò tutto il viso e, in un turbine di dreadlocks, la ragazza assalì Violet con un abbraccio. «Grazie, Vi. Sei la migliore.»

«Sì, non dimenticarlo.»

«Allora,» disse l'amica, dopo averla finalmente lasciata andare, «devo dedurre che tu non ne voglia una?» Tirò fuori dalla borsa una scatola di ciambelle alla cannella.

«Come no!» esclamò, ridendo. «Non direi mai di no a delle ciambelle alla cannella. Dammene una.»

Autumn aprì la scatola ed entrambe ne presero una.

Violet addentò la pasta morbida, facendo scricchiolare i cristalli di zucchero.

«Dunque, quando andrà Bessie al concerto di Katy Perry?» chiese, tra un morso e l'altro.

«I biglietti erano per Gus. Bessie è la *gamer*», rispose la ragazza, masticando un boccone di ciambella.

«Davvero? Gus?»

«Sì. Sta preparando il cartello con scritto "vuoi sposarmi?" proprio ora.»

Violet rise e prese un'altra ciambella.

«Ehm, Violet?» disse una voce maschile.

Sorpresa, si voltò per vedere chi fosse la persona che Autumn stava fissando. «Thane, che ci fai qui?» Lasciò cadere la ciambella nella scatola e si spolverò lo zucchero dalle dita. «Voglio dire... Ciao, come stai?»

Il ragazzo sorrise e infilò entrambe le mani nelle tasche dei jeans. «Sto bene. Mi dispiace disturbarti all'università. So che devi essere impegnata.»

«No, non sono impegnata. Per niente», si affrettò a rispondere, chiedendosi come mai la sua voce fosse diventata improvvisamente così stridula.

«Ok, perfetto.» Thane sfoggiò il suo splendido sorriso. «È solo che... ehm...» I suoi occhi si posarono su Autumn.

Violet seguì il suo sguardo e rabbrividì. Gli occhi di Autumn erano a un passo dall'uscire dalle orbite e se la sua mascella fosse scesa ancora più in basso, avrebbe riportato con sé dei souvenir dalla Cina.

«Oh, giusto.» Violet fece un gesto in direzione dell'amica. «Thane, lei è Autumn.»

«Ehi», disse il ragazzo. «Devi essere la coinquilina di cui Violet mi ha parlato.»

«Cosa? Io? Ha parlato di me? A te?»

Violet trattenne a stento una smorfia, mentre la sua amica

esaminava Thane senza nascondere il proprio apprezzamento.

«Ma che diavolo, Autumn?» le disse in un sussurro.

«Credo che dovrei essere io a dirlo», rispose la ragazza,
imitando il suo tono. «Come mai non mi hai parlato di lui?»

Thane si schiarì la gola ed entrambe si voltarono verso
di lui.

«Scusa», disse Violet, con le guance sempre più rosse.

Il giovane ridacchiò. «Non c'è problema.» Tirò fuori qualcosa dalla tasca e glielo porse. «Ecco, questo è tuo. Ti è
caduto l'ultima volta che ci siamo visti.»

Violet riconobbe il suo vecchio badge. «Oh, caspita.
Grazie», mormorò, nascondendo la nuova tessera dietro la
schiena mentre prendeva quella vecchia dalle sue mani.
«Non c'era bisogno di scomodarsi.»

Il ragazzo alzò le spalle. «Figurati. Ho pensato che fosse
qualcosa di cui avresti avuto bisogno. Mi dispiace solo di non
avertelo fatto avere prima.»

«Non c'è problema.» La sua mente era alla disperata
ricerca di altro da dire, qualcosa di tranquillo e rilassato,
come le cose di cui avevano discusso durante i loro incontri
in caffetteria, ma le occhiate di Autumn la innervosivano.

Thane si passò una mano tra i capelli. «Allora… Vedo che
hai da fare.» Indicò l'insegna del laboratorio fotografico sulla
porta, la stessa che Violet aveva preso a calci poco prima.
«Quindi… credo che ci vedremo in giro.»

«Oh, okay» rispose, odiando ancora di più quella
maledetta porta. Le sue spalle si incurvarono. La parola
"ciao" era sulle sue labbra, ma non si sentiva pronta a
pronunciarla.

Per sua fortuna, non dovette dire nulla. Thane la salutò
con la mano e lei ricambiò il gesto, poi, mentre il ragazzo si
voltava per andarsene, il suo sguardo cadde a terra.

«In realtà, ci sarebbe qualcos'altro» sbottò il giovane, voltandosi di nuovo.

Le si rivoltò lo stomaco; la familiare sensazione di fatine arrabbiate che sbattevano contro le viscere tornò, come il giorno in cui si erano incontrati. «Certo, va bene. Che cosa?»

«So che abbiamo un accordo del tipo "tu offri il caffè, io offro il caffè", ma mi sono imbattuto in questo...» Cercò nella giacca e tirò fuori un volantino sgualcito. «...e mi chiedevo se, magari, ti andrebbe di unirti a me.»

Violet afferrò il volantino. Era una pubblicità dell'annuale luna park cittadino che prometteva varie giostre da brivido, numeri da circo, musica dal vivo, bancarelle, cibo e "molto, molto di più!".

«Sembra divertente», disse.

«Sì?»

«Sì.»

Thane socchiuse un occhio. «Non è troppo banale per un primo appuntamento?»

Violet rimase a bocca aperta. «Un cosa?»

Anche Thane rimase per un attimo a bocca aperta e il suo collo cominciò ad arrossire. «Cioè, intendo dire... Non dobbiamo per forza considerarlo un appuntamento. Potrebbe essere solo, sai, due persone che escono alla stessa ora, nello stesso posto e magari fanno le stesse cose. Sai, tipo...» Il suo viso si contorse in una smorfia, mentre si grattava la nuca. «...cose non da appuntamento.»

Violet abbassò di nuovo lo sguardo sul volantino. *Un appuntamento?* Cosa avrebbe detto Lyla? Se i fantasmi fossero esistiti, allora l'amica l'avrebbe di certo colpita alle costole, gridando: *"Sbrigati a dire di sì, Vi. Cosa stai aspettando?"*. Anche se, in assenza del fantasma di Lyla, era molto probabile che Autumn agisse al suo posto.

«Mi piacerebbe molto venire con te», disse in tutta fretta.

Le sopracciglia di Thane schizzarono verso l'alto e la sua mano ricadde lungo il fianco. «Davvero?»

Violet annuì.

Il giovane sorrise. «Fantastico! Che ne dici se ti passo a prendere io?»

Le guance di Violet arrossirono per il luccichio nei suoi occhi e, per la prima volta in vita sua, diede a un ragazzo l'indirizzo e il numero di telefono.

Dopo che Thane se ne fu andato, Autumn la guardò con un sorriso pieno di avida curiosità. «Raccontami *tutto*.»

12

COLTELLI DA BISTECCA DA QUATTRO SOLDI

Nathan uscì, lentamente e in maniera straziante, dal proprio stato di incoscienza a causa dei dolori alle spalle e ai polsi. Più la sua consapevolezza aumentava, più il dolore si faceva intenso.

Uno scarpone colpì il cemento nelle vicinanze, ma l'istinto gli disse di tenere gli occhi chiusi e di valutare la situazione con gli altri sensi. Concentrandosi sull'udito, riuscì a sentire il debole ritmo del respiro di qualcuno. Un carceriere o un altro prigioniero?

Aspettò qualche secondo, ma non udì altri suoni se non il battito del proprio cuore nelle orecchie.

Si fermò per un attimo a fare il punto della situazione. Era stato spogliato fino ai boxer e le braccia, il busto e le gambe erano scossi da brividi di freddo. Tutto il peso del suo corpo era sorretto da due manette metalliche chiuse intorno ai polsi, che gli tenevano le braccia allargate sopra la testa. Le gambe penzolavano sotto di lui; fortunatamente, però, i piedi riuscivano a toccare il suolo.

Da quanto tempo era lì appeso?

Esitò per qualche secondo, riluttante ad annunciare la

propria ritrovata coscienza mettendosi in piedi, ma il dolore stava rapidamente diventando insopportabile. Infine, fu costretto ad appoggiare i piedi a terra. Non appena la tensione sui polsi e sulle spalle si allentò, emise un profondo sospiro di sollievo. Un tintinnio sopra la sua testa gli confermò che i polsi erano fissati al soffitto con delle catene.

Nuovamente, udì il rumore di scarponi sul cemento, seguiti da un acuto stridio di cerniere arrugginite.

«Vai a dire al capo che il verme si è svegliato.»

Nathan alzò la testa e la inclinò da un lato all'altro, facendo scrocchiare il collo.

Aprì gli occhi, consentendo alla sua vista di adattarsi alla luce fioca, mentre un gruppo di uomini vestiti di nero entrava nella stanza – quattro in totale. Alla testa del gruppo c'era Matthias Branstone. Sagan si trovava a qualche passo di distanza da suo padre, i suoi occhi simili a schegge di ghiaccio. I suoi capelli biondi spiccavano sul nero dell'abbigliamento e sul grigio scuro delle pareti in cemento.

Il padre di Lyla fece ancora qualche passo e il tonfo dei suoi anfibi tirati a lucido risuonò tra le pareti.

«Matthias.» Nathan fece un sorriso, poi diede un'occhiata alla stanza. «Che bel posticino, anche se è un po' insipido rispetto alla tua altra casa. Comunque, mi scuso per l'intrusione.» Mosse le catene. «Sembra che mi sia trovato in una situazione un po' difficile. Se non ti dispiace darmi una mano, mi tolgo subito dai piedi.»

L'angolo della bocca di Matthias si sollevò in un sorriso sghembo. «Abbiamo un comico qui, ragazzi.» Si avvicinò fino a trovarsi a pochi centimetri dal suo viso.

Nathan soppresse l'impulso di indietreggiare, ma non poté fare a meno di arricciare leggermente il naso. L'alito dell'uomo era pesante e sgradevole.

«Sai,» disse Matthias, «l'ho scoperto quel giorno in casa mia». Agitò un dito per aria. «Ho visto il tuo sguardo e ho capito. Nessuno guarda una collana di diamanti o un lampadario in quel modo, a meno che non ne conosca la vera provenienza.» Si mise le mani sui fianchi e gli rivolse un familiare sorriso da squalo.

Il corpo di Nathan fu percorso da un brivido, ma si costrinse a sorridere. «Sì, hai ragione, l'ho capito.» Annuì. «Ho capito che sei un uomo veramente innamorato che ha pagato una fortuna per un mucchio di schifosi sassi per la sua signora.»

Uno dei ragazzi dietro Matthias ridacchiò, procurandosi così una gomitata al petto dall'uomo con la barba grigia da motociclista che gli stava accanto.

Sul volto del signor Branstone balenò un'emozione che Nathan non riuscì a identificare, prima di scomparire dietro un sorriso. «Ah, ancora con la commedia. Vediamo se troverai divertente anche questo», disse, sollevando un coltello – una lucida lama seghettata con un manico nero.

Il battito di Nathan accelerò e il cuore prese a martellargli contro la cassa toracica. I gomiti gli bruciavano, come se qualcuno avesse puntato degli aghi roventi contro l'interno della sua carne.

Sollevò il mento. «Perché quel coltello da bistecca—?»

Con una velocità impressionante, Matthias glielo conficcò nel pettorale sinistro.

Nathan strinse i denti e tirò le catene.

Gli occhi di Matthias si accesero e la sua bocca si curvò in un sorriso sghembo. «Guarda, guarda cosa abbiamo qui.» Sollevò trionfalmente il coltello. Il metallo si era incurvato e ripiegato, la lama ormai simile a una piccola concertina.

Nathan, senza fiato, si guardò il petto. Non c'era un graffio, nemmeno un livido che facesse pensare che fosse appena stato pugnalato. Fece schioccare la lingua. «Sembra che tu abbia comprato dei coltelli da bistecca da quattro soldi. Io chiederei il rimborso.»

«Mmm», disse Matthias, lasciando cadere l'arma, che andò a sbattere con un tonfo contro il pavimento di cemento. «Che ne dici di questo?» Alzò l'altra mano, rivelando un oggetto che scintillava alla luce fioca.

Diversi muscoli del viso di Nathan si contrassero.

Matthias si avvicinò. «Come? Niente scherzi questa volta?» Fece roteare la lama di diamantio sotto il suo naso e chiazze di luce rifratta danzarono come piccoli arcobaleni sul suo viso.

Nathan indietreggiò, facendo tintinnare le catene sopra la sua testa. L'odore della lama assalì i suoi sensi, scatenando nel suo petto una profonda e cocente rabbia. Riuscì a impedire al proprio corpo di trasformarsi, ma il dolore bruciante ai gomiti stava diventando quasi insopportabile. Concentrò tutte le proprie energie nell'evitare che le lame gli trapassassero la pelle, ma il dolore lancinante si estese presto a entrambe le ginocchia.

«Ti piace? È nuovo.» Matthias sogghignò. «E quando dico "nuovo", intendo, beh...» I suoi denti bianchi scintillarono al crescere del suo sorriso. «Scommetto tu possa indovinare cosa intendo.»

Nathan rabbrividì. Si sforzò di controllare i suoi respiri affannosi, ma sembrava che tutto il suo corpo fosse in fiamme. Ogni muscolo si contorceva e tremava.

Matthias ridacchiò, un suono profondo e roco. Impugnò il pugnale di diamantio come se fosse sul punto di attaccare, ma all'ultimo si fermò e con la mano libera fece un gesto dietro di sé. «Sagan, vieni qui, figliolo.»

Il giovane cacciatore, appoggiato con *nonchalance* al muro, le braccia incrociate, si spinse via dalla parete per raggiungere suo padre.

Matthias afferrò la nuca del ragazzo con una mano, spingendolo direttamente di fronte a Nathan, e inserì il pugnale tra i loro volti. I capelli biondi di Sagan risplendevano come un'aureola sotto la luce artificiale, mentre i riflessi color arcobaleno che danzavano sul suo volto impassibile ne completavano l'aspetto angelico.

La sua lingua quasi vibrava dal desiderio di percepire le emozioni e le intenzioni del ragazzo, ma strinse i denti con una forza tale da rischiare di rompersi un dente. Non voleva dare la soddisfazione a quella feccia di Erathi di vedere la sua vera forma, anche se temeva di non poterlo evitare ancora a lungo. Un brivido attraversò il suo corpo mentre il controllo cominciava a sfuggirgli.

Lo sguardo di Nathan si spostò su Matthias, che lo stava scrutando da dietro la spalla destra di Sagan.

«Che ne dici di fare gli onori di casa, figliolo?» Matthias teneva ancora la lama di cristallo tra loro. «Vediamo di che colore sanguina.»

Un'emozione imperscrutabile attraversò il volto del giovane. Sagan guardò il pugnale, ma non fece alcuna mossa per prenderlo e, proprio come quel giorno nella casa dei Branstone, la punta delle dita di Matthias divenne bianca contro il collo del figlio.

Nathan rise e scosse la testa. «Davvero, Branstone, non pensavo fossi il tipo da far fare il lavoro sporco a un bambino.»

Gli occhi di Sagan volarono verso i suoi e il fuoco balenò dietro quello sguardo di ghiaccio. Finalmente un'emozione che Nathan riusciva a comprendere. Senza guardare, Sagan avvolse le dita intorno all'elsa del pugnale e lo affondò nella carne.

Nathan ruggì, in preda all'agonia.

La lama gli squarciò il pettorale sinistro e gli trapassò la schiena. La sua testa oscillò in avanti, offrendogli un'ottima visuale sul liquido di un vibrante color turchese che sgorgava dal suo petto e ricopriva la mano di Sagan, ancora stretta intorno all'impugnatura. O il ragazzo aveva una mira eccezionale e aveva evitato con cura sia il cuore che le ghiandole velenifere, la cui perforazione lo avrebbe ucciso all'istante, oppure si era lasciato sfuggire un'occasione d'oro.

«Oooh, guarda che bel blu», disse Matthias con voce cantilenante. Fece una risata e batté lentamente le mani. «Bel lavoro, figliolo. Brecker, spegni la luce.»

Un rumore di scarpe sul cemento, poi la stanza fu immersa nell'oscurità.

Uno sfolgorante bagliore blu si fece strada attraverso il nero. Il sangue luminescente gli colava lungo il torso, per poi gocciolare sul pavimento, raccogliendosi in pozze blu. Sagan lasciò andare il pugnale, la mano ricoperta da strisce turchese.

Matthias ridacchiò. «Devo ammettere che è uno spettacolo di cui non ci si stanca mai.»

Il corpo di Nathan ebbe l'ennesimo sussulto. Il tintinnio delle catene era l'unico suono che rompeva il silenzio in quella sala delle torture in cemento.

Ogni intenzione di reprimere il proprio mostro interiore era scomparsa. Il suo corpo esigeva la trasformazione.

Inspirando, alzò la testa. I lineamenti di Sagan erano illuminati dalla luce blu. Il suo volto era ancora impassibile, ma una certa espressione nei suoi occhi attirò la sua attenzione. Qualunque cosa fosse, pareva autentica.

Matthias ordinò di riaccendere la luce e il bagliore giallo inondò di nuovo la stanza.

Sagan era in piedi, statuario, con la mano ricoperta di sangue che gocciolava in una nuova pozza turchese sul terreno vicino ai suoi piedi. Ciò che Nathan aveva scorto nei suoi occhi di ghiaccio un momento prima era completamente scomparso.

Matthias mise una mano sulla spalla del figlio e lo spinse di lato.

Nathan abbassò lo sguardo sui propri piedi nudi, ora

macchiati di blu e qualche istante dopo, il brutto muso di Matthias comparve nel suo campo visivo.

«Non svenire, verme. Non vorrei che ti perdessi quello che succederà dopo.»

«Se non ha a che fare con la tua faccia da Erathi presa a calci, non mi interessa.»

Matthias fece una breve risata nasale. «Sai, mi è sempre piaciuta quella parola… Erathi… Solo voi mutaforma ci chiamate così.» Si accovacciò e appoggiò gli avambracci sulle ginocchia. «Ecco una piccola curiosità per te, verme. Sai cosa significa?»

Nathan sorrise. «Certo che lo so, anche se la maggior parte delle traduzioni che mi vengono in mente includono la parola *ano*.»

Un guizzo di fastidio attraversò il volto di Matthias, prima che i suoi lineamenti si atteggiassero in un sorriso a denti stretti. «Esilarante, ma no. Significa "libero" o "privo di restrizioni".» Allargò le braccia, sottolineando le proprie parole come un narratore entusiasta.

«Credo di preferire le mie traduzioni», disse Nathan, inclinando la testa.

Matthias lo guardò per un lungo momento, poi si rialzò. «Brecker, Harold, credo sia ora di far entrare Afrodite.»

Il cigolio di cerniere arrugginite invase la stanza altrimenti silenziosa e due paia di piedi si diressero verso l'uscita.

13

MANUALE PER GENTILUOMINI

«Quindi, suppongo sia giunto il momento di fare sfoggio di tutta la mia virilità e vincere per te un peluche» disse Thane, rivolgendole un sorriso mentre si muovevano tra la folla.

Violet ricambiò. «Cosa ti fa pensare che io voglia un peluche?» Oddio, le sue labbra erano ancora appiccicose per lo zucchero filato che aveva mangiato prima. C'era il rischio che il suo sorriso si solidificasse, come il Joker di Jack Nicholson.

«Dai,» la spronò lui, «non vorrai privarmi del mio ruolo in questo appuntamento, vero? Altrimenti, sarebbe una missione fallita per me.»

«Ah, ecco cosa c'è di sbagliato in questo appuntamento.» Violet scansò un bambino ricoperto di gelato sciolto. «E io che credevo fosse la nausea post montagne russe.»

Thane rise. «Hai ragione. Forse avrei dovuto suggerire di mangiare gli Oreo fritti e la funnel cake con bacon e sciroppo d'acero *dopo* le giostre che fanno vomitare.»

Violet non poté evitare di sorridere al suono della sua risata. «Beh, per tua fortuna la notte è ancora giovane e c'è tutto il tempo per rimediare.» Si fermò davanti a uno stand ricoperto di palloncini. «Vediamo come te la cavi con le freccette.»

«No, no. Il manuale del primo appuntamento dice: "Il gentiluomo sceglie il gioco e la signora sceglie il peluche".»

«Oh, davvero?»

«Sì, davvero. Queste regole sono state meticolosamente costruite nel corso dei secoli per garantire che il gentiluomo faccia una buona prima impressione.» Le fece l'occhiolino, poi la prese sottobraccio e la guidò con delicatezza lontano dallo stand delle freccette, rigettandosi tra la folla.

Le montagne russe dovevano essere ripartite, poiché un'improvvisa esplosione di urla sovrastò il frastuono della musica. Il fumo delle sigarette si mescolava agli aromi di popcorn caldi e cibo fritto.

Violet guardò la propria mano appoggiata sul bicipite di Thane. Il ragazzo l'aveva ricoperta con la sua e il calore del suo palmo le scaldava la pelle. I loro fianchi urtavano delicatamente mentre camminavano e, quando si alzò un vento gelido, non poté fare a meno di stringersi a lui.

Quindi era così che ci si sentiva al primo appuntamento, proprio come in quegli stupidi film romantici che Lyla l'aveva più volte costretta a guardare. Violet li aveva sempre trovati ridicoli, favole per babbei pronti a sprecare i loro soldi in biglietti del cinema e romanzi d'amore. In quel momento, però, capì quanto ci fosse di magico. Lì, insieme a Thane, era come se una piccola scintilla si fosse accesa nel suo cuore.

«Allora,» disse, «questo "manuale per gentiluomini", chi l'avrebbe scritto? Mr. Darcy? Oppure— *Ah!*» All'improvviso, inciampò su una scatola di popcorn rovesciati, facendo scricchiolare i chicchi sotto le scarpe. Per fortuna, Thane le afferrò il braccio, evitandole quello che avrebbe potuto essere un imbarazzante capitombolo.

Stupide scarpe! Le sue guance si tinsero di rosso. Non avrebbe mai dovuto lasciare che Autumn la convincesse a indossare quei ridicoli sandali con la zeppa. Erano abbinati al vestito, e allora? I suoi piedi stavano congelando! Se prima di sera le si fossero staccate dita, le avrebbe impacchettate e regalate all'amica come forma di ringraziamento. Sarebbe stata anche una giusta vendetta per le sue ridicole risatine e per i frequenti "è così sexy" mormorati quando Thane era andato a prenderla in camera.

Il momento peggiore, tuttavia, era stato quando, mentre se ne andavano, li aveva inseguiti nel corridoio del dormitorio per gridare: "Voi due farete dei figli bellissimi!". Violet si morse il labbro al ricordo, assaporando ancora una volta il sapore di zucchero filato.

Thane la attirò in un abbraccio stretto e caloroso. «Non credo che il signor Darcy abbia scritto questo particolare manuale», disse, continuando a guidarla tra la folla. «Quell'uomo ci metteva davvero troppo tempo a rivelare a una signora i propri sentimenti.»

Violet alzò lo sguardo e incontrò i suoi occhi marroni. Quando il giovane le sorrise, qualcosa nel suo petto si agitò.

«Ah, questo sì che è uno sport da uomini», disse improvvisamente Thane, guardando lo stand del tiro a segno. «Qual è il tuo peluche preferito?»

Dieci minuti dopo, si allontanarono con Violet che tentava di trasportare tre orsi di peluche sotto il braccio e di infilare due coniglietti nella borsa a tracolla.

«Come ti senti? Hai ancora la nausea?» le chiese il ragazzo, cingendole le spalle con un braccio.

«No, credo di essere... *oh!*»

Una nube di bolle di sapone attraversò loro il sentiero. Danzavano nell'aria, le loro superfici curve un turbinio di riflessi arcobaleno. Alcune sfiorarono il suo viso e, scoppiando, le fecero il solletico sulla pelle. Poco più avanti, un gruppetto di bambini rideva e strillava, saltando e agitando le manine paffute per farne scoppiare il più possibile.

Il suo accompagnatore ridacchiò e Violet alzò lo sguardo su di lui.

«Guardali», disse Thane. «È incredibile che una cosa così fragile possa portare tanta gioia.» Mentre parlava, il ragazzo allungò l'indice per far scoppiare una bolla che si stava avvicinando, fluttuando, al suo viso.

Violet afferrò i tre orsetti che teneva sottobraccio. «Ecco, puoi tenerli un attimo?»

Thane le lanciò un'occhiata interrogativa, ma fece come gli aveva chiesto. Una volta liberate le mani, cercò nella borsa a tracolla la macchina fotografica e giocherellò con le impostazioni sul display LCD finché non trovò quello che le serviva.

«Ti dispiace far scoppiare un'altra bolla come hai fatto prima?»

Thane aggrottò le sopracciglia ma la accontentò. Mentre faceva scoppiare altri globi di sapone, Violet sollevò la fotocamera e scattò diverse foto.

«Perfetto. Credo di aver capito.» Fece scorrere le foto che aveva scattato. «Guarda qui.»

Thane si avvicinò mentre gli porgeva la macchina fotografica.

Aveva immortalato la bolla a metà dello scoppio. Metà era ancora intatta, lucida e arcobaleno, mentre la metà più vicina al dito di Thane si era già frantumata in un milione di minuscole goccioline.

«Wow», disse il ragazzo a bassa voce.

«Ti dispiace se faccio qualche altro scatto?»

«Nessun problema.» Sollevò i tre peluche. «Questi ragazzi mi terranno compagnia.»

Ridacchiando, Violet si addentrò in quel mondo fatto di bolle.

Scattò una foto dopo l'altra, regolò alcune impostazioni, poi ne scattò altre, osservando attentamente la luce, il colore, il movimento. Catturò i bambini nell'atto di saltare e i neonati in braccio ai genitori mentre cercavano di mangiare le bolle.

Qualche tempo dopo, preoccupata di averci messo troppo, guardò di nuovo verso Thane, ma la sua attenzione era rivolta altrove. Al suo fianco c'era una bambina minuscola, infagottata in un'enorme giacca rossa. I suoi occhi erano arrossati, il suo viso pieno di macchie e le sue manine, strette a pugno, si asciugavano un flusso infinito di lacrime. Thane si era inginocchiato al suo livello e le stava dicendo qualcosa. Violet non riuscì a sentire le sue parole, ma vide che la bambina annuiva in risposta.

Si accovacciò e sollevò la macchina fotografica, regolando l'obiettivo per mettere a fuoco le bolle che le giravano intorno, poi scattò, immortalando Thane che porgeva alla bambina uno degli orsetti di peluche. La piccola abbracciò il giocattolo, sorridendo tra le lacrime.

Un attimo dopo, un uomo e una donna entrarono in scena. Dal sollievo sui loro volti, Violet pensò che dovesse trattarsi dei genitori. L'uomo prese in braccio la bambina e questa gli mostrò il suo nuovo giocattolo, indicando Thane. Il ragazzo e i genitori si scambiarono due parole, poi la famigliola annuì e sorrise, prima di proseguire per la propria strada. Violet osservò la piccola salutare Thane da sopra la spalla del padre fino a quando non scomparvero tra la folla.

«Hai fatto una cosa carina», disse, una volta riavvicinatasi.

Thane alzò le spalle. «La bambina si era persa ed era sconvolta. Chiunque avrebbe fatto lo stesso.»

«Non tutti», disse Violet, ricordando la propria infanzia. Spense la macchina fotografica e la ripose nella borsa insieme ai due coniglietti di peluche.

«Hai ottenuto quello che volevi?» chiese il ragazzo, facendo un cenno con il mento in direzione del dispositivo appena ritirato.

Violet alzò lo sguardo su di lui. «Sì,» rispose, «più di quanto mi aspettassi».

Le macchie d'oro nei suoi occhi castani brillavano, radiose. Il tempo di alcuni battiti, il ragazzo si limitò a guardarla. Nessuno l'aveva mai guardata in quel modo. Più la fissava, più Violet sentiva le proprie barriere cedere, lasciandogli intravedere pezzi di sé nascosti da tempo, fuori dalla portata di tutti. La parte di sé che aveva nascosto per paura di uscirne completamente distrutta.

Il giovane si allungò per accarezzarle la guancia con il dorso della mano e il suo tocco leggero le fece venire i brividi. In quel momento, lei e Thane erano le uniche persone in quella nube di bolle, le uniche persone sul pianeta, le uniche persone nell'intero universo.

Il ragazzo si avvicinò di un passo, annullando la distanza che li separava e un leggero dubbio si insinuò nei pensieri di Violet.

«Thane?»

«Sì?» Posò un palmo sulle sue guance e le accarezzò dolcemente la pelle con il pollice, facendola formicolare.

«Io, ehm... Non l'ho mai fatto prima.» Le sue parole erano appena un sussurro e le sue guance e il suo collo stavano andando a fuoco per l'imbarazzo.

«Fatto cosa?»

«Questo», disse, agitando un dito tra loro.

Tra le sopracciglia di Thane comparve una piccola piega. «Intendi dire baciarsi?»

Un altro brivido le scosse il corpo. «Intendo tutto. Tutta questa storia degli appuntamenti, flirtare, il romanticismo. E sì, anche... baciarsi.» La sua voce si abbassò così tanto da rendere l'ultima parola quasi impercettibile. Cosa c'era di sbagliato in lei? Perché non riusciva a dire *baciarsi* come una persona normale? Thane l'aveva detto con tanta disinvoltura. Come poteva dirlo con tanta disinvoltura?

«In questo caso,» disse il ragazzo, «c'è qualcosa che dovresti sapere».

Violet respirava a fatica.

«Nemmeno io ho mai fatto queste cose romantiche prima d'ora.» Il sorriso che le rivolse era così caldo, così aperto, che la giovane sentì le difese dure e impenetrabile che aveva eretto dentro di sé sciogliersi.

Prima che potesse replicare, le labbra di Thane incontrarono le sue. Si baciarono, circondati da bolle che scoppiavano, solleticando loro la pelle.

La luce nel suo cuore brillò più intensamente.

14

AFRODITE

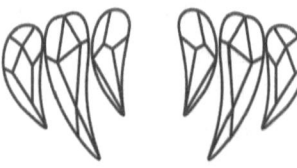

Un incessante gocciolio riecheggiava tra le pareti di cemento della sua cella.

Matthias controllava di tanto in tanto il cellulare, la sua posa rilassata, mentre Sagan se ne stava rigidamente appoggiato al muro. Il volto del ragazzo rimaneva impassibile, ma qualcosa di intenso, quasi selvaggio, brillava nei suoi occhi.

Nathan strinse i denti; il dolore ai polsi era peggiorato. Anche se la sua pelle dura impediva a quasi tutto – tranne il diamantio – di tagliargli la carne, avrebbe giurato che le manette di metallo gli stessero stritolando le ossa.

Passarono alcuni minuti prima che lo stridore di cardini arrugginiti annunciasse il ritorno degli scagnozzi di Matthias.

Un brivido attraversò il suo corpo, forse per la fatica provata nel combattere la trasformazione o forse per il terrore di qualsiasi cosa stesse per entrare dalla porta di quel luogo dimenticato da Dio. Abbassò la testa, fingendo disinteresse. La pozza di sangue sotto di lui continuava ad allargarsi, ma al liquido blu si aggiunsero rapidamente, nel suo campo visivo, un paio di anfibi neri. Una mano lo afferrò per i capelli, costringendolo a risollevarla. Nathan soppresse l'impulso di lottare per liberarsi da quella presa ferrea.

«Ti ho detto di non svenire, verme. Ho qualcosa da mostrarti», disse il signor Branstone, il suo respiro caldo e umido contro il suo orecchio.

I due uomini, Brecker e Harold, entrarono nella stanza, trascinandosi dietro un grande oggetto avvolto in un drappo di cui Nathan non riconobbe la sagoma. Qualunque cosa fosse, probabilmente era meglio non saperlo.

«Ah, questo sì che è un bel vedere», esclamò Matthias. «Permettimi di presentarti Afrodite.»

A un segnale del cacciatore, uno dei suoi scagnozzi rimosse il drappo nero, rivelando quello che pareva essere un cannone medievale trasformato in chiave futuristica. Largo circa come un uomo e alto la metà, poggiava su un telaio dotato di ruote. Da un lato vi era un touchscreen, mentre, dall'altro, una lunga canna metallica del diametro di una lattina di soda era puntata dritta contro il petto di Nathan.

Il materiale di cui era composto quell'aggeggio aveva una sfumatura verdognola – si trattava probabilmente di metallichite – e Nathan provò pena per l'altra specie di mutaforma costretta a produrre una tale quantità di quel sottoprodotto metallico. Anche le catene che lo tenevano prigioniero dovevano essere fatte dello stesso materiale, dal momento che avrebbe potuto rompere con facilità qualsiasi tipo di acciaio standard o lega industriale.

Matthias lasciò andare i suoi capelli e si avvicinò al cannone. «Non è una vera bellezza?» sussurrò, accarezzando la canna come se si trattasse di un animale domestico molto amato. Si avvicinò e per un attimo Nathan pensò che stesse per dare un bacio al congegno. Invece, vi si appoggiò con un braccio e si girò per guardare di nuovo verso di lui.

«Afrodite è in grado di proiettare fino a trentamila lumen di raggi concentrati, equivalenti a quelli riflessi da Venere.»

Agitò una mano. «Ora, io non so di quanti lumen abbiate bisogno voi vermi per trasformarvi, ma qualche scienziato in un laboratorio da qualche parte ha fatto tutti i test necessari per scoprirlo.»

La mascella di Nathan si contrasse, mentre immaginava il genere di "test" a cui alludeva.

«Ma, a prescindere dal numero, questi intelligenti scienziati si sono riuniti per progettare e costruire Afrodite e rendere il nostro lavoro più facile.» Matthias era raggiante, come un bambino mentre mostra le sue nuove carte Pokémon. «Vuoi dare un'occhiata all'interno?»

Tirò fuori una piccola torcia dalla tasca del cappotto e ne diresse il raggio all'interno della canna. Nathan trasalì quando la luce gli balenò negli occhi, accecandolo. Una volta adattatosi alla luminosità, riconobbe dei familiari riflessi arcobaleno.

Matthias si avvicinò e gli toccò il petto, proprio sopra la ferita. «Che ironia: niente può ferire o attraversare le vostre spesse pelli, se non armi prodotte grazie alla morte di uno dei vostri.» Sorrise, mettendo in mostra una fila di denti bianchissimi.

In un attimo, Nathan pensò ad almeno cinque modi diversi per levare il sorriso dalla faccia di quell'orribile Erathi.

Matthias lo studiò attentamente, il suo sguardo intenso e angosciante, come se lo stesse mettendo a nudo con i propri occhi, rivelando ogni frammento del suo essere fino alla sua anima.

Il corpo di Nathan fu attraversato dall'ennesima scossa e gli occhi del cacciatore si indurirono. Il suo naso si arricciò e la sua bocca si contorse in un ghigno. «Dannate creature orgogliose e ignoranti. Siete tutti uguali. Davvero pensi di potermi resistere?» Gli schiaffeggiò il viso con il dorso della mano. Lo schiocco della pelle Erathi contro la pelle Veniri rieccheggiò nella stanza. «Certo che no!»

La testa di Nathan scattò da una parte all'altra mentre Matthias sferrava altri colpi. Nonostante la durezza della sua pelle, il dolore aumentava con ogni schiaffo e ogni pugno.

Senza preavviso, Matthias lasciò cadere il braccio contro il fianco, respirando a fatica. Agitò la mano e scoppiò in una risata maniacale. «Tutti credete che, resistendo al cambiamento, non potremo raccogliere le vostre schegge.» Conficcò le dita nella carne tra il collo e le spalle di Nathan. «Come quelle belle grandi che provengono da qui. O da qui.» Pungolò il retro dei suoi gomiti. «E le mie preferite, proprio qui.» Posò un dito sul suo ginocchio. «Con Afrodite mi sarà facile spezzare la tua determinazione, verme. E vuoi sapere un segreto?» Si avvicinò, fino a trovarsi con il viso a pochi centimetri dal suo naso. «Anche se muori durante la raccolta, Afrodite si assicurerà che non ritorni alla tua forma umana.» Gemette. «Dio solo sa che rottura di scatole fosse un tempo portare a termine un lavoro con voi disgraziati che ci morivate in continuazione. Certo, potevamo comunque raccogliere tutto ciò che avete dentro. Hai visto quella bella collana che indossava mia moglie? Ho raccolto io stesso le ossa dalle nocche e dal polso, ma sono i frammenti più grandi a essere molto richiesti. Come per la maggior parte delle cose nella vita, le dimensioni contano.»

Nathan gli lanciò un'occhiataccia. «Hai finito di parlare? Preferirei che tornassi a colpirmi.»

Il sorriso da squalo di Matthias tornò in tutto il suo splendore e l'uomo gridò, rivolto al cacciatore alle sue spalle: «Brecker, accendila». Senza mai staccare gli occhi da lui, si allontanò di qualche passo e gli fece l'occhiolino. «Fidati, ti piacerà.»

Nathan sorrise. «Come vuoi, tesoro. Facciamola finita.»

Un ronzio risuonò all'interno della canna del cannone,

facendosi via via sempre più forte. Nathan riconobbe la melodia celata in quel suono: era la canzone che gli sussurrava Venere, quella che forniva energia e vita al suo essere interiore. Rabbrividì, mentre la serenata sembrava rivolgersi direttamente al suo cuore. Con tutto il proprio corpo concentrato sul riverbero nei timpani, non riusciva più a comprendere perché non si stesse trasformando. Aveva *bisogno* di trasformarsi. Doveva liberarsi dalla forma Erathi e abbracciare la sua vera forma Veniri.

Un dolore improvviso ai polsi incatenati lo riportò bruscamente alla ragione.

Non poteva, non *voleva* trasformarsi. Le schegge Veniri erano sacre per la sua specie. Romperle o reciderle era un disonore che portava spesso una persona a essere ostracizzata, o addirittura bandita, dalla propria famiglia. Ma che la sua razza fosse dannata. Non doveva loro nulla. Avrebbe resistito per onorare sé stesso e coloro che amava. Avrebbe negato a Matthias e ai suoi scagnozzi il piacere di trarre profitto dal suo cadavere. Attingendo alle poche riserve di energia rimaste, combatté il desiderio di trasformarsi che minacciava di sopraffarlo.

Il ronzio si fece ancora più intenso e, all'interno della canna del cannone, un bagliore blu prese vita. Un fascio di luce ricoprì la sua pelle, come il calore del sole in una giornata invernale. Il raggio ripristinò la sua energia interna, facendogli pulsare il sangue nelle vene. Lentamente, iniziò a recuperare le forze e la stanchezza cominciò a svanire. La sua guarigione si fece più rapida e la carne lacerata intorno alla ferita iniziò a prudere.

«Vedi, ti avevo detto che ti sarebbe piaciuto», urlò il cacciatore per sovrastare il rumore. «Aspetta di vedere cosa succederà dopo.» Il signor Branstone toccò alcuni pulsanti sul touchscreen.

Dopo un attimo, il ronzio si trasformò in un boato. Uno

stridio penetrante si fece strada nelle sue orecchie, chiedendo a gran voce la trasformazione di ogni fibra e cellula del suo corpo. I raggi blu gli lacerarono la carne, la loro energia non più diluita e ricostituente ma pura e feroce.

Un ruggito lasciò i suoi polmoni, mentre il suo corpo si contorceva e tremava, in preda alla disperazione, per sfuggire a quella luce e al suo stridore. Il bisogno di trasformarsi aveva oscurato qualsiasi pensiero coerente. Era sul punto di accettare la sconfitta, quando il chiarore e il rumore svanirono.

La luce turchese lasciò di nuovo spazio al giallo delle lampade a incandescenza e il sangue, metallico e dolce, inondò la sua bocca, mentre soffocava tra un respiro e l'altro. Se le catene non glielo avessero impedito, sarebbe crollato sul pavimento. Il dolore ai polsi pareva quasi un sollievo rispetto al tormento provato qualche istante prima.

Nathan sbatté le palpebre. Il bagliore del raggio di Afrodite aleggiava ancora davanti ai suoi occhi.

Il volto di Matthias fece la sua apparizione nel suo campo visivo. «Mmm, neanche una zanna in vista. Non ho mai visto un verme con un tale autocontrollo. Si trasformano tutti in pochi secondi di esposizione alla luce di Afrodite.» I suoi occhi si socchiusero fino a formare due fessure. «Come fai?»

Nathan lo fulminò con lo sguardo. «Uccidimi e falla finita», disse con voce roca.

Un angolo della bocca del cacciatore si inclinò verso l'alto. «Non dirmi che ti arrendi così facilmente? So che hai ancora voglia di lottare.»

Nathan chiuse gli occhi e appoggiò il mento sul petto. Presto sarebbe morto e non aveva alcuna intenzione di sprecare i suoi ultimi minuti assecondando Matthias e i suoi giochetti.

Il volto di una donna gli balenò nella mente: lineamenti delicati, occhi nocciola che lo fissavano amorevolmente, una mano calda sul viso e lui che si voltava per baciarne il palmo. I ricordi gli provocarono una fitta lancinante al cuore. La sua reazione abituale sarebbe stata quella di allontanarli; se avesse permesso alla sua mente di indugiare, il dolore sarebbe diventato insopportabile. In quel momento, però, quei ricordi gli parvero il paradiso.

«Bene», disse Matthias. «Se non vuoi combattere per te stesso, allora che ne dici di farlo per lei?»

Lei? Gli occhi di Nathan si aprirono di scatto.

Matthias allungò il cellulare, consentendogli di studiarne lo schermo.

«No», ansimò.

Sul telefonino c'era una foto di Violet… con una taglia sulla testa.

«No!» Nathan si scagliò contro il cacciatore. Le catene tintinnarono, costringendolo a fermarsi a pochi centimetri dal suo viso.

Il sorriso maniacale di Matthias si allargò. «Ecco, questo è ciò che voglio vedere.»

«Stai lontano da Violet!» ruggì, attraverso le corde vocali danneggiate.

Un movimento repentino lungo la parete di fondo attirò la sua attenzione. Sagan era ora in piedi, con lo sguardo fisso sul padre.

«Ti prego, non lasciarglielo fare», disse al ragazzo. Il suo tono era implorante e disperato, ma non gli importava. «Non lasciare che faccia del male a Violet. Era la migliore amica di tua sorella. Ti prego, non farlo.»

Matthias ridacchiò. «Non sarò *io* a farlo, ma l'uomo che ho mandato a cercarla. Anzi, probabilmente in questo momento si trova già da lei.»

«Stai mentendo», sibilò.

«Papà, è vero?» chiese Sagan.

Matthias lo ignorò. «Non preoccuparti. Sono sicuro

che il mio uomo farà in fretta. Probabilmente non se ne accorgerà nemmeno, quando le taglierà la gola nel sonno.»

Sagan volò al fianco del padre e sibilò: «Che fine ha fatto il "non uccidiamo i nostri"?»

Matthias spostò lo sguardo sul figlio. «Conosco perfettamente il codice, *figliolo*.» Si chinò su di lui. «E a te cosa importa, eh?»

«Lei... era un'amica di Lyla» sussurrò il ragazzo. «Era lì per Lyla quando—»

«Vuoi dire che era lì quando Lyla è stata massacrata?»

«Ma noi non uccidiamo—»

«Non farmi la predica, ragazzo!» Matthias ruggì, spruzzando saliva a ogni parola.

«Ma, papà—»

Matthias gli diede un manrovescio. La testa di Sagan scattò di lato e il giovane si accasciò contro il muro di cemento. La forza del colpo fece volare il cellulare, che andò a colpire il muro sopra la testa del ragazzo. In circostanze diverse, se non fosse stato incatenato in una stanza di cemento con dei cacciatori psicopatici, Nathan sarebbe rimasto impressionato dall'indistruttibilità della cover, che consentì al dispositivo di rimbalzare sul muro e di atterrare illeso ai piedi di Sagan.

«Brecker!» ringhiò Matthias. «Riaccendi quell'affare, e questa volta assicurati che la potenza sia doppia. È giunta l'ora del raccolto.»

Sagan si accovacciò in una posizione che ricordava a Nathan quella di un gatto in procinto di balzare sulla preda.

In un vortice di nero, Matthias si girò e lanciò il suo pugnale di diamantio direttamente contro il figlio. La lama sfrecciò nell'aria come un fulmine scintillante, conficcandosi nel muro di cemento accanto alla sua testa. Gli occhi azzurri del ragazzo si spalancarono per lo shock. Si portò la mano all'orecchio e ispezionò il sangue cremisi che gli imbrattava la punta delle dita.

Matthias fece un cenno nella sua direzione, la mascella serrata in un'espressione di pura arroganza e trionfo. «Stai buono, ragazzo, o il prossimo ti arriverà in gola.»

Nathan spostò lo sguardo su Matthias. Doveva per forza trattarsi di un bluff, ma qualcosa nella sua espressione suggeriva il contrario.

Il ragazzo serrò a pugno la mano insanguinata e si riappoggiò contro il muro.

«È tutto pronto», disse Brecker.

«Bene.» Matthias rilassò le spalle. «Ora, dov'eravamo—»

Un uomo fece irruzione nella stanza, correndo.

«Ti avevo detto di non interrompermi», sibilò Matthias.

«Ma, capo,» disse il nuovo arrivato, «è qui».

Sollevando una mano, Matthias fece cenno a Brecker di fermarsi. «Come sarebbe a dire che è qui?»

«Voglio dire, si trova proprio *qui*. Dice che li ha trovati e vuole organizzare un incontro.»

L'intero volto di Matthias si illuminò come quello di un bambino la mattina di Natale. «Portami da lui.»

«Ma, capo, e il verme?» chiese Brecker.

«Comincia senza di me.» Matthias uscì dalla stanza senza guardarsi indietro.

Nathan valutò i tre uomini rimasti. Sagan era l'immagine stessa della sconfitta, a terra con le braccia incrociate sul petto. Un rivolo di rosso gli scendeva lungo il collo e sulla catena nera visibile sopra il colletto della camicia.

Brecker se ne stava appoggiato al cannone e sorrideva, con la mano in bilico sul touchscreen. «Ehi, Harvey, prepara il taglia-cristalli.»

«Aspetta, ce l'ho qui da qualche parte.» L'uomo scomparve dietro il cannone e si udirono dei colpi e degli schiocchi, seguiti dal suono di qualcosa di metallico che veniva trascinato sul cemento, poi riapparve con quelle che parevano enormi cesoie dalle estremità intrise di sangue di Veniri ormai secco.

Il terrore prese a pulsargli nel petto. Doveva andarsene da lì. La poco piacevole esperienza con Afrodite aveva rigenerato in parte il suo corpo, ma si sentiva sovraeccitato, come se gli avessero appena somministrato una dose massiccia di caffeina e metanfetamine.

Tirò le catene – decisamente metallichite. Non aveva senso tentare di spezzarle. Per avere qualche chance, avrebbe dovuto eliminare i cacciatori prima che premessero l'interruttore, ma erano troppo lontani. Anche sferrando un calcio avrebbe colpito solo l'aria. Mettendosi a dondolare, avrebbe potuto guadagnare qualche centimetro, ma avrebbero capito il suo piano prima che potesse raggiungere uno slancio sufficiente a colpirli.

Dovevano essere loro ad avvicinarsi a lui.

Naturalmente, se anche fosse riuscito a rendere inoffensivi i tre cacciatori, sarebbe rimasto comunque il problema di come liberarsi dalle catene. *Non pensarci, per il momento. Un problema alla volta.*

Nathan fletté le dita formicolanti nell'inutile tentativo di riattivare la circolazione. Sospirando, afferrò le catene appena sopra le manette e testò la capacità delle sue mani intorpidite di sostenere il peso del proprio corpo. Un dolore immane gli colpì le spalle per poi propagarsi lungo la spina dorsale, ma non era nulla in confronto all'imminente assalto della luce di Afrodite.

Dopo essersi accertato di essere in grado di reggersi da solo, si alzò su un piede e diede un calcio alla pozzanghera sotto di lui. Il liquido blu schizzò su Brecker.

Il cacciatore iniziò a sbraitare, tendendo le braccia come uno spaventapasseri. Tracce del sangue di Nathan gli colavano sul viso e sulla barba, mentre i suoi lineamenti si contorcevano in un'espressione di pura repulsione. Cercò di pulirsi la bocca con la manica, poi si rese conto che anche il tessuto era ricoperto di sangue.

Harold si precipitò nella loro direzione e, vedendo lo stato in cui si trovava il compare, scoppiò a ridere. Brecker si voltò verso di lui, con le labbra serrate, mentre l'altro uomo continuava a deriderlo.

Nathan diede un altro calcio alla pozzanghera, questa volta mirando verso Harold.

La risata del cacciatore si spense, interrotta da un'esclamazione soffocata. L'uomo si immobilizzò, con la bocca spalancata e una lingua di un'insolita tonalità turchese.

A quel punto, fu Brecker a scoppiare a ridere.

«Ma cosa, lurido—!» Harold sputò, spruzzando sangue e saliva, e pronunciò una furiosa serie di bestemmie. «Chissà quante malattie ci sono in quel sudiciume.» Fissò lo sguardo su Nathan, con le narici dilatate e la mascella sporgente. «La pagherai per questo, verme.»

Un angolo della bocca di Nathan si contorse in un ghigno e diede un altro calcio alla pozzanghera. Harold ruggì di rabbia, poi si precipitò su di lui.

«Ehi, calma, Harold!» Brecker si intromise tra loro e spinse con decisione una mano contro il petto del compare.

«Togliti di mezzo! Lo sventro!»

Harold cercò di superarlo, facendo scivolare leggermente Brecker sul pavimento ricoperto di sangue.

Ecco, pensò Nathan. Ancora qualche centimetro e sarebbe riuscito a—

Brecker diede un pugno in faccia al secondo cacciatore. «Riprenditi! Ti vuole provocare.»

Harold inciampò all'indietro, gemendo e stringendosi il naso, e il compare gli afferrò il bavero della giacca. «Smettila di fare casino. Puoi sventrarlo dopo il raccolto.»

Harold guardò verso di lui.

Nathan gli sorrise.

Un tintinnio risuonò nella stanza e tutti gli occhi si voltarono verso Sagan. Il telefono di Matthias era ancora a terra ai suoi piedi e squillava sommessamente.

«Ehi!» lo chiamò Brecker. «Hai intenzione di startene lì tutto il giorno con quel broncio o ti renderai utile?»

Sagan lo ignorò e prese il telefono.

Brecker fece una smorfia e scosse la testa. «Ragazzo inutile», borbottò.

Il cacciatore riprese la propria posizione vicino al touchpad di Afrodite e Nathan fu colto nuovamente dal panico. Il suo trucchetto con il sangue non aveva funzionato, ma fece comunque un ulteriore tentativo, lanciando un altro schizzo di liquido blu nella loro direzione.

Sia sul volto di Harold che su quello di Brecker imperversavano furia e disgusto, ma nessuno dei due fece alcun movimento verso di lui. Al contrario, Brecker puntò il dito contro il touchscreen. «Oh, avrai la tua punizione.»

Prima che Nathan potesse reagire, il raggio di Afrodite lo colpì al petto; la luce e la melodia si insinuarono con tutta la loro potenza in ogni fibra del suo corpo, mandandolo in sovraccarico.

Quella volta non ebbe la possibilità di rifiutare la trasformazione.

Schegge di cristallo gli squarciarono le viscere e gli perforarono la pelle, spuntando dalle clavicole, lungo le spalle e il collo. Lame affilate fuoriuscirono dai gomiti, estendendosi fino ai polsi, e dalle ginocchia, raggiungendo un quarto della lunghezza delle sue cosce. Nel resto del corpo, cristalli più piccoli formavano un pattern unico. La sua pelle iniziò a incresparsi e modellarsi in squame variopinte, dal turchese al grigio scuro, che parevano brillare dall'interno. I piedi e le dita si allungarono di diversi centimetri, divenendo simili a quelli di preistorici rapaci, armati di artigli di diamantio scintillante.

Nathan sbatté un paio di volte le palpebre interne, affinché i suoi occhi potessero adattarsi a quell'intenso raggio di Venere artificiale. Il formicolio nel suo cranio si intensificò, fino a trasformarsi in dolorose vibrazioni, mentre piccole schegge di diamantio gli perforavano la testa squamata, adornandogli sopracciglia, zigomi e mento. I canini e i premolari si allungarono e si affilarono. Dopo un attimo, una lingua biforcuta spuntò tra la serie di zanne sporgenti.

La mascella di Nathan si aprì in un lungo ruggito gutturale. Mentre il suo corpo si contorceva in preda al dolore, le catene erano il suo unico legame con il mondo.

Finalmente, la metamorfosi finì.

Nathan attese il sollievo che di solito seguiva la trasformazione, ma l'assalto ai suoi sensi continuò, senza lasciargli neanche intravedere la fine delle proprie sofferenze. Il mondo divenne solo un'indistinta macchia di dolore. Dolore lancinante. Iniziò a desiderare e pregare che tutto finisse. Che lui stesso finisse.

Poi, miracolosamente, Afrodite si spense.

Nathan si afflosciò, sostenuto solo dalle catene. Uno scintillio di luce arcobaleno si rifletté sui suoi pinnacoli di cristallo e sulla pozza blu sottostante.

Anche se le palpebre interne gli appannavano la vista, la sua lingua si dibatteva istintivamente per assaporare e valutare l'ambiente circostante. La sua mente, tuttavia, respingeva qualsiasi comprensione al di là di un vago senso di movimento, di due figure sfocate davanti ai propri occhi.

Sbatté le palpebre un paio di volte per vedere i due visi sorridenti e punteggiati di liquido blu.

Stavano parlando, ma alle sue orecchie le loro parole suonavano incomprensibili. Scosse la testa, per poi pentirsene immediatamente quando un'ondata di nausea si abbatté su di lui.

Si sforzò di concentrarsi finché non capì alcune parole.

«…inizieremo con questo.»

L'uomo teneva in mano quelle che sembravano enormi forbici. O erano tagliaunghie fuori misura?

Entrambe le figure produssero strani suoni, una specie di gorgoglio. Dopo un attimo, Nathan capì che si trattava di una risata. La figura più piccola posizionò il tagliaunghie gigante su una scheggia di diamantio che sporgeva dalla sua clavicola.

Un dolore acuto gli attraversò il corpo. I suoi occhi si allargarono e il mondo tornò ad avere un senso.

«Ecco, Harold, afferrala bene.»

L'uomo tirò, strappandogli un gemito rauco.

«Attento, non è ancora il momento di tagliarla. Devi strattonare con forza e vedere se riesci a guadagnare qualche altro centimetro prima di spezzarla.» Brecker diede un colpetto sul petto del Veniri. «Metti il piede qui sopra per fare leva.»

Nathan grugnì quando Harold aggiustò la propria posizione, senza allentare la presa sulla scheggia. Uno stivale freddo e scivoloso premette sul suo stomaco.

«Pronto?» disse Brecker.

«Sì.»

«Ora tira più forte che puoi.»

Harold grugnì per lo sforzo e il suo stivale si conficcò nel diaframma di Nathan.

Il Veniri emise un inutile urlo, quasi senza suono, simile a una folata di vento o a un fantasma invisibile che tentava di gridare ai vivi. La pressione si fece insopportabile e un'agonia pura si sprigionò dal frammento nella presa di Harold, sul punto di staccarsi dallo scheletro interno.

All'improvviso, i grugniti di fatica dell'uomo si spensero,

interrotti dal suono smorzato del metallo che colpisce la carne.

Brecker si accasciò su sé stesso.

«Ma che—?» Harold non ebbe il tempo di voltarsi prima che Sagan lo colpisse alla nuca con una barra di metallo. Come una marionetta con i fili tagliati, il secondo cacciatore si afflosciò accanto al suo compare.

Sagan superò i corpi con un'ampia falcata, recuperando le enormi cesoie e Nathan sbatté le palpebre con lentezza.

Il ragazzo sollevò l'arma, poi, in rapida successione, gli liberò entrambi i polsi.

Le braccia del Veniri caddero lungo i fianchi e il sangue riprese a scorrere nelle sue mani. Guardò Sagan, cercando di decifrarne l'espressione.

Il ragazzo gli porse il telefono di Matthias.

Nathan lesse il messaggio sullo schermo e fu invaso dal sollievo.

15

E IL TITOLO DI PAZZO VA A...

VIOLET AFFERRÒ LA COPERTA DAL LETTO, SALTÒ SUL DAVANZALE della finestra e la lanciò oltre il bastone della tenda. La luce nella stanza si affievolì fino a diventare color seppia, sebbene alcuni raggi di sole riuscissero ancora a infiltrarsi dai lati.

«Grazie per aver accettato», disse. «Avrei chiesto a qualcun altro, ma oggi sono tutti impegnati.»

«Non c'è problema,» rispose Thane, «sono felice di poterti aiutare. Allora, in cosa consiste questo progetto?»

Violet tirò i lembi del drappeggio di fortuna fino a bloccare del tutto la luce del sole. «Dobbiamo catturare le emozioni in foto.»

«Ottimo. Quindi tutto quello che devo fare è sorridere, aggrottare le sopracciglia e piangere, giusto? Ti avverto, non ti posso assicurare nulla per quanto riguarda il pianto. A meno che tu non abbia intenzione di darmi un calcio all'inguine o qualcosa del genere.»

Violet saltò giù dalla finestra, ridendo. «No, non ho in programma alcun calcio all'inguine.»

«Fantastico.»

Accese la lampada da tavolo e la stanza si illuminò di una

dolce luce artificiale. «Devo mettere insieme un portfolio di emozioni diverse. L'idea è di catturare i sentimenti senza limitarsi alle semplici espressioni facciali. Dobbiamo incorporare elementi come la postura, l'illuminazione, le mani e l'utilizzo di oggetti di scena per creare una storia emotiva.» Indicò il pavimento di fronte al davanzale della finestra. «Ho bisogno che tu ti metta lì, per favore.»

Quando Thane fu in posizione, Violet si voltò a rovistare nel cassetto superiore della scrivania e ne tirò fuori delle forbici e una collana con un orologio da taschino vintage come ciondolo.

«Che succede ora?» chiese il ragazzo.

Violet ritagliò un'immagine dal catalogo di un grande magazzino. «Devo solo finire di realizzare questo oggetto di scena e poi avrò bisogno che tu... ehm... Ho bisogno che tu...» La sua voce si abbassò fino a diventare un borbottio indistinto.

«Scusa, non ho capito l'ultima parte. Cosa devo fare?»

Violet strappò un po' di nastro adesivo e ne piegò l'estremità, poi disse, con un colpo di tosse imbarazzato: «Ho bisogno che tu ti tolga la camicia».

Si concentrò sul nastro adesivo, attaccandolo al retro del ritaglio del catalogo. Sebbene si rifiutasse di guardarlo, poteva sentire il suo sguardo divertito che le si conficcava nella schiena.

«La signora non mi ha nemmeno offerto la cena e già mi chiede di spogliarmi» mormorò Thane, ridacchiando.

Violet si morse il labbro per nascondere un sorriso; poi, quando fu soddisfatta del proprio oggetto di scena improvvisato, si voltò verso di lui.

«Tieni. Cominciamo con questa.» Gli porse la collana. L'orologio penzolava dalla punta delle sue dita e il motivo in rilievo sul coperchio, nel suo dolce ondeggiare, catturava la luce.

Odiava dover usare una lampada da tavolo invece di migliori e più costosi sistemi di illuminazione, ma almeno sarebbe riuscita a creare il contrasto di luci e ombre necessario per quello che aveva in mente.

Thane guardò l'orologio, slacciandosi nel frattempo gli ultimi bottoni della camicia. La luce della lampada accarezzò la sua pelle nuda dalla vita in su, creando un gioco d'ombre che accentuava i muscoli delle braccia e dell'addome.

Violet fece un respiro profondo. *Stai calma, Violet. Non renderti ridicola.*

Il ragazzo prese l'orologio da tasca e lo ispezionò, tracciando con un dito la filigrana. «È incredibile. Dove l'hai preso?»

«Ehm, era...» Violet spostò il proprio peso da un piede all'altro, evitando il contatto visivo. «Me l'ha regalato un'amica.»

Thane premette il pulsante di apertura, rivelando il quadrante. All'interno, Violet aveva sistemato una foto di un bambino ritagliata dalla sezione dei vestiti per neonati del catalogo dei grandi magazzini. Dopo una pausa, il ragazzo disse: «Interessante. Allora, vuoi che lo indossi o che lo tenga in mano? Cosa devo fare?»

Violet sospirò di sollievo e gli sorrise. «Aspetta, lascia fare a me.»

Gli afferrò la mano destra e intrecciò la catenina intorno alle sue dita, lasciando che l'orologio penzolasse a pochi centimetri dal polso, poi gli appoggiò la mano sul petto, appena sopra il cuore, e posizionò il ciondolo in modo che fossero visibili sia il quadrante dell'orologio sia l'immagine del bambino.

Thane rimase tranquillo e rilassato, permettendole di dare corpo alla visione nella propria mente.

Una volta sistemata la scena, fece qualche scatto con la macchina fotografica sul treppiede, poi provò con qualche primo piano. I *clic* del dispositivo riuscivano a malapena a sovrastare i battiti che le rimbombavano nelle orecchie. Le fatine arrabbiate si stavano letteralmente *scatenando*.

«Che tipo di emozione stai cercando di catturare?» le chiese lui.

«Non ne sono ancora del tutto sicura», confessò Violet. «Non appena mi è stato affidato il compito, questa è la prima immagine che mi è saltata alla mente, quindi ho pensato di provare e vedere cosa riesco a ricavarne.»

Thane annuì e qualche altro scatto riempì il breve silenzio.

«Posso darti un suggerimento?» chiese, poi, il ragazzo.

Violet alzò lo sguardo su di lui.

«Voglio dire, solo se lo vuoi» aggiunse rapidamente. «Non intendo prendere il controllo della situazione o altro.»

Violet sorrise. «Non c'è problema. Che cosa hai in mente?»

Thane le afferrò una mano, costringendola a lasciar penzolare la macchina fotografica dalla cinghia intorno al collo, e la avvicinò a sé. Nell'aria aleggiavano le note speziate del suo dopobarba. A differenza dei tipici deodoranti spray dall'intenso profumo di muschio, il suo sapeva di terra.

«Forse funzionerà o forse no, ma lascerò che sia tu a giudicare.» Intrecciò le dita alle sue e si portò la mano al petto.

Per un attimo, Violet rimase senza fiato, mentre cercava disperatamente di ignorare l'intenso battito che le si agitava nella cassa toracica e nello stomaco e—

«Che cosa ne pensi?» chiese Thane.

Si schiarì la gola. «È davvero fantastico.» Con la mano libera, scattò alcune foto, poi si fermò a osservarle e i suoi occhi si spalancarono di fronte alle splendide immagini sullo schermo digitale. Thane aveva un istinto eccezionale per quel genere di cose. Riusciva già a immaginare le foto finali in bianco e nero. *O è troppo banale? Forse seppia?*

«Allora, questa tua amica, quella che ti ha regalato l'orologio, frequenta anche lei l'università qui?» domandò il ragazzo.

Violet si fermò. «No, lei... lei... è venuta a mancare qualche anno fa.»

Venuta a mancare. Odiava quell'espressione. Sembrava quasi che Lyla fosse scivolata via pacificamente nel sonno. Tanto valeva dire qualcosa come: "Un angelo è sceso con grazia dal cielo e l'ha avvolta in un sacro abbraccio per accompagnarla nell'aldilà".

Eppure, parole come *morta* o *morte* le parevano troppo brutali, troppo indelicate. Troppo definitive.

Abbassò lo sguardo, rivolgendo la propria attenzione alle scarpe da ginnastica, in attesa delle domande che certamente sarebbero arrivate. *Come è morta, Violet? Perché non riesci a ricordare cosa è successo, Violet?*

«Era speciale per te, non è vero.» La sua suonò più come un'affermazione che una domanda, mentre con il pollice prese ad accarezzarle il dorso della mano, disegnando piccoli cerchi.

«Sì», disse, la parola quasi un sussurro. «Era la mia migliore amica. So che può sembrare cliché, ma era l'unica in grado di vedermi quando... quando ero invisibile.»

Thane si avvicinò, tanto che poteva quasi sentire la fragranza di sandalo del suo dopobarba. Le posò una mano sulla guancia e lei distolse lo sguardo, respirando a fatica.

«Violet, guardami», disse lui, con voce bassa e fluida, come argento liquido. Le sollevò il mento. Le macchie d'oro nel marrone delle sue iridi erano ipnotiche. «Non sei invisibile per me.»

Un brivido le scosse il petto e Violet chiuse gli occhi, mordendosi il labbro inferiore. Con il pollice, Thane le accarezzò la guancia, poi scese a tracciare l'angolo della bocca e il bordo del labbro inferiore.

Quando riaprì gli occhi, lo sguardo del ragazzo era fisso nel suo. Sarebbe potuta annegare nell'oro fuso di quegli occhi.

La sua mano si fermò. «Stai bene?»

Violet annuì, con lo sguardo di nuovo rivolto a terra. «Sì. È solo che... Non ho mai...»

Thane inclinò la testa, cercando di recuperare il contatto visivo. «Va tutto bene, puoi dirmelo.»

La ragazza alzò lo sguardo. Il bagliore nei suoi occhi si era intensificato, quasi come se si irradiasse al di fuori e intorno a lui.

«Wow», mormorò. «Sembra...» Si stropicciò gli occhi, ma la luce dorata era ancora lì. Cominciò a danzare intorno al ragazzo come un'aura scintillante, come piccole lucciole.

Violet gli lasciò la mano e fece qualche passo indietro, osservando la stanza. «La vedi anche tu, vero?» Forse era tutto nella sua testa. *Fantastico!* Era in camera da sola con il ragazzo più sexy che avesse mai conosciuto e stava impazzendo. Era forse un modo per fuggire da una situazione che si stava facendo troppo seria? Dopotutto, ai tempi, aveva davvero sviluppato un'abilità nel passare da una casa adottiva all'altra.

La fronte di Thane si aggrottò, la sua confusione era evidente, ma fortunatamente lo sconcerto non era rivolto a lei. Violet sospirò di sollievo. Il ragazzo girò il viso per osservare anche lui il bagliore.

«Sì.» Annuì lentamente. «La vedo. Si tratta di un sofisticato effetto di luce? Pensavo che venissero fatti in una fase successiva.»

Violet scosse la testa e guardò la lampada sulla scrivania. «Non sono io.»

La sua mente era piena di domanda e le sembrava di

impazzire, eppure non si sentiva in pericolo. Anzi, le luci sembravano quasi avere su di lei un effetto calmante. Rassicurante.

Thane prese a esaminarsi le braccia, il petto e l'aria che lo circondava. «Non può essere…» mormorò.

«Che cosa? Che succede?»

«Io…» Le lanciò un'occhiata e fece una smorfia. «A essere sincero, non ne ho idea.»

Una delle luci si librò a pochi centimetri dal suo viso. Più si avvicinava, più le veniva voglia di allungare la mano e toccarla. Cosa sarebbe successo se l'avesse fatto? L'avrebbe bruciata? Le avrebbe fatto male? Qualcosa le diceva di no. Ancora una volta, il suo istinto le disse che non rappresentavano un pericolo.

La piccola luce si avvicinò con uno scintillante tremolio.

«Wow, è così bella.» Violet allungò una mano.

«Aspetta», disse Thane. «Non toccarla. Non so cosa faccia.» Prima che potesse finire di parlare, però, la macchiolina dorata le si era già posata sul palmo, penetrandole nella pelle.

Il ragazzo si precipitò in avanti e le afferrò la mano, ispezionando il punto in cui la luce si era posata. Gli altri puntini luminosi lo seguirono.

«Non mi ha fatto male», gli assicurò.

«Che cosa sta succedendo?» disse Thane, più che altro a sé stesso.

«Hai mai visto qualcosa di simile prima d'ora?»

Il ragazzo scosse la testa, gli occhi spalancati, e Violet sorrise della sua espressione meravigliata, del suo stupore per ciò che stava accadendo.

Una cosa era certa: la fonte di quelle lucine era lui. Le minuscole particelle luminose continuavano a moltiplicarsi, scaturendo come piccole aureole dalla sua pelle nuda, per poi allontanarsi dolcemente e librarsi intorno a loro, proprio come la nube di bolle di sapone durante il loro primo appuntamento.

Abbassò lo sguardo sulla macchina fotografica che aveva ancora tra le mani. «Mi chiedo... Rimani immobile per un secondo.»

Fece un passo indietro, poi scattò alcune foto, alternando lo sguardo da Thane al mirino, provando e riprovando da diverse angolazioni e prospettive.

Dopo qualche scatto, notò che Thane cominciava a contorcersi e a strofinarsi la pelle.

«Stai bene?» Abbassò la macchina fotografica. «Cosa c'è che non va?»

Il ragazzo si strofinò il viso con una mano. «Non lo so. Avverto una specie di formicolio.»

Violet inclinò la testa. «Formicolio? In che senso?»

«Beh, potrei aver notato qualcosa negli ultimi minuti» rispose, continuando a grattarsi il viso, le mani e l'addome. Alla fine, si accontentò di massaggiare la zona intorno agli occhi. «A rischio di sembrare un po' pazzo, credo di sentire che mi stai guardando. Cioè, sento davvero il tuo sguardo su di me.»

Violet inarcò un sopracciglio. «Ehm... cosa?»

Thane ridacchiò, imbarazzato. «Lo so, è una follia, vero?»

Violet alzò le spalle. «Forse? C'è un modo semplice per scoprirlo.» Si coprì gli occhi con una mano. «Come ti senti adesso?»

Dopo qualche secondo, Thane fece schioccare la lingua. «Che tu ci creda o meno, si è fermato.»

«Cosa? Non è possibile.» Violet lasciò cadere la mano. «Mi stai prendendo in giro.»

Il ragazzo scosse la testa e riprese a strofinarsi il viso con le mani. «Ah, se mi stessi prendendo gioco di te, sarebbe davvero uno scherzo strano.»

Violet non poté ribattere. «D'accordo, allora. Copriti gli occhi»

«Cosa? Perché?»

«Fallo e basta.»

Thane rise, ma eseguì l'ordine. «Va bene.»

«Perfetto. Ora dimmi se riesci a sentire questo.» Puntò lo sguardo sulla mano che gli copriva gli occhi.

«Sì, sono abbastanza sicuro di sentirlo.»

«Dove?»

Indicò il dorso della mano.

Mmm. Un colpo di fortuna. Spostò lo sguardo sul suo mento.

«Adesso è qui.» Si indicò il mento con un dito.

Violet aggrottò le sopracciglia. Gli guardò il gomito. Thane le indicò il gomito. Gli guardò la spalla e lui, senza esitazione, le indicò la spalla, proprio nel punto in cui si stava focalizzando.

Non ci posso credere!

«Stai sicuramente sbirciando», disse.

«Giuro che non lo sto facendo», rispose lui, ridendo.

L'espressione di Violet si fece corrucciata, ma poi un sorriso le si aprì sulle labbra.

Spostò lentamente lo sguardo dalla spalla lungo la clavicola e il ragazzo tracciò con un dito il percorso del suo occhio, seguendolo fino all'incavo del collo, poi lungo il centro del busto.

«Violet, cosa stai facendo?»

C'era una nota di divertimento nel suo tono, ma Violet non aveva alcuna intenzione di farsi distrarre o di cambiare direzione. I suoi occhi si spostarono più in basso, sempre più in basso. Il petto di Thane si alzava e si abbassava sempre più velocemente, mentre il suo dito continuava a tracciare lungo lo sterno la linea che lei stava percorrendo con gli occhi.

Il suo cuore batteva a mille e alcuni brividi le risalirono il collo.

Il dito del ragazzo era quasi all'altezza della vita dei jeans.

Poi, in un lampo, riportò lo sguardo sulla mano che gli copriva gli occhi.

Thane abbassò la mano e rise. Violet si coprì la bocca, mentre le sue risatine acute si mescolavano a quelle profonde di lui.

Le luci intorno a loro avevano iniziato a danzare e a brillare con più vigore. Alcune di esse si diressero verso di lei, come una nube, troppo fitta per essere schivata. Prima che potesse reagire, le atterrarono addosso e, come prima, le entrarono nella pelle.

«Oh! Che solletico.» La sua carne sembrava vibrare in ogni punto in cui le lucine la sfioravano. Dopo un respiro profondo, trattenne il fiato, travolta al contempo da una gioia intensa e un'infinita tristezza.

Thane la prese per le spalle. «Violet, cosa c'è che non va?»

«Come? Che vuoi dire?»

«Stai piangendo.»

La ragazza si toccò il viso e sentì delle lacrime calde sulle guance.

«Violet?»

«Sto bene. Sto bene. È solo che… Beh, mi sento strana, in realtà. È un po' difficile da spiegare. Non ho mai provato niente di simile. Mi sento davvero felice, come non lo sono mai stata in vita mia.»

Thane sorrise.

«Ma allo stesso tempo mi sento anche estremamente triste.»

Il suo sorriso svanì. «Cosa vuoi dire?»

«Non lo so, provo della gioia mescolata a una tristezza davvero intensa. Ma è una sorta di tristezza positiva. Quasi fosse complementare alla felicità. Sai, come se ne valesse assolutamente la pena pur di provare quell'estrema gioia.» Si guardò intorno e si coprì il viso con entrambe le mani. «Mi dispiace. Sembro una povera pazza.»

Addio possibilità di conoscere ulteriormente questo ragazzo. Benvenuta morte in solitudine.

«Violet, ci troviamo circondati da un'inspiegabile luce che sembra provenire da me e tu pensi di essere quella pazza?» le fece notare lui, inarcando un sopracciglio.

La ragazza rise. «Ottima osservazione. Suppongo di non poter reclamare il titolo di pazza, soprattutto dopo che hai detto di sentire il mio sguardo.»

«In realtà, sono abbastanza sicuro che stia accadendo anche ora.»

«Cosa?» Istintivamente, gli occhi le caddero sul suo torso nudo.

Un angolo della bocca di Thane si sollevò e le sue guance andarono a fuoco. Il ragazzo fece qualche passo in avanti, colmando la piccola distanza che li separava e le luci sembrarono illuminarsi ulteriormente.

«Thane, cosa stai—?»

Non riuscì a finire la frase perché il giovane premette le labbra sulle sue.

Dopo una breve esitazione, gli si avvicinò, intrecciando le braccia intorno al suo collo. In risposta, le braccia forti di lui le avvolsero la schiena e la sollevarono da terra. Violet, a quel punto, rispose stringendo le gambe intorno alla sua vita e modellando il proprio corpo contro quello di lui, desiderosa di approfondire l'intimità. Il desiderio di saperne di più le infuriava nel cuore. La sua pelle bruciava ovunque la toccasse.

Ogni senso del tempo, del luogo e persino dell'essere svanì, intrappolato in quell'ammaliante bacio. Non riusciva nemmeno a immaginare quanto a lungo fossero rimasti avvinghiati, quando, con un colpo improvviso, la porta del dormitorio si aprì, facendo entrare un accecante luce dal corridoio.

Violet e Thane si separarono, mentre Autumn, Gus e Bessie entravano nella stanza. Gus strabuzzò gli occhi e spalancò la bocca, Bessie fece un sorrisetto e Autumn sorrise come se avesse appena vinto il jackpot.

«Vedi, Bessie,» disse la sua coinquilina, sussurrando platealmente, «te l'avevo detto che era sexy».

Bessie annuì. «Sì. Questi due faranno sicuramente dei bellissimi bambini.»

Gus si schiarì la gola. «E chiaramente li abbiamo interrotti proprio durante il processo di creazione di tali bambini.» Si strofinò la nuca. «Accidenti, Violet. La prossima volta metti un calzino sulla maniglia.»

16

PREFERIREI DIVENTARE UNA PIGNATTA

Nᴀᴛʜᴀɴ sɪ sᴇɴᴛì, ɴᴏɴ ᴘᴇʀ ʟᴀ ᴘʀɪᴍᴀ ᴠᴏʟᴛᴀ, ɢʀᴀᴛᴏ ᴅɪ ɴᴏɴ essere un umano. La quantità di sangue che si era accumulata intorno a lui e a Sagan sarebbe stata, infatti, sufficiente a prosciugare un cavallo.

Ironicamente, i raggi di Afrodite avevano accelerato il suo processo di guarigione, già disumanamente veloce. Non solo la ferita sul petto, ma ogni cellula e fibra del suo corpo si stava rigenerando rapidamente, compresa la sua riserva di sangue, il che lo rendeva quasi grato a quella macchina.

Quasi.

Fece una smorfia. Riusciva ancora a percepire i raggi di Venere artificiali dentro di sé. La sua vista era sfocata e si sentiva stordito, come se fosse appena sceso dalle montagne russe. Uno strato di sudore gli ricopriva il corpo, accompagnata da un brivido gelido, e vari muscoli delle gambe, della schiena e delle braccia si contraevano a turno, come se dell'elettricità gli scorresse sotto la pelle. Mosse le mani e provò a flettere le dita, venendo così investito da un intenso dolore, mentre il sangue riempiva nuovamente le sue vene.

Un'ondata particolarmente forte di vertigini lo colpì e cadde a terra, schizzando liquido blu.

«Alzati, verme» sibilò Sagan.

Nathan sbuffò. «Dammi un minuto, ragazzo.»

«Non abbiamo un minuto. Dobbiamo andarcene subito.»

Nathan alzò la testa, cercando di mettere a fuoco il cacciatore – un demone biondo con il volto di un angelo. Riuscì a mettersi in piedi e, con la vista che ancora girava, fare qualche passo incerto ma, arrivato vicino alla porta, dovette appoggiarsi al cannone laser.

«Sbrigati. Non ti porterò in braccio.» Mentre usciva dalla stanza, senza controllare se lo stesse seguendo, i lineamenti di Sagan si contorsero in un'espressione severa.

Nathan imprecò, cercando di staccarsi da quel dannato aggeggio. *Maledetti voi, cacciatori Erathi, e il vostro talento per la tortura.*

Uscì dalla porta barcollando e si affrettò, zoppicando, a raggiungere Sagan. Il ragazzo lo guidò attraverso un labirinto di corridoi e camere in cemento, alcune delle quali erano ancora sporche dei resti dei loro ultimi occupanti. Gli si rivoltò lo stomaco e per un attimo fu contento che la sua vista non fosse abbastanza chiara da identificare i dettagli.

Dopo l'ennesima svolta, Sagan si fermò di colpo e lo guardò. Almeno, Nathan pensò che fosse così, dal momento che i suoi occhi avevano ancora problemi a mettere a fuoco.

«Cosa stai facendo? Perché non sei ancora tornato in forma umana?» sibilò il ragazzo.

«Eh?» Nathan abbassò lo sguardo su di sé. Le sue schegge di cristallo e la sua pelle squamata scintillavano sotto le luci più intense del corridoio.

Sagan indicò lo spazio dietro di lui. «Dannazione. Potresti rendere la nostra fuga più ovvia, verme?»

Nathan trasalì. Anche con la vista annebbiata, la scia di impronte di artigli blu era dolorosamente evidente sul pavimento di cemento. Si strofinò gli occhi, desideroso che la vista si schiarisse e che il giramento si fermasse.

Sagan emise un suono di frustrazione e continuò a camminare.

Tornare in forma Erathi era, di solito, solo leggermente più difficile che passare alla forma Veniri. Tuttavia, in quel momento, quando Nathan cercò di assumere le proprie sembianze umane, non accadde nulla.

Provò di nuovo. Ancora niente.

«Sbrigati», sussurrò Sagan, osservandolo da sopra la spalla.

«Non posso.»

«Come sarebbe a dire che non puoi?»

«Ehm… quanto manca perché gli effetti di Afrodite si esauriscano?» chiese a bassa voce.

Sagan scosse la testa. «Non lo so. Nessuno è mai…»

Nathan non aveva bisogno che finisse per capire che nessuno era sopravvissuto abbastanza a lungo da scoprirlo. Un muscolo nella sua mascella si contrasse. Non gli piaceva l'idea di doversi affidare al giovane cacciatore per fuggire da quel postaccio e, per un attimo, il pensiero che potesse trattarsi di un gioco perverso gli attraversò la mente – uno scherzo da psicopatici ordito da Sagan e suo padre per tormentarlo ulteriormente.

Fece guizzare la lingua in direzione del cacciatore e analizzò l'aroma delle sue emozioni.

Mmm, interessante. Le emozioni del ragazzo erano un po' instabili, ma almeno non c'era traccia di cannella. Qualunque cosa Sagan avesse in mente, non aveva intenzione di ucciderlo. Per il momento, si sarebbe fidato di lui.

Presero un'altra svolta e si fermarono all'ingresso di una caverna. Il soffitto basso si apriva in una grotta grande la metà di un campo da calcio, con dei fari appesi alla volta rocciosa a qualche centinaio di metri sopra le loro teste.

Nathan strizzò gli occhi. Ovunque vi erano auto, camion e mucchi di corde, catene, armi e chissà cos'altro. Dall'assenza di suoni, Nathan ne dedusse che fossero soli.

«Lì.» Sagan indicò un veicolo – una Land Rover Defender nera opaca – parcheggiato a un centinaio di metri di distanza.

Lo avevano quasi raggiunto, quando Nathan notò la luce del sole che filtrava da una grande entrata dall'altra parte della caverna. Il sollievo gli inondò i sensi ma, un istante più tardi, il barlume di speranza si trasformò in un'esplosione di terrore.

Non era la luce del sole.

Il cacciatore lo spinse dietro una pila di casse, fuori dalla portata dei fari del veicolo in avvicinamento, che si facevano man mano più luminosi. Un furgoncino nero entrò nella grotta, riempiendo il silenzio con il riecheggiante rumore del motore.

Nathan e Sagan si accucciarono a terra, scrutando attraverso le fessure delle casse, mentre il veicolo si fermava a pochi metri dall'auto scelta per la fuga.

Sagan sibilò.

Il motore si spense e due uomini saltarono giù dalla cabina, ridendo e scherzando su una recente partita di football. Le loro voci rimbombavano nella caverna. Al collo portavano degli amuleti appesi a catene nere, ma Nathan non riuscì a distinguere il numero di fiale colorate.

Un cacciatore Erathi con una barba grigia da motociclista entrò nel camion e tirò fuori un tridente di cristallo. Nathan ringhiò tra le zanne, guadagnandosi un'occhiataccia dal suo compagno.

I cacciatori si riunirono al lato del camion, presi dalla loro discussione. Dopo qualche istante, il rombo di un altro motore precedette un SUV nero, che entrò e parcheggiò accanto a loro. Ne uscirono altri cinque cacciatori, le cui voci si aggiunsero alle altro dopo lo sbattere delle portiere.

«Perché ci avete messo tanto?» disse Barba Grigia, con il tridente in mano. «Muoviamoci. Ho una partita da vedere.»

«Già, già. Hai sempre una partita da vedere, Axel» disse uno dei nuovi arrivati, agitando una mano con fare indifferente.

I sette si radunarono su un lato del furgone. Tutti erano equipaggiati con qualche tipo di arma di diamantio scintillante.

«A chi tocca?» chiese uno dei cacciatori più giovani – era appena un adolescente.

La sua domanda scatenò una risatina in alcuni dei suoi compari.

«Ha-ha! Bel tentativo», disse Axel, battendo una mano sulla schiena del ragazzo.

«Dai, Axel, non possiamo—»

«No. Conosci l'accordo.»

Ignorando le balbettanti proteste del giovane Erathi, gli altri cacciatori lo spinsero verso il camioncino. Axel colpì con il suo tridente uno dei lucidi sportelli posteriori del veicolo e il furgone si mise a tremare come se fosse stato risvegliato dal sonno. Il ragazzo Erathi cercò di indietreggiare, scuotendo la testa con vigore, ma gli altri lo spinsero avanti, deridendolo.

«Pronto?» disse Axel, preparandosi ad aprire.

Prima che il ragazzo potesse rispondere, il cacciatore spalancò lo sportello e in un attimo una creatura balzò fuori e gli si avventò sopra.

Seguì il caos. I cacciatori ridevano e applaudivano, incitando il giovane a reagire.

Nathan iniziò a ribollire di furia a stento repressa. La creatura era un Veniri preadolescente – circa undici o dodici anni, a giudicare dalla pelliccia che ancora gli ricopriva avambracci, spalle e polpacci.

Il Veniri ringhiava, si dimenava e artigliava. Stava diventando chiaro che avrebbe avuto il sopravvento sul cacciatore inesperto. Quando, con un solo colpo, il Veniri incise tre linee rosse e rabbiose sul volto dell'Erathi, uno dei suoi compagni fece una mossa per intervenire, ma Axel lo trattenne.

Nathan si acciglió. *Deve essere una sorta di perversa iniziazione.*

Il giovane cominciò a urlare e a gridare, chiedendo aiuto e implorando il Veniri perché si fermasse. Nathan non poteva sopportarlo. Non poteva restare a guardare mentre il giovane Veniri o l'Erathi morivano.

Si alzò in piedi.

Sagan gli afferrò il polso e lo tirò giù. «Non provarci nemmeno.»

«Ma è solo un bambino! Entrambi lo sono!» sibilò.

«Non puoi uscire, soprattutto con quest'aspetto.»

Un angoscioso lamento disumano risuonò nella caverna, trafiggendo e facendo tremare il suo cuore. Si liberò dalla presa di Sagan e si affacciò da dietro le casse.

Il ragazzo allungò un piede, intercettando le sue caviglie e facendolo cadere di faccia sul terreno roccioso. Nathan rotolò e si mise in ginocchio, ma Sagan lo attendeva con le lame di diamantio in mano e un cipiglio feroce e determinato sul volto.

«Se andrai lì, morirai.»

Nathan sbuffò ma non si mosse, riconoscendo l'odiosa verità nelle sue parole. Se la sarebbe potuta cavare contro tre, forse quattro, dei cacciatori, ma la situazione non era certamente a suo vantaggio, soprattutto con le armi di cui disponevano. Batté un pugno a terra, il rumore appena udibile sopra le urla e le grida del ragazzino Veniri e del giovane Erathi. «Ti aspetti che io resti qui a guardare?»

L'espressione severa sul volto di Sagan vacillò. «Mi aspetto che tu viva. Mi aspetto che tu mi aiuti a salvare Violet.»

Il collo di Nathan pulsava per la tensione e la sua mascella era così serrata da fargli dolere i denti.

Violet era in pericolo. Aveva bisogno di lui. Non sapeva quanto tempo avrebbero avuto a disposizione, prima che un assassino attentasse di nuovo alla sua vita. Rivide il messaggio che Sagan gli aveva mostrato sul telefono di Matthias.

Ho commesso un errore. Ho ucciso la ragazza sbagliata. Devo andarmene. Troppi poliziotti vicino a Violet.

Nathan rilassò i muscoli e lasciò cadere la testa. Doveva trovare la ragazza, ma l'impossibilità di salvare quel piccolo Veniri lo torturava. Non temeva la morte, ma sarebbe morto inutilmente se non fosse riuscito ad assicurarsi che il bambino venisse restituito alla sua famiglia. Ammesso che la sua famiglia fosse ancora viva.

Il ragazzino, nel frattempo, aveva iniziato a urlare nella sua lingua. Chiamava sua madre, implorava che qualcuno, chiunque, lo salvasse.

Nathan strinse gli occhi e si nascose la testa tra le braccia, con i palmi appoggiati sul terreno freddo.

Dalle loro risate e dalle loro acclamazioni, era evidente che i cacciatori fossero riusciti a contenerlo. Il tintinnio delle catene si unì alle suppliche, seguito dal rumore di qualcosa che veniva trascinato sul pavimento pietroso. A poco a poco, le grida del bambino, ormai spacciato, e le chiacchiere rauche dei cacciatori svanirono in un tunnel laterale, lasciandosi dietro solo i suoi respiri affannati.

Nathan scosse la testa, pieno d'odio per la situazione. Odiava sé stesso e odiava Sagan, *un cacciatore*, per avergli

fatto intendere ragione, per aver garantito la loro soprav-
vivenza e forse anche quella di Violet.

Aprì gli occhi e si alzò in piedi. «Fai strada, cacciatore»
disse, lo scherno evidente nella sua voce.

Un muscolo nella guancia del giovane si contrasse e
indicò i suoi gomiti con il pugnale che aveva in mano. «Falle
sparire, prima.»

Nathan sollevò e ruotò le braccia. «È strano che ti preoc-
cupi di queste, quando ne hai un paio anche tu» commentò,
guardando le sue lame scintillanti.

«Dico sul serio, verme. Mettile via.»

Un angolo della sua bocca si sollevò. «Perché non lo fai
prima tu?»

Sagan lo guardò con gelida ferocia e il suo sorriso si
allargò. Tenne i palmi in alto, le lame lungo gli avambracci in
piena vista, e le ritrasse lentamente, sotto gli occhi attenti del
giovane cacciatore.

«Anche il resto, ora. Torna umano.»

Nathan ebbe un attimo di esitazione. Era riuscito a far
rientrare le schegge nei gomiti, forse l'influenza di Afrodite
stava svanendo. Ancora una volta, cercò di trasformarsi e,
con dolce sollievo, il suo corpo reagì. I frammenti di cristallo
si fusero di nuovo nella carne e le scaglie si ripiegarono sotto
la superficie della pelle, che tornò liscia. Rabbrividì quando
l'aria fresca della caverna gli sfiorò il corpo, ricordandogli
che indossava solo i boxer.

Resistette all'impulso di incrociare le braccia per trattenere il calore corporeo. Invece, indicò i pugnali di Sagan.
«Tocca a te.»

Il ragazzo esitò, forse per vedere se si sarebbe trasformato
di nuovo, ma dopo qualche istante li mise via.

Nathan inspirò e seguì il cacciatore verso l'auto. Mentre
l'Erathi caricava alcune casse nel retro del veicolo, tenne

d'occhio con ansia il tunnel in cui erano scomparsi gli altri uomini.

Alla fine, con una sacca nera in mano, Sagan gli disse, accompagnando le parole con un cenno: «Sali».

* * *

Guidarono in completo silenzio per ore.

Sagan sfrecciò su strade sterrate e attraversò boschetti e ruscelli, senza mai superare una città o un cartello stradale che indicasse la loro posizione. Nathan cercò di tenere traccia della direzione in cui viaggiavano – forse avrebbe avuto la possibilità di tornare indietro e tentare di salvare il bambino Veniri – ma perse ben presto l'orientamento.

Non poteva escludere che il giovane cacciatore lo stesse facendo di proposito; quello di mantenere la vittima disorientata e senza speranza di fuga era un comportamento tipico dei rapitori. Ma poteva anche essere che Sagan stesse percorrendo strade secondarie per motivi di sicurezza, per evitare zone con telecamere e testimoni – il Rover nero opaco non passava esattamente inosservato.

Chiuse gli occhi e si appoggiò al poggiatesta. Il suo corpo fremeva ancora. Qualunque fossero gli effetti, i raggi di Afrodite riecheggiavano ancora in ogni muscolo, nervo e vena, penetrandogli fin dentro le ossa. Trasalì. Quanto sarebbe durata ancora quella sensazione?

«Non posso che riconoscerti il merito di aver sopportato tuo padre, ragazzino. È il sociopatico più sadico che abbia mai conosciuto.» Un'eco della risata ferina di Matthias attraversò i suoi pensieri. «Non capisco cosa ci trovi tua madre in lui.»

«Non è mia madre», ringhiò Sagan.

Gli occhi di Nathan si aprirono di scatto e la sua attenzione si focalizzò sul cacciatore. «Cosa?»

«È la madre di Lyla, non la mia.»

Era interessante che avesse fornito volontariamente quell'informazione, anche se, a giudicare dalla postura rigida e dalla presa ferrea sul volante, si trattava di un malinteso ricorrente che Sagan odiava.

Nathan aggrottò la fronte ripensando alle indagini sull'omicidio di Lyla. Non era mai stato menzionato che i due fossero fratellastri. Come aveva fatto a non accorgersene?

Fece schioccare la lingua. «Quindi... non neghi che tuo padre sia un sadico?»

Il ragazzo non rispose e il silenzio tornò a calare tra loro, solo un po' più pesante di prima.

Nathan si schiarì la gola. «Allora, qual è il piano? Dopo che avremo trovato Violet, tornerai a scorticarmi?»

Sagan sbuffò. «Mi servi vivo, verme.»

Vedendo che il giovane cacciatore non avrebbe aggiunto altro, Nathan continuò: «Mi chiedo perché.» Si batté un dito sul mento. «Mmm... non è che... hai trovato un cliente disposto a pagare il doppio per una macellazione a domicilio?»

Nessuna risposta.

«No? *Ooh!* Credo di aver capito. Il figlio viziato di un cacciatore vuole colpire un Veniri vivo con un bastone invece che una pignatta per il suo compleanno?»

Sagan si mosse sul sedile di pelle, facendolo scricchiolare.

«Andiamo, ragazzino...»

«Smettila di chiamarmi "ragazzino", verme» ringhiò Sagan.

«Certo,» rispose Nathan, «ma solo se tu la smetti di chiamarmi "verme". Che poi, perché voi cacciatori vi ostinate a chiamarci così? Se è un riferimento ai serpenti, allora ci state confondendo con i Veniri europei. Non abbiamo tutti lo stesso aspetto, sai.»

Sagan gli lanciò un'occhiata prima di portare il veicolo

fuori dalla strada sterrata e dentro la foresta. Una volta raggiunto un folto gruppo di alberi, spense il motore.

«Perché ti sei fermato?»

Il giovane spense i fari, immergendoli nell'oscurità. «Manca almeno mezz'ora al passo di montagna e questo è il posto più sicuro per fermarsi.»

«Guiderò io, allora.»

Sagan sbuffò con fare derisorio.

«Tu dammi una mappa e io ti condurrò dall'altra parte.»

«Improbabile.»

La luce interna lampeggiò, mentre Sagan apriva la portiera, saltava fuori e la richiudeva dietro di sé. Rimasto solo, il silenzio risuonò nelle sue orecchie, almeno finché non abbassò il finestrino, appoggiandovi il braccio. Il bosco era un cinguettio di vita notturna e fruscio del vento.

La portiera del conducente si riaprì e la luce interna tornò a illuminare il buio. Il cacciatore teneva tra le mani un fagotto indistinto di colore nero. «Tieni. Mettiti questi.»

Gli gettò il fagotto in grembo e, senza un'altra parola, chiuse di nuovo la portiera, facendo ricadere l'auto nell'oscurità.

Un angolo della bocca di Nathan si sollevò in un mezzo sorriso, mentre srotolava una camicia a maniche lunghe e dei jeans. Pochi minuti dopo, uscì dal veicolo vestito completamente di nero. Gli abiti erano un po' stretti, ma comunque meglio di un paio di boxer.

Trovò Sagan sdraiato su uno dei sedili laterali nel retro dell'auto.

«Tanto vale che tu ti metta comodo», disse il ragazzo. «Abbiamo qualche ora di tempo prima che faccia giorno.»

«Dicevo sul serio, prima. Posso guidare. Stiamo perdendo tempo e Violet ha bisogno di noi.»

«La catena montuosa non è lontana ed è troppo rischioso percorrerla di notte. Partiremo alle prime luci dell'alba.»

Nathan sospirò e si stropicciò gli occhi. Salì anche lui sul retro del Rover, schivando le casse e le borse, e si sdraiò sul sedile opposto. Il rivestimento in pelle scricchiolò sotto il suo peso.

Guardò Sagan. Il giovane cacciatore stava facendo roteare un pugnale tra le dita. I raggi della luna filtravano dai finestrini e si riflettevano sulla lama scintillante, creando una danza di puntini arcobaleno all'interno del veicolo.

Nathan stava per chiudere gli occhi quando il ragazzo iniziò a parlare.

«Tu...Voglio dire, mi sono sempre chiesto... sai dire a chi apparteneva?»

Nathan guardò la lama di diamantio, sbattendo le palpebre un paio di volte mentre elaborava la domanda. Si voltò e guardò fuori dal finestrino al suo fianco. «Tu inizia a svelarmi i tuoi segreti, piccolo cacciatore, e forse io ti svelerò i miei.»

Venere, l'astro più luminoso, scintillava nel cielo scuro. Nathan si sentiva tutt'altro che al sicuro, ma il bagliore celeste del pianeta riuscì a offrirgli comunque una sensazione di pace. Doveva ritenersi fortunato anche solo di poter vedere di nuovo il cielo notturno. Chiuse gli occhi e respirò quell'aria pulita e dal sentore di terra.

«Questo era suo, sai. Di Lyla», continuò Sagan, con voce dolce. «Per il suo compleanno voleva solo un paio di pattini a rotelle. Non smalto o accessori per capelli come tutte le altre ragazze della sua età. Solo dei roller. Vuoi sapere cosa le regalò, invece, mio padre? Questo pugnale. A Lyla non importava che fosse un cimelio di famiglia o dell'impugnatura e degli emblemi personalizzati. Lo odiava. Eppure, non era niente in confronto all'odio provato da mio padre quando le proposi di scambiarlo con il mio vecchio paio di pattini. Gli stessi pattini che ha usato ogni singolo giorno fino alla metà del liceo.»

Con grande maestria fece roteare la lama tra le dita, aumentando l'effetto palla da discoteca all'interno del veicolo. Poi, senza preavviso, lo afferrò e il gioco di luce si fermò.

Sagan si mise a sedere e, dopo un attimo di esitazione, gli porse il pugnale dalla parte del manico. «Dovresti prenderlo tu.»

Le sue sopracciglia scattarono verso l'alto. Mai in vita sua qualcuno, Veniri o Erathi, gli aveva offerto un frammento di diamantio. «Tieniti la tua scheggia di Venere», disse dopo qualche istante. «Tienila come ricordo di tua sorella.»

«Ma... non dovrebbe essere sepolto con la tua gente?»

Nathan scosse la testa. «Noi non seppelliamo i nostri morti.»

«Cremato, allora?»

«No, non facciamo nemmeno quello.»

«Oh. Che cosa fate?»

Nathan stava per replicare con un commento sarcastico, ma qualcosa nel tono di Sagan gli fece cambiare idea. «Perché vuoi saperlo?»

Il ragazzo non rispose.

Nathan si schiarì la gola e, prima di poterci ripensare, iniziò a parlare. «Noi non facciamo le cose come voi Erathi. Invece di cerimonie individuali, organizziamo una grande cerimonia durante la congiunzione inferiore di Venere.» Fece una pausa, aspettandosi che Sagan cominciasse a fare domande, ma, quando non ne arrivarono, decise di spiegare comunque. «La congiunzione inferiore è quando l'orbita di Venere passa tra la Terra e il Sole. Avviene ogni diciannove mesi e mezzo. Tra una congiunzione e l'altra, tutti i nostri defunti vengono conservati in quella che suppongo si possa definire come una specie di tomba, sorvegliati dall'equivalente dei vostri sacerdoti. Prima di ogni congiunzione inferiore, i defunti vengono ridotti in polvere e portati nella stanza della cerimonia, al cui centro si trova un vortice di vento che si incanala in un foro nel soffitto. Le famiglie e gli amici si riuniscono intorno a questo vortice, mentre i sacerdoti vi inseriscono la polvere dei loro cari.»

Passarono alcuni istanti di silenzio, durante i quali Nathan si chiese se non fosse impazzito. Aveva rivelato un rituale sacro a un cacciatore. Dubitava che Sagan potesse fare molti danni con quell'informazione, soprattutto considerando che nessuno di loro era mai riuscito a trovare un alveare Veniri – almeno non in quel paese. Tuttavia, rivelare informazioni di quel tipo era piuttosto stupido. Forse aveva tenuto a bada il suo lato Veniri troppo a lungo e ora stava iniziando a emergere d'impulso. *A essere sincero, è bello non dover mentire per una volta.*

Nathan si mise a sedere e si girò verso Sagan, facendo scricchiolare di nuovo la pelle. «Allora, qual è il tuo piano, ragazzo? Perché mi hai aiutato a fuggire?»

«Perché ho bisogno che mi aiuti a salvare Violet.»

Nathan scosse la testa. «Puoi farlo anche da solo. Non c'era bisogno di trascinare il mio culo nella tua missione di salvataggio. Allora, a cosa ti servo davvero?»

Sagan abbassò lo sguardo sul pugnale che teneva in mano. La luce della luna illuminava solo una metà del suo viso, ma Nathan riuscì comunque a vedere la sua espressione divenire feroce. «Sapevo che mi avresti aiutato a trovare Violet, e… Ho bisogno che mi porti dalla tua *regina*.» Sputò l'ultima parola come se avesse un sapore amaro.

Nathan era sbalordito. «Hai idea di cosa mi stai chiedendo? Credimi, sarebbe più facile organizzarti un incontro con la regina d'Inghilterra. Toglitelo dalla testa. Anche se potessi, preferirei diventare una pignatta.» Fece una pausa. «Ma per curiosità, perché hai bisogno che ti porti da lei?»

L'atmosfera nel Rover si fece pesante, quasi appiccicosa.

«La ucciderò.»

Nathan gettò la testa all'indietro e rise, facendo infuriare il ragazzo. «Sono serio, verme. La ucciderò. E tu mi aiuterai.»

Nathan fissò i lineamenti semi-illuminati del giovane cacciatore. «Perché io?» chiese.

«Che vuoi dire?»

«Beh, sicuramente non sono l'unico della mia specie che hai incontrato di recente. Avresti potuto far evadere chiunque dal nascondiglio di tuo padre per aiutarti nella tua missione suicida. Quindi, perché proprio io?»

Sagan si agitò sul sedile. «Perché ero lì», mormorò.

«Lì dove?» chiese Nathan, cominciando ad avvertire una pressione nel petto; conosceva già la sua risposta.

«Ero lì, nella foresta, la notte in cui Lyla è... quando è stata uccisa. Dopo la sua scomparsa, ho capito che doveva esserle successo qualcosa di brutto e, non riuscendo a trovare nemmeno Violet... Ma quando le ho rintracciate, era... era troppo tardi.»

Nathan non sapeva come rispondere.

«Sono arrivato proprio nel momento in cui hai trovato Violet e ho visto quello che hai fatto.»

Nathan si strofinò la nuca e trattenne a stento un gemito.

«Non preoccuparti», disse il ragazzo. «Non l'ho raccontato a nessuno, men che meno a mio padre.»

Nathan socchiuse gli occhi. «Bene.» Si sdraiò di nuovo. Ancora non riusciva a elaborare tutte quelle rivelazioni. I suoi pensieri erano confusi, un turbinio di paure ed emozioni fatte riaffiorare dal ricordo di quella notte. Chiuse gli occhi e si mise un avambraccio sul viso. «Svegliami quando è ora di partire.»

Non ricevendo alcuna risposta, sbirciò da sotto il braccio in direzione del suo compagno.

Sagan era ancora seduto e stava fissando il pugnale che aveva tra le mani.

Il Veniri approfittò dell'oscurità per concedersi un piccolo guizzo della lingua e un'ondata di aromi gli inondò i sensi. Il bisogno di vendetta era reso evidente dal peperoncino che gli pizzicava il palato, accompagnato da un'incrollabile determinazione dal sapore di cioccolato fondente. A catturare la sua attenzione fu però un altro sentore, nero e intenso, quasi fosse stato carbonizzato da un fuoco ardente: quello letale della cannella.

17

ALBERI DANZANTI

V<small>IOLET SI CARICÒ IN SPALLA LA BORSA CONTENENTE I LIBRI E SI</small> fermò appena dentro la porta a vetri della biblioteca, osservando gli alberi che ondeggiavano sotto la luce dei lampioni. Sembravano danzare, come coinvolti in una melodia che solo loro potevano udire.

Una musica che solo gli alberi possono sentire? Violet ridacchiò tra sé e sé, immaginando alberi con le orecchie. E non di quelle piccole e delicate riservate alle mitologiche driadi, ma grosse e a sventola, grandi come piatti, situate ai lati dei tronchi.

Sospirò. Doveva essere davvero molto stanca se tali erano i pensieri che invadevano la sua mente. Non si preoccupò di guardare l'orologio. Era tardi. *Beh, in realtà si può dire che sia presto.* L'ultimo membro del suo gruppo di studio se n'era andato una buona mezz'ora prima.

Quando si era iscritta a quel corso, aveva creduto che avrebbe passato la maggior parte del tempo a vivere avventure fotografiche con la classe, a discutere di obiettivi e luci, di tecniche di colore e bla bla bla, ma, a parte quel servizio fotografico con Thane, i suoi compiti erano stati perlopiù incentrati su teoria e ricerca. Al momento, l'attenzione era rivolta sugli eventi mondiali – passati, presenti e futuri – e sul coinvolgimento dei fotoreporter. Era il momento di "imparare dai maestri" e di prendere nota di ciò che funzionava e di ciò che non funzionava.

Dopotutto, da dove iniziavano gli aspiranti fotografi per "seguire le orme di chi li aveva preceduti"? Sul campo, in occasione di eventi pubblici? In gallerie d'arte fotografica? In un villaggio del terzo mondo? In Siria? No, in biblioteca. Tutte le altre erano attività extracurriculari, riservate solo a chi aveva genitori ricchi disposti a nutrire i sogni dei propri bambini.

Le sfuggì un altro sospiro. Lamentarsi era inutile, tenere il broncio non avrebbe cambiato il suo passato. Inoltre, a essere sincera, catalogare mentalmente i suoi problemi era solo un modo per ritardare l'uscita al freddo e la camminata per raggiungere il suo dormitorio, dalla parte opposta del campus.

Si strinse nella giacca e si aggiustò la sciarpa. Per un attimo si lasciò tentare dall'idea di accoccolarsi su uno dei divani della biblioteca, ma il desiderio di un letto ebbe la meglio.

Cuscini. Coperte. Comodità. Fantastico, aveva raggiunto un livello di sonno tale che i suoi pensieri si erano ridotti a singole parole. *Dai, Vi, smettila di procrastinare.*

Appoggiò il badge sullo scanner per sbloccare la porta, poi si avventurò nella notte, affondando il viso nella sciarpa mentre un vento gelido le soffiava intorno. Il fruscio delle foglie raggiunse il culmine prima di attenuarsi e alcune foglie, sfuggite ai propri rami, danzarono aggraziatamente nell'aria, per poi unirsi alle altre sul terreno.

Girò l'angolo e imboccò uno stretto vicolo tra due edifici, temporaneamente al riparo dalle gelide raffiche. L'unico suono nella notte era quello delle sue scarpe da ginnastica che colpivano il pavimento. A un certo punto, però, la ragazza iniziò a udire il passo strascicato di un paio di stivali e il *clic-clac* di sassolini che venivano calciati. Continuò a camminare, senza voltarsi. Gli stivali producevano tonfi ritmici, mentre percorrevano il marciapiede dietro di lei.

Fece un respiro profondo, cercando di allontanare l'ansia. *Va tutto bene, Vi. È solo un altro studente come te, rimasto in piedi fino a tardi, che sta tornando al suo dormitorio.*

Prese una svolta improvvisa. Pochi istanti dopo, i pesanti stivali fecero lo stesso.

I suoi respiri divennero più veloci. *Non farti prendere dal panico. È solo una coincidenza. È tardi ed è buio. Ti stai spaventando per niente.*

Fece un'altra curva. Di nuovo i passi la seguirono.

Cercò di scacciare la preoccupazione con altre argomentazioni ragionevoli, finché non si rese conto di non riconoscere gli edifici e i giardini che aveva intorno. Di notte tutto aveva un aspetto diverso. *Merda!*

Accelerò il passo, mentre un brivido di adrenalina le scorreva nelle vene. Che cosa stava facendo? Si sarebbe persa ancora di più. Tutto ciò che doveva fare era tornare indietro e ritornare sui propri passi.

Thud. Thud. Thud.

Assolutamente no. Se fosse tornata indietro, si sarebbe trovata faccia a faccia con chi la stava seguendo. E qualcuno la stava seguendo, ne era certa. La voce della ragione era stata ormai rinchiusa in un remoto angolo della sua mente e sostituita dal panico. Estrasse il coltello a serramanico e se lo strinse al petto.

Davanti a sé, a circa venti passi di distanza, vide una svolta. Camminò più velocemente.

Thud. Thud. Thud.

Ancora dieci passi.

Thud, thud, thud.

Era la sua immaginazione o anche la persona dietro di lei aveva preso velocità?

Thud-thud-thud.

Due passi. Uno.

Una volta girato l'angolo, Violet partì di scatto. La sua borsa rimbalzava goffamente e l'angolo di uno dei libri le si conficcava nel fianco a ogni passo, ma continuò a correre, ignorando il dolore. La sua presa sul coltello era così forte che il bordo dell'impugnatura le si conficcò il palmo della mano.

Anche i tonfi dietro di lei girarono l'angolo. Il rumore sembrava più lontano di prima, ma poi acquistò velocità.

Thud-thud-thud-thud-thud.

Violet si costrinse a correre più veloce. Si gettò dietro un altro angolo, perdendo quasi l'equilibrio per l'improvvisa svolta.

La sua mente non faceva che ripetere due parole: *più veloce.*

Un'altra svolta e il suo respiro si fece affannoso. Si trovava in un giardino, con un sentiero delimitato da alberi secolari posti alla stessa distanza gli uni dagli altri. L'edificio successivo era a un centinaio di metri.

Il concerto di vento e foglie tornò a soffocare il tonfo degli stivali dietro di lei, ma l'impressione che gli alberi danzassero con grazia, rispondendo a un canto notturno, era svanita. Ora, sembravano scossi da una forza selvaggia, mentre i rami si agitavano in maniera terrificante, quasi volessero avvertirla della minaccia alle sue spalle.

Il panico le serrò la gola. I polmoni le bruciavano per l'aria gelida che vi penetrava a ogni respiro.

Si allontanò dal sentiero e si nascose dietro uno degli alberi, con la schiena appoggiata al tronco, sforzandosi di udire il rumore degli stivali. Il vento si era calmato. I suoi respiri ansanti risuonavano come un boato nelle sue orecchie e le sue mani volarono alla bocca, con il coltello a serramanico ancora strettamente in pugno. Con il cuore che le batteva contro la cassa toracica, canalizzò tutte le proprie energie nel fare meno rumore possibile. Lo sguardo sfrecciava da una parte all'altra, mentre analizzava ogni suono.

Thump. Fruuush. Crack.

Thud... Thud...

I passi si fermarono.

Violet trattenne il fiato. Togliendosi le mani dalla bocca, afferrò l'impugnatura del coltello con entrambe le mani. Il pollice trovò il pulsante e lo premette.

Clic.

Un rumore di ghiaia, come se uno stivale vi stesse facendo perno per cambiare direzione. Si morse il labbro, pregando che la direzione fosse quella opposta.

All'improvviso, notò una luce che brillava tra le sue dita. *Ma che...?*

Proveniva da una delle gemme nere incastonate nell'impugnatura del coltello. Non era più nera, tuttavia, ma di un vibrante color turchese.

Il rumore svanì. La persona doveva aver preso delle precauzioni per mettere a tacere i propri passi. Solo il leggero scalpiccio di uno stivale più avanti sul sentiero indicava che si stesse muovendo.

Con ogni secondo che passava, la pietra preziosa sembrava brillare sempre di più. *Che razza di coltello mi ha dato Nathan?* Nascose l'arma sotto la sciarpa, temendo che la luce potesse tradirla.

La ghiaia scricchiolò dietro l'albero. Vicino. Troppo vicino.

Sbam!

Un suono improvviso squarciò il silenzio della notte, seguito da un chiacchiericcio. Un gruppo di studenti aveva aperto una delle porte di legno dell'edificio, a poca distanza dal suo nascondiglio, facendola sbattere contro il muro di mattoni. Il sollievo la investì come un'onda anomala quando riconobbe l'ingresso del suo dormitorio.

Una nuova scarica di adrenalina le attraversò il corpo. La soluzione migliore sarebbe stata quella di abbandonare il proprio rifugio per correre sull'erba e raggiungere l'edificio.

Al tre.

Un leggero strascichio. Sempre più vicino. Violet lo udì a malapena sopra il chiacchiericcio degli studenti che si muovevano nella notte.

Uno—

Una serie di stridenti *bip* le perforò i timpani, mentre un cellulare dietro di lei squillava. Una voce maschile sibilò un'imprecazione, non abbastanza forte perché Violet potesse decifrare chi fosse, ma non aveva intenzione di rimanere in attesa di altri indizi.

Si allontanò dall'albero e prese a correre.

La suoneria si interruppe. O il suo stalker aveva risposto alla chiamata o aveva messo il cellulare in silenzioso. A Violet non importava. Tutta la sua attenzione era focalizzata sulla porta del dormitorio.

Più veloce!

Mancavano solo pochi passi. Mentre si creava un varco tra gli studenti, ignorando le loro espressioni confuse, quasi pianse dal sollievo.

Salì le scale fino al proprio piano e, una volta sul pianerottolo, si concesse finalmente una pausa per riprendere fiato, emettendo enormi rantoli, mentre il bruciore al petto e alle gambe si attenuava.

Come mise piede in corridoio, però, la confusione si impadronì di lei.

Invece di essere deserto, come di solito accadeva a quell'ora della notte, tutte le porte erano aperte e vi era una folla di studenti. Violet si fermò a riflettere. Si era forse dimenticata di una festa? A giudicare dall'abbigliamento, doveva essere una specie di pigiama party.

Si fece strada tra gli studenti, senza che nessuno le prestasse particolare attenzione. La folla era accalcata intorno a una porta in particolare. *La sua.*

Violet si avvicinò, il petto stretto in una morsa. Accelerò il passo, facendosi strada a gomitate attraverso i corpi, fino a quando non ebbe una visione completa di ciò che aveva catturato l'attenzione di tutti i compagni.

Si portò una mano alla bocca. *No! Oh, per favore, no!*

Diversi paramedici e agenti di polizia, il responsabile del dormitorio e il preside erano riuniti intorno all'ingresso della sua stanza. Uno dei poliziotti stava cercando di aprirsi un varco tra gli studenti, per far passare un paramedico che trasportava una barella.

Sopra la barella, c'era un sacco per cadaveri con la zip chiusa.

Il sangue prese a rombare nelle sue orecchie, sovrastando il chiacchiericcio degli studenti. Macchie di luce bianca le punteggiarono la vista e una nebbia nera ne offuscò gli angoli.

Lyla...

Proprio quando il suo corpo stava per cedere, qualcuno le finì contro e due forti braccia la avvolsero. «Violet, eccoti qui.»

La ragazza sbatté le palpebre, riconoscendo quella voce profonda. «Thane?» Barcollò, ma riuscì a ritrovare l'equilibrio aggrappandosi a lui. «Thane, cosa ci fai qui?»

«Violet!» esclamò in quel momento una voce femminile. Autumn e Gus si fecero strada tra la folla.

Thane la lasciò andare, ma non prima di afferrarle una mano, e i cugini si precipitarono ad avvolgerla in un abbraccio di gruppo. Autumn tremava, mentre Gus era fermo, quasi rigido.

«Dove diavolo sei stata? Mi hai fatto preoccupare da morire» le disse il ragazzo. Sembrava arrabbiato, ma Violet poteva percepire la preoccupazione nella stretta della sua mano sulla spalla.

Sia Autumn che Gus erano in piedi davanti a lei. Vivi. Le guance di Autumn erano macchiate da due scie di mascara. Indossava la maglietta sbiadita della sua band preferita, quella in cui di solito dormiva, e i suoi rasta sparavano in tutte le direzioni.

Violet aprì la bocca, cercando, senza riuscirci, di articolare le domande che le frullavano per la testa. Guardò oltre i loro volti, in direzione della barella, ma l'unica parola che riuscì a formulare fu: «Chi?»

Autumn scoppiò a piangere e l'espressione di Gus si riempì di dolore.

«L'ha uccisa, Violet. È morta.» Autumn fece una pausa per riprendere fiato. «Ha ucciso Bessie.»

«Cosa?» I suoi occhi si spalancarono. «No...»

Non Bessie, la ragazza dall'accento irlandese che sapeva ridere e divertirsi come nessun'altro. L'appassionata di videogiochi e di Hello Kitty. La morettina spumeggiante, membro fondamentale del suo piccolo gruppo di amici.

Non può essere successo. Non può essere vero. Perché? Come?

Tra le lacrime, Autumn si lanciò in un racconto sconclusionato di come Bessie fosse venuta a studiare e, dopo qualche ora, si fosse addormentata sul suo letto. «Era tardi e tu non eri ancora tornata, non pensavo fosse un problema. L'ho lasciata dormire, perché sapevo quanto fosse esausta e pensavo che a te non sarebbe importato. E poi mi sono addormentata...» Autumn fece qualche respiro affannoso, poi si morse il pugno e chiuse gli occhi.

Gus le mise un braccio intorno alle spalle.

«E poi mi sono svegliata», continuò, «e... e... lui era lì.»

«Chi?» Si voltarono tutti alla domanda di Thane. Il

ragazzo le stringeva ancora la mano, offrendole un leggero conforto con la sua calda vicinanza.

Autumn scosse la testa, un'espressione angosciata sul viso. «Era buio e non l'ho visto bene.» La afferrò per le braccia. «Ma, Violet, ha pronunciato il tuo nome. Proprio prima di... proprio prima che Bessie...»

Con la mano libera, Violet strinse l'amica in un altro abbraccio, mentre veniva scossa da una nuova ondata di singhiozzi.

Anche Thane posò una mano sulla schiena tremante di Autumn, ma la sua attenzione era rivolta verso Violet e la sua stretta si fece più salda.

18

FOSSETTE DI VENERE

L'OSCURITÀ STAVA LASCIANDO SPAZIO AI PRIMI RAGGI DI SOLE E, lassù nel cielo, la stella del mattino brillava in tutto il suo abbagliante splendore, attraversando con la sua luce i finestrini del Rover.

Nathan si rotolò su un fianco per quella che gli parve la centesima volta in chissà quante ore. Si sarebbe dovuto addormentare facilmente, visto quanto era esausto. Dopotutto, era sopravvissuto allo smembramento e al crudele assalto dei raggi di Afrodite, ma la sua mente era ben sveglia. Oltre alle solite preoccupazioni, agli affanni e ai ricordi del suo passato a stento repressi, anche la piccola conversazione avuta con Sagan non gli dava tregua.

"...ho visto quello che hai fatto."

Nathan si mise supino, il ricordo della notte in cui aveva conosciuto Violet Chambers vivido nella sua mente.

* * *

Nathan abbassò la testa, coprendosi il viso con le mani e sfregandosi stancamente le tempie. Si avvicinò al collo della ragazza per cercarne il polso e un debole battito gli batté contro le dita. Con un guizzo istintivo della lingua, ne assaporò l'essenza e i suoi occhi si spalancarono.

Com'è possibile?

L'aroma dell'anima di un Erathi cambiava nel corso dell'infanzia e della pubertà. Per quelli come lui poteva essere frustrante, ma per gli Erathi l'odore mutevole era un vantaggio, soprattutto nel caso in cui un Veniri fosse sulle loro tracce. Secondo il suo fascicolo, Violet doveva avere sedici anni; pur non essendo ancora completamente matura, la sua era un'età in cui si potevano già percepire degli accenni del suo definitivo profumo. Un profumo che gli era stranamente familiare.

La sua mente fu attraversata dal ricordo di una donna del suo passato.

Fece saettare di nuovo la lingua e l'essenza di Violet si riaccese sul suo palato. Le sue viscere si trasformarono in granito. Non c'era alcun dubbio, i profumi erano quasi identici.

Violet non poteva che essere sua figlia.

Un gemito squarciò il silenzio della notte, ma non proveniva dalla ragazza. Nathan puntò la torcia in direzione dell'uomo con la felpa con cappuccio che giaceva lì vicino e che aveva iniziato ad agitarsi. Una macchia turchese brillava sul tessuto scuro che ricopriva il suo petto, ma dalla posizione, la ferita non sembrava mortale.

Nathan si focalizzò sul volto umano del Veniri. Occhi freddi e penetranti scintillavano nel raggio della sua torcia.

Con movimenti lenti e calcolati, si allontanò dalla ragazza e un bruciore intenso iniziò a tormentare le sue braccia, mentre lame cristalline gli tagliavano i gomiti.

I lineamenti dell'uomo si indurirono in uno sguardo minaccioso, che Nathan ricambiò. Conosceva il motivo che aveva spinto quel Veniri ad allontanarsi dalla sicurezza del suo alveare, il motivo per cui aveva rischiato la vita per attraversare i territori di altri mutaforma, facendo sì che i cacciatori ne seguissero le tracce, e lo odiava. Odiava il fatto che decine di famiglie umane avrebbero contattato la polizia e avrebbero passato innumerevoli ore a cercare le loro figlie adolescenti scomparse.

Strinse i pugni. Ciò che odiava di più era di aver partecipato lui stesso, un tempo, a quei rapimenti di ragazze umane innocenti. Uccidere il Veniri che aveva davanti non avrebbe riparato ai danni che lui o la sua razza avevano causato, ma sarebbe stato un inizio.

Il Veniri fece guizzare la sua lingua biforcuta.

Nathan sorrise. Sapeva esattamente cosa avrebbe sentito: rabarbaro per la sorpresa iniziale e gesso, con una nota di aceto di sidro, per il risentimento e il dolore di lunga data. L'aroma più penetrante sarebbe stato, tuttavia, quello della cannella; non aveva alcuna intenzione di lasciarlo in vita.

Gli occhi del Veniri si spostarono da lui al piccolo pugnale di diamantio nella mano di Violet. La lama era sporca di blu luminescente. Prima che il Veniri potesse agire, tuttavia, Nathan gli piombò addosso e gli conficcò una delle proprie schegge di cristallo nel collo. Il Veniri emise un rantolo di sorpresa, prima che le sue corde vocali venissero recise.

Nathan indietreggiò, posizionandosi fuori dalla portata delle lame dei suoi gomiti.

Il mutaforma, ormai spacciato, si strinse la gola e i suoi occhi schizzarono verso il cielo in preda al panico e alla disperazione. Il suo volto prese a mutare e i suoi lineamenti umani lasciarono il posto a quelli Veniri. Scaglie di colore verde screziato ricoprirono la pelle nuda del viso, del collo e delle mani, mentre piccoli cristalli simili a corni affiorarono intorno agli occhi e sugli zigomi, scintillanti sotto la luce della luna. Felpa e jeans si strapparono, quando pinnacoli cristallini emersero dal suo corpo.

Nathan sbuffò. La sua mira era stata accurata e gli aveva inflitto una ferita mortale. L'energia curativa dei raggi di Venere non sarebbe stata sufficiente a salvarlo. Quell'inutile creatura stava solo prolungando la sua straziante e inevitabile fine.

Il Veniri tornò a guardarlo, allungando una mano verso di lui con un gorgoglio di supplica.

Nathan lo fulminò con lo sguardo. Quelli come lui meritavano anche di peggio. Gli voltò le spalle, senza preoccuparsi di restare a guardare i suoi ultimi momenti, e si concentrò invece sulla ragazza, il cui corpo appariva così fragile tra le foglie.

Scosse la testa, passando mentalmente al setaccio il contenuto del suo fascicolo. La ragazzina aveva già vissuto un inferno tra una famiglia affidataria e l'altra e ora era stata trascinata in un altro inferno dai suoi rapitori Veniri. Se fosse sopravvissuta, non sarebbe mai stata in grado di spiegare chi o che cosa avesse tentato di farle del male. E se anche ci fosse riuscita, se anche la gente avesse creduto alla sua storia, ciò non avrebbe fatto che metterla ulteriormente in pericolo.

In ogni caso, il suo odore l'avrebbe resa per sempre un bersaglio. Solo il fatto che fosse stata spostata costantemente da una parte all'altra del paese nel sistema di affidamento degli Erathi – così come il suo profumo instabile da bambina – aveva impedito alla sua gente di scoprirla fino a quel momento. Ma l'essenza matura di Violet sarebbe presto diventata come un faro. Chi altro sapeva della sua esistenza? La regina ne era al corrente?

Strinse gli occhi. Non poteva assolutamente permettere che la regina, o chiunque altro, la rintracciasse. La posta in gioco era troppo alta.

Premette la punta della lama del gomito contro la sua carne, proprio sopra la trachea. Probabilmente, era la massima pietà che qualcuno le avesse mai mostrato. Non solo avrebbe posto fine alla sua sofferenza, ma l'avrebbe anche tenuta lontana da qualsiasi tortura le sarebbe stata inflitta se fosse stata catturata di nuovo.

Poi, un pensiero gli attraversò la mente.

E se fosse riuscito a proteggerla? Suo padre l'aveva fatto.

Nathan fletté le dita. La procedura sarebbe stata difficile e lui conosceva solo ciò che suo padre gli aveva spiegato molto tempo prima.

"Sì, è possibile proteggere un Erathi affinché la sua anima non venga tracciata. Che tu ci creda o meno, le ghiandole velenifere intorno al nostro cuore producono una proteina proprio a questo scopo. Se si trapiantassero due ghiandole in un ospite Erathi, la piccola quantità di veleno non lo danneggerebbe. Potrebbe mostrare dei sintomi simili a quello che chiamano "raffreddore", ma una volta che il sistema immunitario avrà eliminato il veleno, le ghiandole continueranno a produrre la proteina, proteggendolo."

Nathan lanciò un'occhiata alle proprie spalle, verso la baracca. Nessuno lo aveva seguito, ma doveva agire in fretta. Una scarica di adrenalina gli attraversò il corpo al pensiero di ciò che stava per fare. Non sarebbe stato piacevole per nessuno dei due.

Gettò a terra la giacca e si tolse la camicia, poi, alzando il viso verso il cielo, si trasformò, assicurandosi che il mutamento lo interessasse solo fino ai fianchi; preferiva evitare che le schegge delle gambe gli squarciassero i pantaloni. Scelse un frammento sul torso e lo tagliò via con la lama del gomito, poi si inginocchiò e fece rotolare delicatamente la ragazza.

Il senso di colpa gli attraversò il petto. Il suo piano era davvero rischioso, per non dire altamente invasivo, ma l'alternativa sarebbe stata ucciderla o lasciare che la catturassero.

Le sollevò l'orlo della camicia, scoprendo le due fossette di Venere sulla sua schiena. Seguendo le istruzioni del padre, usò il frammento per praticare un foro al centro di ciascuna fossetta. Del liquido cremisi si accumulò ai lati della sua spina dorsale, per poi scendere lungo i fianchi. Violet si agitò un po' ma, con suo grande sollievo, non riprese conoscenza.

Accelerò il passo, pregando che non si svegliasse o che non perdesse troppo sangue. Doveva finire prima di perdere il coraggio.

Dopo aver pulito il frammento con la camicia, se lo appoggiò alla base delle costole, sul fianco sinistro. Respirando velocemente, strinse i denti e, prima di poter cambiare idea, si tagliò la pelle. Del sangue turchese gli colò lungo il torso mentre trascinava il fram-

mento nella carne, procurandosi uno squarcio lungo diversi centimetri. Con un grugnito, inserì le dita nella ferita.

La voce della ragione nella sua mente gli gridava di fermarsi, ma Nathan spinse le dita più a fondo, lungo l'interno delle costole. Dopo qualche istante, i suoi polpastrelli raggiunsero ciò di cui aveva bisogno. Con la massima attenzione possibile, rimosse due delle piccole ghiandole situate vicino al cuore.

Seguendo le indicazioni di suo padre, le trapiantò in ciascuna delle fossette di Violet.

Pulì ancora una volta il frammento sulla camicia, poi si concentrò su Venere. I suoi raggi erano invisibili agli occhi umani, ma lui poteva percepirli facilmente con l'aiuto delle palpebre interne Veniri. Vi espose il frammento, cambiandone di tanto in tanto l'angolazione. Come un raggio di sole catturato da una lente d'ingrandimento, il raggio di Venere si condensò in un punto, che Nathan indirizzò su ciascuna delle ferite. La ragazza gemette e si spostò mentre la sua carne iniziava a sfrigolare, ma non si fermò finché entrambe le ferite non furono cauterizzate.

Era essenziale terminare la procedura con un blocco mentale, non solo per la propria sicurezza, ma anche per cancellare gli orrori a cui la ragazza aveva assistito negli ultimi giorni. Tornò a concentrarsi su Venere e sollevò le mani, facendole ruotare all'interno dei suoi raggi finché la luce sottile non divenne tangibile nelle sue mani, soffice come zucchero filato. Raccolse ciò che poteva in una palla e la pose sulla testa di Violet. I suoi mugolii e le sue grida di dolore si fecero più penosi, mentre la sfera si illuminava di un blu vibrante.

Dopo qualche secondo, i gemiti della ragazza cessarono e il suo corpo si rilassò.

Con un sospiro, Nathan allontanò la matassa e la rilasciò nell'aria, dove si disintegrò, fondendosi con un altro fascio di luce celeste nelle vicinanze. Recuperò la punta di diamantio, si alzò e con la mano libera si pizzicò la ferita sotto le costole. Prima di cauterizzarla, doveva assicurarsi—

«Nathan? Sei tu?»

Si bloccò. Quella voce delicata e familiare gli fece venire la pelle d'oca.

«Oh, sei davvero tu!» Le parole furono accompagnate da una risatina femminile, simile a gocce di pioggia su una coppa di cristallo.

Si voltò, facendo uno sforzo immenso per scacciare l'agitazione dal proprio volto.

Sopra il Veniri agonizzante aleggiava un'apparizione azzurra e fumosa con le sembianze di Idalia, regina dei Veniri, nella sua forma umana. Il suo aspetto da dea era esaltato da una corona ultramoderna e da un abito stupendo, modellato per sfidare la gravità intorno al collo e alle spalle, la cui scollatura arrivava quasi all'ombelico.

Nathan la guardò, colmo di orrore. La sua apparizione non poteva arrivare in un momento peggiore. Si maledisse per non aver posto rapidamente fine alla vita del Veniri; avrebbe dovuto prevedere quella possibilità.

Nathan guardò il Veniri a terra, la fonte del fantasma. Si stava ancora stringendo la gola, mentre il suo corpo si contorceva nel disperato tentativo di mantenersi in vita. Con gli occhi più spalancati che mai, la creatura tentò invano di aggrapparsi all'apparizione che gli aleggiava sopra, ma era come cercare di afferrare una spirale di fumo.

Idalia ridacchiò e batté le mani, ignorando il Veniri morente. «Mio caro Nathan. Pensavo che non ti avrei mai più rivisto. Sei stato davvero malvagio con me.»

Nathan strinse i denti davanti all'ironia delle sue parole.

La regina allungò una mano come se si aspettasse che lui, suo fedele servitore, la baciasse e le sue labbra si aprirono in un ghigno. Sapeva benissimo che non poteva toccarla in quella forma, ma non era quello il motivo per cui non si muoveva. Rimase immobile come una statua, il frammento di cristallo ancora sospeso sulla ferita che stava cercando di far rimarginare.

I lineamenti della regina divennero duri come la pietra. Scrutò la scena, alternando lo sguardo tra la ferita di Nathan e la schiena di Violet, e sollevò un sopracciglio delicato. Indicò la ragazza, la sua espressione grondante trionfo e curiosità. «Nathan, tesoro mio, chi è quella?» *chiese, con un tono lieve ma autoritario.*

Nathan non rispose, non poteva rispondere. Era troppo tardi per nascondere ciò che aveva fatto. L'apparizione di Idalia si avvicinò per studiare il volto incosciente di Violet.

«Chiunque sia, non ti riguarda» *le disse.*

Non gli sfuggì la leggera contrazione dell'angolo della sua bocca, prima che i suoi lineamenti si atteggiassero in un broncio drammatico. «Non ce l'avrai ancora con me per il nostro ultimo incontro?»

Nathan ignorò la domanda. Si girò di spalle e si concentrò sull'angolazione del frammento per catturare un raggio di Venere e richiudere la ferita. Stremato, trattenne un grido di dolore quando la sua pelle cominciò a sfrigolare.

«Nathan, Nathan, Nathan. Cosa stai facendo?»

Nathan sbuffò. Una volta cauterizzata la ferita, ripose il frammento di cristallo nella tasca e si riabbottonò la camicia. Maledicendosi, cedette alla tentazione e lanciò un'occhiata alla sagoma nella nebbia blu.

«Torna a casa, tesoro mio, e ti farò curare dal mio medico personale.» *Le parole della regina lo avvolsero come miele.*

Nathan la fulminò con lo sguardo. «E poi? Una volta guarito e in salute, mi farai preparare per l'esecuzione? Scommetto che tuo cugino Kronan si offrirebbe volontario per rimuovere tutte le mie schegge... e anche la mia testa. A proposito, come sta quel codardo? Assicurati di porgergli i miei malauguri.»

Idalia gettò la testa all'indietro e rise. «Oh, serbi ancora rancore. E se ti dicessi che mi manchi e che ti rivoglio al mio fianco?»

«Ti risponderei: "Dov'è la fregatura?"»

La regina fece un'espressione fintamente ferita. «Osi mettere in dubbio la mia sincerità?» Si mise una mano sul fianco. «Non desideri forse tornare a casa? Che tutto torni come prima?»

Nathan non rispose immediatamente. Conosceva quella sua tattica. I suoi desideri non le interessavano, ma voleva ricordargli ciò che aveva avuto un tempo. Stava giocando con lui, come un bambino gioca con un insetto prima di strappargli le ali.

«Tornare come prima?» Scosse la testa. A essere sincero, sì, una parte di lui sentiva la mancanza dell'alveare.

Un angolo della bocca di Idalia si sollevò in segno di trionfo. «Perché non mi dici dove sei e io...» All'improvviso, le sue sopracciglia si aggrottarono e il suo sguardo si spostò su Violet.

A Nathan si contorsero le viscere. Il viso azzurro di Idalia sembrava aver appena scoperto un segreto profondo e oscuro. I suoi occhi si restrinsero, fino a formare due fessure. «Chi è?» Ogni traccia di dolcezza nel suo tono era stata sostituita dall'acciaio.

«Non ti riguarda.»

Idalia rivolse a Nathan un'espressione severa.

Era chiaro che avesse compreso tutto. O aveva riconosciuto i lineamenti di Violet o il fatto di averlo sorpreso a fare da scudo a una ragazzina le era bastato per ricomporre il puzzle. La seconda ipotesi era la più probabile. Idalia era estremamente intelligente, oltre che manipolatrice.

«Se questa umana è chi immagino che sia, allora esigo che tu la uccida e la porti da me.» Pronunciò ogni parola con autorevolezza.

«No», disse Nathan.

«Ti ordino di—»

«No», ripeté Nathan con la stessa autorità. «Non sono più un tuo giocattolo da comandare.»

Gli occhi di Idalia si infiammarono. «Cosa? Permetteresti alla progenie di una delle schiave ribelli di rimanere in vita, una di quelle stesse schiave che continuano a minacciare la nostra stessa esistenza?»

«E che dire di noi e di quello che abbiamo fatto?» Fece un cenno verso la ragazza. «Quanti Erathi abbiamo terrorizzato? Abbiamo rapito migliaia di ragazze innocenti e le abbiamo costrette alla schiavitù. Non dovremmo...»

Idalia gettò indietro la testa in una risata condiscendente. «Ne parli come se fosse una mia scelta. Dimmi, mio caro, quale alternativa proponi? Vuoi che la nostra razza si estingua? Mmm? Nel nostro alveare sono l'ultima femmina nata in quasi cinquant'anni. Abbiamo bisogno di queste schiave per riprodurci...»

Nathan ringhiò. «Pensi davvero che io ci creda ancora? Hai dimenticato con chi stai parlando, o c'è forse qualcuno in camera con te a cui vuoi continuare a raccontare queste bugie?»

Passarono alcuni istanti, durante i quali sia la postura che l'espressione della regina si fecero di ghiaccio.

«Uccidi la ragazza», disse. «Rimuovi le ghiandole e portala da me, e io ti restituirò l'onore. Al mio fianco.»

Il petto di Nathan si gonfiò, non appena le ultime tre parole si abbatterono su di lui con tutto il loro peso. Aveva disonorato la sua famiglia e il suo popolo. Aveva disonorato la sua regina. Non poteva tornare indietro. Come avrebbe potuto concedergli una cosa del genere? Permettergli di tornare, non solo vivo ma...

"Al mio fianco."

Nathan quasi si accasciò a terra. Per tutta la vita aveva desiderato sentirla pronunciare quelle parole.

Si sistemò la camicia, rabbrividendo quando gli sfiorò la ferita, e alzò lo sguardo su di lei. I suoi lineamenti erano sereni, come se si fosse appena svegliata da un sonno tranquillo. Conosceva quell'espressione, l'aveva vista innumerevoli volte quando tramava per un premio ambito. O quando annunciava un'esecuzione.

«Preferirei morire», sputò.

L'espressione della regina si fece più fredda; i suoi occhi promettevano sofferenza.

Anni di abitudine gridarono a Nathan di scusarsi, ma qualcos'altro gli diede la forza di continuare. Forse era l'odio e il risentimento che covava, o forse la consapevolezza che una fumosa sagoma blu non avrebbe potuto punirlo per la palese mancanza di rispetto. «*Per rispondere alla tua domanda, no, non voglio che la nostra razza si estingua.*» *Le puntò un dito contro.* «*Voglio solo che tu muoia. Non desidero altro che la tua testa mozzata montata sulla mia parete.*»

Il bel viso di Idalia si svuotò e, per qualche straziante secondo, la leggera brezza che spirava tra gli alberi e il gorgoglio del Veniri morente furono gli unici suoni. Se la fortuna fosse stata dalla sua parte, la morte si sarebbe finalmente presa il Veniri, mettendo fine a ogni comunicazione con la regina.

«*Uccidi quella ragazza.*» *Il suo volto si contorse per la furia.* «*Se non farai come ti chiedo, raddoppierò la taglia sulla tua testa e porrò fine alla tua pietosa esistenza.*»

Nathan ridacchiò. «*Non farti illusioni. Dovrai trovarmi, prima.*» *Dopo aver chiuso anche l'ultimo bottone, si rimboccò le maniche fin sopra i gomiti.*

«*Voltami le spalle e non solo ti darò la caccia, ma distruggerò ogni cosa su questa orrenda terra che ti sia cara.*»

Con il cuore che gli martellava nel petto, Nathan sogghignò. «*Non c'è più nulla da distruggere.*»

Il fantasma si avvicinò fino a trovarsi a pochi centimetri dal suo viso. «*Sei mio, Nathan. Non riuscirai a sfuggirmi.*» *La veemenza nella sua promessa era qualcosa di tangibile e appiccicoso.*

Per diversi istanti, rimase a fissare gli occhi di Idalia. Poi, quando non ce la fece più, attraversò la nebbia blu e, con un colpo di gomito, staccò la testa al Veniri.

L'urlo furioso della regina fu messo a tacere all'istante, mentre la sua apparizione si dissolveva nel nulla.

SANGUE, RESPIRI E... OSSA?

Violet aggiustò la presa sulla valigia mentre Thane le teneva aperta la porta.

«Grazie mille, per tutto» disse, entrando nel suo appartamento.

«Non c'è problema.»

Posò la valigia sul pavimento accanto a un divano a tre posti. Il salotto e l'adiacente sala da pranzo erano piccoli ma accoglienti e una cucina si apriva sulla parete destra, divisa al centro da un'isola con un lavandino. In fondo alla cucina e alla sala da pranzo c'erano porte di vetro a tutta altezza che si aprivano su un piccolo balcone.

Thane prese la valigia. «Il tuo letto è da questa parte.»

Violet lo seguì in una stanza con un letto matrimoniale, un bagno interno e una piccola cabina armadio. Una scrivania in fondo alla stanza si affacciava sul balcone, al quale si poteva accedere attraverso altre finestre a tutta altezza.

Thane posò la valigia sul letto. «Non è molto», disse con una leggera smorfia.

«È fantastico. Mi dispiace impormi così.»

«No, figurati.» Thane sventolò una mano per aria. «Puoi restare quanto vuoi. Penso che sia fantastico che la vostra università vi abbia concesso del tempo per riprendervi.» Scosse la testa. «Povera Autumn.»

«Già, non riesco a immaginare come si senta in questo momento. Almeno ha Gus con sé.» Fece una smorfia. «E Bessie. Non posso credere che lei... lei...» Non c'era un buon modo per concludere la frase. Asciugandosi frettolosamente le lacrime, si tolse la macchina fotografica dal collo e la posò sul letto, prima di tirare fuori il telefono e controllare i messaggi.

Stiamo per salire sull'aereo. Autumn è ancora un disastro. Starà meglio quando vedrà sua madre. Nathan ti ha già risposto?

«Niente?» chiese Thane.

«Solo Gus. Ancora niente da Nathan.» Si strofinò il palmo della mano sulla fronte. «Senti, apprezzo molto il fatto che tu mi abbia permesso di restare qui, ma forse dovrei tornare in città e andare a casa di Nathan. Sono sicura che non gli dispiacerà.»

Thane storse il naso. «Sarò sincero, non mi piace l'idea che tu faccia tutta quella strada da sola in questo momento. Presto sarà buio e hai avuto una giornata difficile con i poliziotti, gli incontri con il preside e tutto il resto. Che ne dici di andarci piano? Riposati. Lascia passare questa giornata di merda e ripensaci domani.»

Dopo una breve pausa, Violet annuì. «Ok, mi sembra perfetto.»

«Fantastico.» Thane le rivolse un sorriso rassicurante e fece alcuni cenni intorno all'appartamento con una sola camera da letto. «Ci sono asciugamani di ricambio in quell'armadio e coperte se hai freddo. Il telecomando del televisore è laggiù e puoi servirti di qualsiasi cosa in cucina.»

«Grazie, ma sai, posso tranquillamente dormire sul divano. Non voglio sconvolgere la tua vita. So che lavori da casa, quindi ti prometto che mi toglierò dai piedi il prima possibile.»

Thane alzò entrambe le mani e scosse bruscamente la testa. «Se c'è qualcosa che mia madre mi ha insegnato, è come trattare bene una signora. Il letto è tutto tuo. Insisto.»

Violet aprì la bocca per obiettare, ma poi cedette. «Va bene. Grazie.»

«Ma figurati. Che ne dici se metto su il bollitore e ordino la cena?» Il ragazzo scivolò in cucina e iniziò a rovistare in alcuni armadietti.

Violet lo seguì fuori dalla camera da letto, attraversò la zona giorno e uscì dalla porta a vetri, ritrovandosi su un balcone che si affacciava sul complesso residenziale e sulla città. Il sole del tardo pomeriggio era ormai vicino all'orizzonte e un sottile arancione aveva iniziato a invadere il cielo blu.

Si appoggiò contro la balaustra e il coltello a serramanico nella tasca dei jeans le si conficcò nella coscia. Di riflesso, vi posò una mano sopra, colpita da un'improvvisa ondata di ansia e di dubbi. Esaminò mentalmente l'ambiente circostante. C'erano solo un'entrata e un'uscita. A meno che... Guardò oltre la ringhiera del balcone, valutando la distanza dal suolo sottostante.

Rendendosi conto della direzione dei propri pensieri, sbiancò. Che diavolo stava facendo? Non era in pericolo. Era con Thane.

Ma, in ogni caso...

Lanciò una rapida occhiata verso il ragazzo. Qualche settimana prima avrebbe subito ispezionato l'appartamento, controllando le uscite e preparando mentalmente un potenziale piano di fuga, ma negli ultimi tempi aveva abbassato la guardia, soprattutto quando si trattava di Thane.

Anche se, in effetti, qualche incontro al bar e un appuntamento non erano sufficienti a conoscere bene un ragazzo.

Smettila. Non hai motivo di preoccuparti. Onestamente, era grata che le avesse offerto un posto dove stare. In fondo, neanche lui la conosceva bene e non era obbligato ad aprirle la propria casa.

Dopotutto, se anche avesse voluto, non sarebbe potuta tornare nella sua stanza. Il fatto che il suo letto…

Violet rabbrividì, desiderosa di dimenticare tutta quella storia.

Sospirò. Aveva bisogno di concentrarsi su qualcos'altro per un po'. Tornata in camera da letto, recuperò la macchina fotografica e la riportò sul balcone. La magia del crepuscolo stava per cominciare e alcune stelle scintillavano già nel cielo.

«Vedo che stai approfittando del panorama», disse Thane, raggiungendola.

«Sì, si può dire così.» Scattò alcune foto, osservando il cielo attraverso la macchina fotografica.

Quando si appoggiò anche lui alla balaustra, la spalla di Thane sfiorò la sua, facendola arrossire.

Rimasero per un momento in silenzio, ad ammirare la vista dei grattacieli sullo sfondo indaco, viola, rosa e rosso fuoco – gli ultimi residui della luce del sole al tramonto.

Il profumo familiare del suo dopobarba – legno di sandalo, cedro e menta piperita – aleggiava nell'aria. Violet si morse il labbro. Il cuore le batteva all'impazzata, mentre nella sua mente scorrevano i ricordi del giorno in cui l'aveva aiutata con il compito di fotografia.

«Questo posto è grande quanto una scatola di fiammiferi, ma devi ammettere che la vista è spettacolare», disse il ragazzo, interrompendo i suoi pensieri. Si appoggiò a lei e indicò verso l'alto. «Vedi quella stella luminosa laggiù?»

Violet seguì la direzione del suo dito.

«In realtà, non è una stella», continuò. «È Venere.»

«Davvero?» rispose Violet.

«E quello lì», disse, indicando un altro puntino luminoso, «è Marte. E quello laggiù è Giove. E...» Scrutò il cielo. «Sembra che Saturno non sia visibile stasera.»

«Sei un appassionato di astronomia o cosa? Troverò un telescopio da qualche parte qui intorno?»

Thane ridacchiò. «Purtroppo, niente telescopio. È una cosa che mi ha insegnato mia madre quando ero piccolo. Guardare il cielo notturno era una cosa che facevamo insieme.»

«Tua madre sembra fantastica. Mi piacerebbe conoscerla un giorno.»

«Lei... ehm...» Thane abbassò lo sguardo e le sue nocche sulla balaustra divennero bianche. «È morta.»

Violet inspirò. «Oh, Thane. Mi dispiace molto.»

Il ragazzo fece una mezza alzata di spalle. «Grazie, ma sono sicuro che sia in un posto migliore.»

«In ogni caso,» gli disse, «scommetto che le manchi».

Thane abbassò lo sguardo su di lei e le macchie d'oro nei suoi occhi presero a scintillare.

Il cuore di Violet ebbe un sussulto.

Il ragazzo si avvicinò e allungò una mano per posare il palmo sulla sua guancia. Intrecciò le dita nei suoi capelli e con il pollice le accarezzò lo zigomo, le labbra e il mento, scatenando una serie di brividi lungo la sua spina dorsale. Il suo petto ebbe un sussulto e le ginocchia iniziarono a tremare.

«Sei così bella», sussurrò. «Dimmi che non è un sogno.»

«Se è un sogno, sicuramente non è il mio», rispose lei.

«Come fai a saperlo con certezza?»

«Perché...» Esitò e il suo corpo tremò di nuovo, mentre il pollice di lui scivolava sul suo labbro inferiore. «Non è il mio sogno perché non ho paura.»

La mano sulla guancia si bloccò. Lo sguardo di Thane si

indurì e l'oro fuso nei suoi occhi sembrò raffreddarsi. «Paura? Intendi degli incubi?»

Le guance di Violet si tinsero di rosso. «No, più che altro *un* incubo, al singolare.»

La fronte di Thane si aggrottò. «In che senso?»

«Solo un incubo che ho da qualche anno. È...» Trasalì. «In realtà, non importa. È stupido. Una ragazza del college è stata uccisa e io mi lamento dei miei problemi.»

Scosse la testa e cercò di tornare a guardare il paesaggio urbano, ma la mano del ragazzo sulla guancia non le permise di voltarsi.

«Guardami, Violet.» Le spostò il viso in modo che non avesse altra scelta che incontrare il suo sguardo. «Voglio che tu sappia che non devi più avere paura. Sono qui per te, e io... Io...» Fu il suo turno di distogliere lo sguardo. Una serie di emozioni si susseguirono sul suo volto, troppo velocemente perché Violet potesse decifrarle.

Dopo un attimo di esitazione, il ragazzo la fissò negli occhi. Le prese le mani e se le strinse al petto. «Violet, accetti la mia irremovibile protezione?»

Violet sbatté le palpebre un paio di volte e la sua bocca si aprì leggermente. «Umm...»

L'oro negli occhi di Thane bruciava intensamente.

La conversazione aveva preso una piega inaspettata. Qualsiasi persona sana di mente sarebbe già scappata a gambe levate, ma le parole "irremovibile" e "protezione" avevano catturato la sua attenzione. Non aveva mai conosciuto una presenza salda nella propria vita – a partire da sua madre, che l'aveva abbandonata all'ospedale, seguita da tutti i genitori adottivi e gli assistenti sociali che l'avevano maltrattata o ignorata.

«Sì?» rispose, incerta. E se la domanda di Thane non fosse stata sincera come sperava?

«Allora, ti affido la mia anima. La mia carne è la tua carne.

Il mio respiro è il tuo respiro. Il mio sangue è il tuo sangue. Le mie ossa sono le tue ossa.»

Gli occhi di Violet si spalancarono al suono di quelle parole. Il suo tono era rigoroso e formale, ma intriso di una profonda passione. Avrebbe dovuto rispondere con lo stesso grado di formalità? «È tipo una poesia o una citazione di un film o qualcosa del genere?»

Un angolo della bocca di Thane si incurvò verso l'alto e la sua postura si rilassò un po'. «Sì, qualcosa del genere.» Si lasciò sfuggire una risatina nervosa e fece un passo indietro. «Mi dispiace. È stato davvero strano.»

Violet si pentì immediatamente della propria reazione impacciata. «No. Non è stato strano. È stato… ehm…»

Dalla cucina arrivò un fischio, segnale che il bollitore aveva portato a compimento il proprio lavoro. «Oh no», disse Thane, passandosi una mano tra i capelli. «Mi sono appena reso conto che non ho il chai.» Sospirò con fare teatrale.

Violet si mise una mano sul fianco e scosse la testa. «È finita. Me ne vado. Come pensi che possa restare qui senza chai?»

«Se vuoi, posso fare un salto al supermercato e prenderne un po'.»

Violet agitò una mano. «No, non c'è problema. Fingerò di essere una persona normale e prenderò un caffè come tutti gli altri.»

«Se basta il caffè per essere normali, allora non credo di berne abbastanza.»

Violet si appoggiò alla balaustra e rise, felice che l'atmosfera non fosse più tesa.

Proprio in quel momento, il campanello suonò, dirottando la loro attenzione verso la porta d'ingresso. «Probabilmente è la cena», disse Thane.

Mangiarono, parlando del più del meno come durante i

loro incontri al bar, l'olfatto e le papille gustative avvolte dagli aromi del curry rosso piccante, della tenera anatra, dei germogli di bambù croccanti e del saporito riso al cocco e alla curcuma.

Una volta terminata la cena, aiutò Thane a sparecchiare. Poi, mentre il ragazzo sciacquava i piatti sotto il rubinetto, si appoggiò all'isola. I muscoli delle sue braccia si flettevano mentre ruotava un piatto sotto il getto d'acqua, la camicia di cotone che si increspava con il movimento. I primi due bottoni erano slacciati e lo sguardo di Violet si fissò sul piccolo lembo di pelle esposto. Il suo cuore cominciò a battere forte, mentre la sua mente tornava al servizio fotografico: la forma scolpita delle sue spalle, del petto e dell'addome nudi.

Il suo sguardo risalì il collo, il mento e poi la bocca, mentre ricordava il sapore delle sue labbra sulle sue, le sue mani che premevano sulla sua schiena, le sue gambe…

«Credo di poterlo sentire di nuovo», disse Thane.

Violet impallidì. «Ehm… cosa?»

Il ragazzo chiuse il rubinetto e prese un asciugamano, prolungando il silenzio mentre si asciugava le mani. «Sento che mi stai guardando.»

Le guance di Violet si tinsero di rosso, ma non riuscì a trattenersi dal lanciare un'altra occhiata alla sua bocca.

Gli occhi di Thane brillarono di divertimento e la sua bocca si atteggiò in un mezzo sorriso.

«Oh no.» Violet si portò le mani al viso e si voltò con un mugolio imbarazzato.

Thane ridacchiò. «Violet, non farlo. Va tutto bene.» La afferrò per le spalle e la fece ruotare fino a incontrare il suo sguardo, poi cercò di allontanarle delicatamente le mani dagli occhi, ma lei tenne duro. «Violet, lasciale andare.»

Scosse bruscamente la testa. «No, non posso.»

«Violet.» La sua voce era bassa, quasi un sussurro. «Guardami.»

Non era un comando, e nemmeno una supplica, ma un invito. Le stava chiedendo di fidarsi di lui. Qualsiasi cosa avesse deciso di fare dopo era una sua scelta e lui l'avrebbe rispettata.

Dopo qualche istante, Violet gli permise di togliere le mani, ma tenne gli occhi chiusi, non essendo ancora pronta a guardarlo. Due palmi caldi si posarono sulle sue guance. Con delicatezza, i pollici le sfiorarono le palpebre avanti e indietro e ogni tocco sembrava alleviare il peso della sua umiliazione. Finalmente, ebbe abbastanza coraggio per aprire gli occhi.

Il suo sguardo incontrò profonde iridi marroni, screziate d'oro. Piccoli puntini luminosi simili a lucciole si libravano intorno a loro.

Inspirò. «Le luci sono tornate.»

Thane non rimosse le mani dal suo viso, ma con gli occhi seguì le luci danzanti. «Non so ancora cosa siano.»

«Le hai riviste dopo... sai, dopo l'altro giorno?»

Scosse la testa. «No. Sembrano apparire solo quando sono...» Riportò l'attenzione su di lei. «Quando sono con te.» Le macchie d'oro nei suoi occhi si fecero ancora più luminose e con esse anche i puntini che si libravano nell'aria. Fece un respiro profondo. «Violet, io... So che hai avuto una giornata difficile e non vorrei approfittarmi di te, quindi sentiti libera di dire di no. Solo... posso... baciarti?»

Le sue sopracciglia scattarono verso l'alto. L'ultima volta che si erano baciati non le aveva chiesto il permesso; non ce n'era stato bisogno.

Invece di rispondere a parole, si sollevò sulle punte dei piedi e premette le labbra contro quelle di lui. Ogni traccia di imbarazzo e di incertezza solo un lontano ricordo, quando gli avvolse le braccia intorno alla vita.

La risposta di Thane fu istantanea. Si avvicinò di un passo, eliminando la distanza tra loro e le mise una mano intorno alla nuca. Dei brividi le risalirono la schiena mentre approfondiva il bacio. Le tracciò il labbro inferiore con la lingua, poi quello superiore, prima di arrivare a intrecciarla alla sua.

Violet gemette e le ginocchia le cedettero. Si appoggiò a lui, aggrappandosi al tessuto della sua camicia, mentre le percorreva la schiena con le mani. A quel punto, Thane la afferrò per la vita, sollevandola e facendola sedere sull'isola e Violet gli circondò avidamente i fianchi con le gambe. La sua pelle formicolò quando le labbra di lui le sfiorarono la guancia e le stuzzicarono la mascella. Inclinò la testa e si inarcò all'indietro, invitandolo a scendere più in basso. I baci, leggeri come una piuma, tracciarono una scia lungo la sua clavicola, indugiando nell'incavo del collo, per poi seguire un percorso dolorosamente lento fino alla gola.

Violet intrecciò le dita nei suoi capelli, mentre catturava nuovamente le sue labbra. Il profumo di sandalo, cedro e menta le stuzzicava le narici a ogni respiro. I muscoli, definiti, erano evidenti anche attraverso la barriera della camicia. Fece scorrere le mani lungo il suo petto, fino a trovare e slacciare un bottone. Passò al successivo e poi a quello dopo ancora, scoprendo centimetro dopo centimetro il suo corpo tonico. Il loro bacio si fece più appassionato, mentre esplorava il suo corpo dai contorni perfetti.

Le mani di Thane superarono l'orlo della sua maglietta e i brividi le percorsero la spina dorsale, mentre le accarezzava le costole e la schiena. Raggiunta la spallina del reggiseno, però, si fermò, appoggiando la fronte contro la sua con gli occhi chiusi. I loro respiri ansanti si mescolavano gli uni agli altri. Per alcuni istanti, si limitò a stringerla.

«Cosa c'è che non va?» gli chiese.

«Non c'è niente che non va. È tutto perfetto.» Fece

qualche respiro prima di continuare. «Voglio solo... Voglio essere sicuro... Non voglio... fare nulla che tu non voglia.»

«Voglio quello che vuoi tu», gli rispose lei, dopo qualche ansimante affanno. «Voglio te.»

«Ne sei sicura?»

Violet posò le mani sulle sue guance e gli accarezzò le palpebre chiuse, proprio come aveva fatto lui poco prima. «Ne sono sicura.»

Thane sorrise. Quando li riaprì, i suoi occhi erano più dorati che marroni. In un lampo, la sollevò dall'isola e la portò in camera da letto, lasciando dietro di sé una scia di luci abbaglianti.

* * *

Una leggera carezza sulla guancia la riportò indietro dal regno dei sogni. Il tocco proseguì sulla mascella e sulle labbra, risalì sullo zigomo e sulla fronte, poi sul naso. Le sfiorò le ciglia di un occhio chiuso e poi dell'altro.

Thane.

Al pensiero di quel nome, la sua anima si riempì dell'eco dell'euforia provata la notte precedente.

Le dita del ragazzo le sfiorarono le labbra, staccandosi, tuttavia, troppo presto. Violet aprì gli occhi, proprio mentre Thane si alzava dal letto e si dirigeva in bagno, chiudendo la porta dietro di sé. Pochi secondi dopo, udì il rumore della doccia.

Rotolò sulla schiena e fissò il soffitto, ripercorrendo con le dita la delicata carezza del ragazzo sulle proprie labbra. Sorrise. La sua pelle era disseminata di ricordi: la sensazione delle sue mani, della sua bocca, del suo corpo... come era stato addormentarsi chiusa nel suo abbraccio.

Non si era mai aspettata di sperimentare un legame così *profondo* con un'altra persona.

La sua vita le aveva insegnato a non fidarsi di nessuno se non di sé stessa, soprattutto non al livello richiesto da una relazione intima. Da tempo aveva deciso che l'amore non faceva per lei. Serviva solo a esporre il cuore ad abusi, tradimenti e perdite, come aveva visto accadere a tutte le coppie litigiose di genitori affidatari, i quali non riuscivano a capire come amare il sangue del proprio sangue, per non parlare di un orfano lasciato alla loro porta dai servizi sociali.

Ma Thane era diverso.

Sapeva come raggiungerla, nel profondo. Sviscerarla strato per strato, mettendo a nudo sentimenti, sogni e desideri che lei stessa non era mai stata in grado di cogliere. Con lui si sentiva... *completa*. Come era possibile per una persona a pezzi come lei?

La sua fronte si aggrottò. Chiaramente, c'erano molte cose che doveva ancora capire di sé stessa, di Thane e della loro relazione. Non sapeva ancora cosa pensare di ciò che le aveva detto sul balcone. Cos'era quella storia di giuramenti, di sangue e di respiri e... di ossa? Suonava un po' strano, eppure era la cosa più sincera che qualcuno le avesse mai detto.

Un dolore improvviso attraversò i suoi pensieri con la forza di una pugnalata, seguito da un impeto di colpa. *Bessie.* Socchiuse gli occhi. La sua amica era stata uccisa da poco più di ventiquattr'ore e lei si stava divertendo come non mai con Thane.

No. Non poteva soffermarsi su quei pensieri. Non ancora.

Sospirando, si mise a pancia in giù e si accoccolò con la testa immersa nel cuscino. Un'istante più tardi, notò che la federa bianca e immacolata davanti al suo viso era macchiata di trucco. Con una smorfia, sollevò la testa per guardarla meglio. *Dannazione!* Non le era nemmeno passato per la testa di struccarsi prima di addormentarsi, ma come aveva fatto a lasciare una macchia così grande sul cuscino? *Uff!* Più tardi si sarebbe scusata e avrebbe cercato di pulirlo.

La doccia si spense. Alzandosi dal letto, si vestì con una delle camicie bianche di Thane. La porta del bagno era leggermente socchiusa e la ragazza le diede una spinta, rivelando il giovane in piedi davanti allo specchio, avvolto in un asciugamano.

«Buongiorno», disse. «Per la colazione, stavo pensando...»

Thane si voltò di scatto, facendo cadere alcuni oggetti dal lavandino.

«Ops! Non volevo spaventarti», mormorò, nascondendo un sorriso con la mano. Si chinò per raccogliere un tubetto che era rotolato fino al suo piede.

Thane fece un sorriso sbilenco. «È tutto a posto.» Si fece strada tra gli oggetti sparsi per terra per avvolgere le braccia intorno alla sua vita e baciarla. «Non riesco a credere che tu sia davvero qui.»

Dei formicolii attraversarono il suo cuore, diffondendosi nel resto del corpo. Avvolse le braccia intorno al collo del ragazzo e inclinò il mento verso l'alto, in cerca di un bacio più profondo e quando Thane rispose, immobilizzando il suo corpo contro lo stipite della porta, rimase senza fiato. Per qualche secondo, o forse per un'eternità, le mani di Thane si mossero su di lei, esplorando nuovamente le sue curve.

Proprio quando Violet era certa che gli eventi della notte precedente fossero sul punto di ripetersi, il suo stomaco emise un brontolio molto rumoroso.

Thane sorrise contro la sua bocca. «Scusa, stavi dicendo qualcosa a proposito della colazione?»

«No. Non so di cosa tu stia parlando.»

Un altro borbottio spezzò il silenzio. *Maledetto stomaco.*

Thane inarcò un sopracciglio, divertito. «Che ne dici se

prima facciamo colazione e poi riprendiamo da dove ci siamo interrotti?»

Violet emise un sospiro eccessivamente drammatico. «Bene. Se tu e il mio stomaco avete intenzione di coalizzarvi contro di me, allora suggerisco di andare in quel piccolo caffè che ho visto in fondo alla strada.»

«Mi pare un buon piano, ma qualcosa mi dice che avremo bisogno di vestiti.» Guardò la propria camicia, l'unica cosa che Violet aveva addosso al momento.

La ragazza mise il broncio. «Va bene. Ma solo perché non voglio essere arrestata per atti osceni.»

Thane ridacchiò.

All'improvviso, si ricordò del tubetto che aveva in mano. «Ecco il tuo… trucco?» Strizzando gli occhi, lesse sull'etichetta: *"Movie Magic Concealer. Ottimo per coprire voglie, cicatrici e tatuaggi. Dura dodici ore"*. Confusa, alzò lo sguardo. «Perché hai…?»

Solo a quel punto notò il suo collo e, in particolare, un tatuaggio che non c'era la sera precedente. Un tatuaggio che la perseguitava ogni giorno da quando aveva sedici anni. Il tatuaggio di uno scorpione di cristallo.

Dove diavolo era finito il suo coltello?

20

SONO MOLTO MOLESTABILE

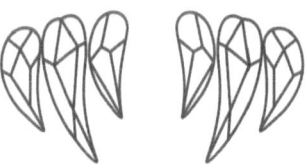

Decisamente troppo presto, Sagan annunciò che era ora di rimettersi in marcia e Nathan accolse la notizia con un gemito, per niente certo di essere riuscito a dormire almeno un po'.

Il giovane cacciatore condusse il Rover attraverso la foresta come un esperto pilota di rally, rallentando solo quando raggiunsero il passo di montagna e, in quel momento, Nathan comprese il motivo per cui avesse insistito per risalire la catena montuosa alla luce del giorno. La strada sterrata era piena di buche e massi caduti e, in alcuni tratti, era larga a malapena quanto il loro veicolo. Nathan si attaccò saldamente alla maniglia, facendo del proprio meglio per evitare di guardare lo strapiombo fuori dal finestrino e si rilassò solo quando l'auto lasciò il passo, tornando sull'asfalto, prima di serpeggiare attraverso un'altra foresta.

Scosse leggermente la testa. Come aveva fatto a ritrovarsi in quella situazione, in compagnia di un cacciatore che lo aveva salvato, per giunta dal proprio padre? Appoggiò il gomito sulla portiera e il mento sulla mano, scrutando gli alberi che gli passavano accanto.

«Comunque, volevo chiederti,» disse Sagan, interrompendo i suoi pensieri, «cosa c'è di così speciale in Violet?»

Nathan gli lanciò un'occhiataccia.

«Voglio dire,» si affrettò a spiegare il ragazzo, «perché la regina sta cercando di ucciderla?»

Nathan si agitò sul sedile. «Beh, è una storia un po' lunga.»

«Abbiamo due ore di viaggio prima di raggiungere la prossima città.»

«Oh», mormorò, riportando l'attenzione sulla foresta, mentre valutava se rispondere o meno. «Io rispondo alle tue domande se tu rispondi alle mie. Che ne dici?»

«Va bene, ma dipende dalle domande.»

«Ok, che ne pensi di questa: perché stai cercando di aiutare Violet? Pensavo che voi cacciatori vi occupaste solo di versare sangue per riempire le fiale dei vostri amuleti, non di salvare le persone.»

«Perché io...» Sagan lasciò passare qualche istante prima di continuare. «Perché sono in debito con lei per il fatto di esserci stata per mia sorella quando io... non c'ero.»

«Oh», mormorò di nuovo, un po' sorpreso. Cercò qualcosa di meglio da dire, ma fortunatamente il ragazzo continuò, risparmiandogli l'imbarazzo.

«Lyla era vittima di bullismo al liceo ma, per quanto cercassi di starle vicino, mio padre continuava a trascinarmi con sé in tutte le sue battute di caccia. Dopo aver fatto amicizia con Violet, però, il suo mondo è come cambiato. Non l'avevo mai vista così felice e sicura di sé prima d'allora. Sarò sempre grato a Violet per questo.»

«Il giorno del rapimento, io e mio padre ci trovavamo fuori città. Mi mandarono a casa prima e, quando scoprii l'accaduto, mi misi subito sulle loro tracce, ma... era già troppo tardi.» La voce pacata di Sagan divenne aspra. «La vostra regina ha mandato quegli schiavisti Veniri a rapire mia sorella e io gliela farò pagare.»

Tutto ciò che Nathan riuscì a dire fu: «Mmm». Si aspettava che il ragazzo sviasse la domanda, non che rispondesse con il cuore in mano.

«Allora, perché la regina la vuole?» chiese Sagan. «Ho passato abbastanza tempo con lei da sapere che non è Veniri e la regina non avrebbe assunto mio padre per rintracciare una semplice ragazza umana se non ci fosse qualcos'altro sotto.»

Nathan aggrottò le sopracciglia. «Perspicace.» Sospirò. «Hai ragione, c'è qualcos'altro sotto, ma non è Violet che la regina vuole. Violet è solo un mezzo per raggiungere un fine. È la chiave per rintracciare sua madre e sua sorella.»

«*Cosa?*» La testa di Sagan scattò verso di lui. «Sua madre e sua sorella?»

«Sì.» Nathan non si sarebbe mai aspettato di avere quella conversazione con qualcuno. La sua intenzione era sempre stata quella di portarsi il segreto nella tomba, per garantire non solo la sicurezza di Violet, ma anche quella di sua madre e della sorella minore. E un cacciatore Erathi era certamente in fondo alla lista delle persone a cui lo avrebbe spifferato, se avesse potuto. Tuttavia, un accordo era un accordo.

C'erano verità che teneva nascoste da molti anni e sembrava che ora fossero intenzionate a venire a galla una dopo l'altra. Forse era una conseguenza delle confidenze sui riti funebri della sera precedente.

«I Veniri hanno rapito la madre di Violet dall'ospedale subito dopo la sua nascita e l'hanno ridotta in schiavitù come "allevatrice".»

«*Allevatrice?* È quello… quello che penso che sia?»

«È proprio quello che pensi che sia.»

Nathan ignorò l'espressione di disgusto di Sagan e continuò: «Nell'ultimo secolo, c'è stato un rapido declino nella nascita delle femmine di Veniri. Nessuno sa perché, ma ormai viene al mondo solo una femmina ogni cento maschi.»

«Molto prima che io nascessi, una delle prime regine decise che bisognava fare qualcosa di drastico per evitare l'estinzione della nostra razza, così introdusse il programma di riproduzione, in cui giovani femmine Erathi vengono rapite e costrette a riprodursi con i nostri maschi. Doveva trattarsi di una soluzione temporanea, ma purtroppo non è servito a molto.»

Sagan scosse la testa. «Deve esserci sicuramente un modo migliore per preservare la vostra razza, uno che non comporti rapimenti della nostra.»

«Per esempio?» Nathan assunse un tono pomposo. «Mi scusi, signor Presidente, la nostra razza di mutaforma sta morendo. Per favore, ci dia le sue femmine per fare altri figli mutaforma.»

Sagan alzò gli occhi al cielo. «Ho afferrato il concetto. Ma che dire della faccenda della riproduzione forzata? Dubito fortemente che i vostri maschi, elitari come sono, siano entusiasti di convivere con ragazze Erathi.»

«Sì, il programma di riproduzione è considerato volgare sia per gli Erathi che per i Veniri, ma i Veniri sanno che è un male necessario.»

«E che male», sogghignò Sagan. «Quindi, che ne è dei bambini? Presumo che tu sia il prodotto di una combinazione Erathi-Veniri? È per questo che potete trasformarvi?»

«Per quanto ne so, la nostra razza è sempre stata in grado di mutare.»

«A questo proposito, c'è una cosa che ho sempre voluto sapere: come si sono originati i Veniri sulla Terra?»

Nathan scrollò le spalle. «Come sono nati i lupi mannari? Come sono nati gli Yranum? O i Djiovis e tutti gli altri mutaforma?» Gli lanciò un'occhiata penetrante. «Come si sono originati gli Erathi sulla Terra?»

«Mmm…»

«Non lo so, ragazzo. Non so nulla sulle origini dei Veniri. Quello che so è che tendiamo a trasformarci solo quando lasciamo la nostra… ehm, colonia. Non abbiamo bisogno di essere in forma umana, altrimenti.»

«E sì, mia madre era un'allevatrice Erathi. Il DNA degli Erathi è più compatibile con quello dei Veniri rispetto a quello di qualsiasi altra razza di mutaforma. Il gene Veniri è molto dominante e ogni bambino nato nel programma di riproduzione è praticamente un Veniri purosangue. Tuttavia, si diluisce un poco a ogni generazione e mi è stato detto che, se il programma di riproduzione dovesse continuare, entro un millennio saremo praticamente umani.»

Sagan sbuffò. «E questo sarebbe un male?»

Nathan alzò le spalle. «Chi lo sa? Non sarò qui per scoprirlo.»

«D'accordo, in ogni caso, cosa c'entra Violet? Perché la regina ha bisogno di lei?»

«Idalia ha bisogno di Violet, o di sua madre, per rintracciare sua sorella. Sua sorella è una Veniri, il che significa che un giorno potrà sfidare Idalia per il trono.»

«I Veniri sono matriarcali. Siamo tutti governati da un'imperatrice, ma ogni colonia è guidata da una regina sotto il suo comando e, data la rarità, ogni femmina che nasce diventa reale di default. Quando una femmina diventa maggiorenne, può sfidare la regina in carica per il potere.»

Nathan fece una pausa. Per quanto la sua mente continuasse a gridare che non avrebbe dovuto condividere nulla di tutto ciò, soprattutto con un cacciatore Erathi, dire finalmente la verità nuda e cruda su se stesso e sulla sua razza lo riempiva di innegabile sollievo. Fino a quel momento, tuttavia, la conversazione era stata fondamentalmente una lezione di storia Veniri. Nella parte successiva, invece, le cose si sarebbero fatte più personali.

«Purtroppo, poiché la nostra cultura tiene in così alta considerazione le femmine, possono formarsi aspre rivalità e risentimenti tra loro. Il volere di una regina è immutabile, almeno fino a quando una nuova regina non diventa maggiorenne e la sfida.»

«Nella mia colonia, la regina Idalia è stata l'unica femmina a nascere in quasi cinquant'anni. O almeno, così ci ha sempre fatto credere. Poco prima di partire, ho scoperto che in realtà era lei stessa a massacrarle alla nascita e, una volta appresa la verità, ho aiutato la madre e la sorella neonata di Violet a fuggire.»

«Mmm.» Sagan si accigliò. «Ma i Veniri non sono i segugi migliori tra tutti i mutaforma? Perché la regina non si limita a far rintracciare la ragazza da uno dei suoi scagnozzi?»

«No. Mio padre è riuscito a crearle uno scudo prima che...» Si schiarì la voce. «Non possono essere rintracciate con uno scudo, ma purtroppo esiste una scappatoia. Se un Veniri riesce ad assaporare l'aroma di un familiare stretto, ciò riaccende anche il profumo della persona schermata e lo scudo diventa nullo.»

«Ma presumo che tu abbia già creato uno scudo per Violet. Nella foresta, ti ho visto mettere quella cosa luminosa sulla sua testa. Era quello lo scudo?»

Nathan gli lanciò un'occhiataccia. «Quanto ti sei avvicinato a noi quella notte, esattamente? E come mai non ho percepito il tuo odore?»

I lineamenti di Sagan rimasero sereni, senza svelare nulla. «Ti piacerebbe saperlo, eh?»

«Beh, sì.» Gli occhi di Nathan divennero due fessure. «Sarebbe bello poterlo sapere, quando un subdolo cacciatore ti sta molestando.»

Sagan ridacchiò. «Non montarti la testa.»

«Perché no? Non l'hai notato? Sono molto molestabile.»

Sagan si limitò a scuotere la testa. «Allora, quella cosa luminosa era lo scudo oppure no?»

Non gli sfuggì il cambio di argomento, ma aveva la sensazione che, se avesse insistito, Sagan si sarebbe chiuso a riccio. A prescindere dal loro provvisorio accordo di fornire risposte in cambio di risposte, Nathan avrebbe potuto fare lo stesso e interrompere la conversazione, ma il suo istinto gli diceva che valeva la pena allearsi con quel ragazzo. Avere un altro alleato che lo sostenesse contro i nemici Veniri ed Erathi non sarebbe stato certo un male.

«No», disse Nathan, scegliendo di mantenere la propria parte del patto di "onestà". Rivolse l'attenzione al paesaggio fuori dal finestrino; avevano ormai superato la foresta e la vegetazione lussureggiante era stata sostituita da campi coltivati. I suoi occhi si posarono su vasti campi erbosi per il bestiame e coltivazioni in file ordinate che si estendevano fino all'orizzonte, tra cui riconobbe grano, canne da zucchero, ulivi e sorgo.

«Perché lo scudo sia attivo bisogna impiantare due ghiandole nella schiena del soggetto», continuò Nathan. «Se si rimuovono le ghiandole, lo scudo svanisce.»

«Oh, è questo che stavi facendo alla sua schiena? Ma aspetta, dove sono ora la madre e la sorella?»

«Non ne ho idea. Le avrò anche aiutate a fuggire, ma non significa che si fidassero di me. Ci siamo separati quasi subito. Era comunque la cosa più sicura da fare, per tutti noi.»

«Ma di certo tu, tra tutti, puoi rintracciarle grazie all'essenza di Violet? Non ne hai sentito l'aroma prima di metterle lo scudo?»

«Violet stava ancora attraversando la pubertà a quel tempo e la sua essenza definitiva era poco sviluppata, non sufficiente per essere rintracciata.»

«Mmm.» Sagan fece una pausa prima di porre la domanda successiva. «Allora... Violet sa qualcosa di tutto questo? Di sua madre e di sua sorella?»

Il senso di colpa colpì Nathan allo stomaco. «No», disse a bassa voce.

Sagan inspirò a denti stretti. «Oh, amico, che cosa brutale.»

«È meglio per tutti che non lo sappia.»

«Dubito che Violet la veda allo stesso modo. Hai intenzione di dirglielo?»

«Forse.» Nel momento in cui Violet lo avesse scoperto, avrebbe voluto rintracciare la sua famiglia, e l'unico modo per farlo era rimuovere lo scudo. Una volta rimosse le ghiandole, la procedura non poteva essere ripetuta e non solo Violet, ma anche la sua famiglia, sarebbero diventate una facile preda per gli inseguitori Veniri. Se per miracolo la regina si fosse dimenticata di tutti loro, eliminando il pericolo, allora, forse, avrebbe potuto dirle la verità, ma per il momento...

All'improvviso, si ricordò delle parole pronunciate da Sagan la notte precedente. *"La ucciderò."*

Se Sagan avesse davvero avuto intenzione di uccidere Idalia, in alcun modo avrebbe potuto farlo da solo. La regina disponeva di un immenso potere e governava i Veniri del paese in qualsiasi modo le convenisse. Era una manipolatrice geniale in grado di incantare i propri seguaci e di farsi baciare i piedi dai nemici.

Come credeva di poterla uccidere? Pensava di sfondare le porte della città nascosta, avvicinarsi a lei e piantarle un pugnale di diamantio nel cuore? Nemmeno la resistenza Veniri era riuscita in nessuno dei suoi tentativi di assassinio, anche se, a onor del vero, erano in numero esiguo, privi di equipaggiamento e di abilità e composti principalmente da schiavi Erathi ribelli.

Per portare a termine una missione di tale portata sarebbe stato necessario qualcuno che conoscesse le persone giuste da corrompere. Una conoscenza approfondita dei labirintici alloggi di Idalia e del suo programma giornaliero sarebbe stata indispensabile, insieme a una solida idea di come e quando si discostava da quel programma. Nathan aveva trascorso abbastanza tempo con lei per sapere che c'erano solo una manciata di posti in cui deviava...

Prima di rendersene conto, aveva un piano approssimativo su come porre fine alla tirannia della regina. Con la sua morte, sarebbe stato al sicuro. Violet e la sua famiglia sarebbero state al sicuro. Le giovani Erathi sarebbero state al sicuro. Senza Idalia, il suo alveare avrebbe potuto raggiungere gli alveari di altri paesi e lavorare insieme per aumentare le nascite femminili senza rapimenti e spargimenti di sangue.

La sua razza aveva bisogno di ripulirsi dalla corruzione che si era diffusa tra loro come un veleno.

«Ok,» disse, «lo farò».

«Fare cosa?»

«Ti aiuterò a uccidere la regina dei Veniri.»

Sagan lo guardò con la coda dell'occhio e Nathan giurò di aver visto l'angolo della sua bocca incurvarsi.

Si appoggiò al poggiatesta e chiuse gli occhi. «Dovrai fare una deviazione verso casa mia. Avremo bisogno di rifornimenti.»

21

SCHEGGE DI VETRO

Violet rabbrividì. Sarebbe dovuta scappare, fuggire il più lontano possibile, invece restò immobile, incapace di staccare gli occhi dal tatuaggio di uno scorpione di cristallo sul collo di Thane.

Il ragazzo allungò le mani verso di lei. «Violet, non—»

Le sue parole furono interrotte da una ginocchiata all'inguine, che lo fece accasciare in avanti, gemendo di dolore. Violet si affrettò verso la porta della camera da letto, ma il ragazzo si riprese abbastanza da allungare la mano e farla inciampare, facendola cadere a faccia in giù tra i vestiti abbandonati sul pavimento accanto al letto.

Urlò e scalciò, mentre una mano si aggrappava alla sua caviglia.

«Violet, fermati!»

Smise momentaneamente di urlare, non per il suo comando, ma perché aveva individuato i suoi jeans stropicciati.

Erano appena fuori dalla sua portata.

Cercò di strisciare verso di loro, ma due mani forti la trattennero, costringendola ad affrontare l'uomo dei suoi incubi.

Solo che l'uomo con il tatuaggio sul collo non era più senza volto.

«Non toccarmi! Lasciami andare!» singhiozzò. «Eri tu! Per tutto questo tempo… eri *tu*!»

Jeans. Jeans. Aveva bisogno dei suoi jeans! Ma per quanto si dimenasse, tutti i suoi sforzi erano inutili contro la forza titanica di Thane.

«Calmati!» urlò lui, afferrandole i polsi in una morsa, ma le sue parole furono soffocate dalle urla e i singhiozzi laceranti di lei. Il tatuaggio era ormai in piena vista, chiaro e inconfondibile. Sicuramente non si era trattato solo di un sogno.

«Sei stato *tu*!» Sussultò per l'orrore, mentre i pezzi dei ricordi dimenticati tornavano al loro posto. La sua mente fu attraversata da un dolore lancinante, come se delle schegge di vetro le stessero perforando ogni centimetro del cranio e ogni cosa tornò a galla.

Lei e Lyla, legate e infilate nel bagagliaio di un'auto.

Chi sono questi uomini? Uno ha un tatuaggio di uno scorpione sul collo.

Lyla ha un segreto, un pugnale di cristallo. «*Non sono umani, Violet. Dobbiamo scappare.*»

L'uomo con il tatuaggio la prende in braccio e la conduce oltre una porta chiusa a chiave e dotata di sbarre.

Giorni. Notti. Quanti ne sono passati? Così tanta fame. Così tanto freddo.

«*È ora di andare nella vostra nuova casa, ragazze.*»

Lyla ha una famiglia. Sentiranno la sua mancanza.

«*Per favore. Prendete me e lasciate che Lyla vada a casa.*»

Un uomo con il cappuccio la afferra, ma lei cerca di scappare. Dolore, tanto dolore.

Lyla sfodera il pugnale. È velocissima. Combatte contro Cappuccio, il cui volto è mostruoso.

Cappuccio è troppo forte. Lyla muore. C'è tanto sangue.

Violet urla. Cappuccio e Tatuaggio Scorpione litigano.
Vede il pugnale di cristallo nella tasca di Lyla. Lo prende.
Cappuccio se la getta sulle spalle. Tanto dolore.
Violet lo pugnala. Cappuccio ruggisce. Liquido blu brillante.
Buio.

Il dolore lancinante nel cranio si attenuò, ma un sapore acido continuò a bruciarle la gola. Si coprì il volto con le mani, soffocando i respiri affannosi. Le lacrime le rigavano le guance. I ricordi, recentemente acquisiti, erano ormai impressi a fuoco nella sua mente.

«Violet? Riesci a sentirmi?» Mani forti le scossero le spalle.

Aprì gli occhi. Thane incombeva su di lei, a cavalcioni sul suo corpo. *Thane*, uno dei suoi rapitori. Il tatuaggio era esattamente come lo ricordava.

«*Tu*», ringhiò a denti stretti. «Mi ricordo di te!»

«Violet, io...»

Diede un colpo di fianchi, spostando il baricentro del ragazzo e facendoli rotolare entrambi di lato. Con un grugnito di sorpresa, Thane cadde a terra e Violet gli si gettò sopra.

Prima che potesse riprendersi, lo colpì il più forte possibile in faccia. Assestò un colpo dopo l'altro, usando un misto di pugni e gomiti. Nel tentativo di bloccare l'assalto, il giovane le afferrò un braccio.

Gli occhi di Violet si diressero verso i suoi jeans, ora a portata di mano e allungò il braccio libero.

«Violet, fermati!» ruggì il ragazzo, stringendo la presa sul suo braccio. Doveva agire in fretta. Proprio mentre il suo rapitore si allungava per afferrare l'altro braccio, si udì un sottile *clic*.

Violet gli conficcò il coltello a serramanico nel petto.

Gli occhi di Thane si spalancarono e gli sfuggì un ruggito disumano. Violet non aveva mai udito nulla del genere.

Estrasse la lama dal suo petto, afferrò i jeans e corse verso la porta della camera. Thane urlava, chiamandola per nome tra rantoli e gemiti di agonia.

Violet prese la borsa con le chiavi e il telefono e corse verso l'uscita. I ruggiti strazianti di Thane riecheggiarono dietro di lei, fino a quando non raggiunse le scale del complesso residenziale.

22

NON TI ARRABBIARE, OKAY?

SAGAN GUIDÒ IL ROVER FINO A CASA DI NATHAN.

«Accosta sul retro», gli disse, una volta arrivati, indicando una strada laterale. Entrando in città, aveva visto Jude di pattuglia con un'auto della polizia. Se fosse passata di lì e avesse notato un veicolo nel suo vialetto, avrebbe sicuramente indagato, ed era l'ultima cosa di cui aveva bisogno. Non sapeva bene da quanto tempo fosse scomparso, ma Jude doveva comunque essere preoccupata per la sua assenza.

Può preoccuparsi ancora per un po', pensò.

«Vuoi entrare?» chiese, quando Sagan parcheggiò nel vialetto di ghiaia sul retro. «È possibile che ci sia qualcosa di commestibile nella credenza.»

Il ragazzo scosse la testa. «Ho anche io delle cose da recuperare a casa. Fatti trovare pronto al mio ritorno.»

Nathan aggrottò le sopracciglia. «Credo che tu abbia mancato la tua vocazione. Saresti potuto diventare un ottimo sergente istruttore.»

Sagan gli rivolse uno sguardo torvo, mentre faceva marcia indietro e tornava sulla strada. Nathan scosse la testa con una risatina e si diresse subito verso la doccia.

Pochi minuti dopo, mentre con una mano si asciugava i capelli, si mise a rovistare nell'armadio. Afferrò un paio di jeans grigio scuro – molto più comodi dei jeans neri da cacciatore che gli aveva regalato Sagan – e una camicia, per poi soffermarsi alla vista del proprio riflesso nello specchio dell'armadio.

Con una smorfia, accarezzò con le dita la carne liscia del petto. *Interessante.* Non c'era alcuna traccia della ferita. Nemmeno un piccolo accenno. La sua pelle era resistente, ma la lunga cicatrice sotto le costole dimostrava che le lame di diamantio lasciavano il segno.

Il ricordo del periodo trascorso nel covo dei cacciatori gli attraversò la mente, riaccendendo la sua rabbia. La sua paura. La sua—

I suoi occhi si spalancarono, quando sul suo torso nudo e sul suo collo intravide il bagliore di scaglie turchesi. Poi, la stessa luce gli lambì il viso, rivelando per un attimo il suo vero aspetto.

Si portò una mano alla guancia e, con un sussulto, notò un pinnacolo cristallino che sporgeva dal gomito. In fretta e furia, controllò anche l'altro braccio, poi sibilò un'imprecazione a mezza voce. Il movimento repentino aveva fatto sì che la seconda lama tagliasse alcuni dei suoi vestiti appesi lì vicino. I frammenti di tessuto svolazzarono sul tappeto.

Ruotò le braccia, ispezionandosi i gomiti. Com'era possibile? Non aveva avvertito alcun dolore. Non c'era stato nessun bruciore. Nessun *preavviso.* Mise alla prova le lame: le fece entrare e uscire dalle braccia, senza incontrare alcuna resistenza. La semplicità dell'operazione, completamente indolore, lo lasciò esterrefatto. Era… *terribile.*

Come avrebbe fatto a trattenere le lame, senza riuscire a sentirle? In pubblico? Al lavoro? Con Jude? Non poteva assolutamente—

Un tonfo interruppe i suoi pensieri. Strinse gli occhi e

controllò l'orologio. Non era possibile che Sagan fosse già di ritorno. La sua casa era dall'altra parte della città.

Facendo attenzione a non fare rumore, si mosse in direzione del suono e, una volta giunto al muro accanto alla porta aperta della camera da letto, vi si appoggiò, in attesa. Eccolo di nuovo, il rumore di passi sulle assi del pavimento del corridoio, che diventavano sempre più forti man mano che si avvicinavano alla sua stanza.

Poi il silenzio.

Si fece forza; poteva quasi sentire l'intruso dall'altra parte del muro, a pochi centimetri di distanza. Piegò le ginocchia, aspettò mezzo secondo, poi scattò, andando a sbattere contro l'uomo proprio mentre entrava nella stanza.

Mentre lo bloccava con le spalle al muro, sentì il suo fiato lasciare i polmoni, ma come vide il tatuaggio dello scorpione di cristallo sul suo collo si fermò.

«Thane! Ma che diavolo?»

Il ragazzo alzò entrambe le mani. «Accidenti, vecchio mio. Cosa ti prende?»

«Pensavo di averti detto di stare lontano. O hai dimenticato che i cacciatori Erathi mi stanno dando la caccia?»

«No, non l'ho dimenticato.»

«Allora, che cosa ci fai qui?» disse, digrignando i denti.

Thane esitò. «Hai intenzione di lasciarmi andare, prima?»

Nathan indicò con un cenno le lame scintillanti che fuoriuscivano dai suoi gomiti. «Hai intenzione di ritrarle?»

«Sul serio?» replicò il giovane.

Nathan si accigliò. Abbassò lo sguardo e si rese conto che anche le sue lame erano ben visibili. Le fece rientrare, senza avvertire alcun dolore, poi fece un passo indietro. La cosa cominciava a preoccuparlo.

Dopo qualche istante, anche Thane ritirò le proprie lame e scrollò le spalle. «Caspita, che forza. Hai fatto sollevamento pesi o qualcosa del genere?»

Nathan ridacchiò. «Non proprio.»

«Beh, qualsiasi cosa tu stia facendo, sta funzionando.»

«È da molto tempo che non ti vedo mutare.» Indicò con un cenno i suoi gomiti. «Credevo avessi detto che non volevi più essere un Veniri e che non ti saresti mai più trasformato.»

Thane fece una smorfia, mentre si strofinava una spalla. «Sì, beh, quando qualcuno salta fuori dal nulla e ti blocca al muro, l'istinto prende il sopravvento.»

«Questa è casa mia.» Gli puntò un dito contro, con fare inquisitorio. «Sei tu l'intruso qui. Il che mi riporta alla mia domanda iniziale: perché sei qui?»

«È solo che… Speravo…» Thane si passò una mano tra i capelli e si guardò intorno.

A Nathan non piacque l'espressione sul suo volto. Strinse gli occhi. «Che succede?»

Il ragazzo continuò a rifuggire il contatto visivo, mentre il suo sguardo vagava per il corridoio. «Beh, io… non ti arrabbiare, okay?»

Incrociò le braccia al petto.

Con un sospiro, Thane chiese: «Violet è qui?»

Sbatté le palpebre. «Cosa?»

«Violet è—»

«Ho sentito quello che hai detto. Perché dovrebbe essere qui? È all'università.»

Thane socchiuse gli occhi e inspirò tra i denti serrati. «No. Non è—»

«Come sarebbe a dire che non lo è?» Nathan lasciò cadere le braccia lungo i fianchi. «E come fai a saperlo?»

«Beh…» Thane iniziò con cautela, accelerando gradualmente man mano che parlava. «La tengo d'occhio da quando l'hai lasciata all'università, per assicurarmi che sia al sicuro. Ed è un bene, perché ieri c'è stato un incidente. Lei e alcuni altri studenti sono stati rimandati a casa e, dato che non hai risposto a nessuna delle sue chiamate, le ho offerto di stare da me e... *oh!*» I suoi occhi si spalancarono e alzò le mani, come a volersi difendere. «Dai, Nathan. Non c'è bisogno di fare così.»

Confuso, Nathan seguì il suo sguardo fino alle schegge lucenti che spuntavano dai suoi gomiti. Di nuovo, nessun dolore e nessun preavviso. Fece un passo in avanti e il ragazzo ne fece uno indietro.

«Nathan...»

«Dove si trova?»

«Io... Non lo so. Le cose andavano bene. Lei stava bene. Ma poi... Nathan, è successo qualcosa al blocco mentale che hai creato. Si è ricordata chi ero e...»

«Cosa?» sputò a denti stretti. «Hai idea di quello che hai fatto?» L'assalto dei ricordi doveva essere stato assolutamente straziante per lei, per non parlare delle conseguenze sulla sua mente già fragile, costretta a elaborarli. Tutti quegli orrori avrebbero potuto sopraffarla. Nathan tremò, ogni muscolo del suo corpo teso come una corda di violino. «Ti avevo detto di stare lontano da lei!»

Con un balzo, si avventò sul ragazzo. I due rimbalzarono sul muro e caddero a terra, mentre la mano di Nathan si stringeva attorno al colletto della sua camicia. Con occhi enormi e spaventati, Thane si aggrappò ai suoi polsi, ma il Veniri più anziano non si mosse.

«Non ti ho risparmiato la vita perché potessi rovinare la sua! Avrei dovuto ucciderti quella notte, come ho fatto con tuo fratello. Perché non sei stato lontano da lei?»

«Perché...» Un turbine di emozioni attraversò il suo volto tormentato. «Stavo cercando di proteggerla.»

«NO! *La stavo già proteggendo io!*» Lo sollevò dal pavimento tirandolo per la camicia, poi lo sbatté di nuovo a terra.

«Qualcuno doveva prendersi cura di lei!» replicò Thane. «I Veniri non sono gli unici là fuori che possono farle del male!»

«E tu lo sai bene, no?» sputò Nathan. «Considerando che non hai fatto altro che metterla in pericolo!»

L'espressione di Thane passò immediatamente dalla sconfitta alla rabbia. Fece oscillare i fianchi, facendolo cadere sulle assi del pavimento con un pesante tonfo. Poi, approfittando dello slancio, infilò gli avambracci tra le sue braccia e lo costrinse a mollare la presa. Lo afferrò per i bicipiti e lo bloccò a terra, proprio mentre un paio di lame fuoriuscivano, scintillanti, dai suoi gomiti.

«Non le ho fatto del male!» ruggì a denti stretti, le narici dilatate e gli occhi due roventi bracieri dorati. «Non le farei mai del male! *La amo!*»

Nathan si fermò a osservare il volto determinato del ragazzo che lo teneva immobilizzato. Nonostante la fermezza della sua dichiarazione, l'istinto lo spinse a testarne le parole con un guizzo della lingua biforcuta. Una miscela pungente di candeggina e aghi di pino invase i suoi sensi. Il sapore non diluito della candeggina dimostrava che Thane aveva detto la verità. Gli aghi di pino rappresentavano, invece, il suo amore – non falso o fugace, ma sempreverde.

Nathan non era sicuro di come si sentisse al riguardo. Cosa significava per Violet? La ragazza ne era al corrente? Se l'amava, avrebbe dovuto sapere meglio di chiunque altro che la cosa migliore per lei era stare lontana dal mondo dei Veniri.

«Perché, allora?» chiese, con un tono carico di angoscia. «Perché non l'hai lasciata in pace? Perché non sei riuscito a starle lontano?»

Dopo qualche istante, la presa di Thane sulle sue braccia si allentò. «Per via di mia madre», disse, infine. «E per quello che mi ha detto prima di morire.»

Nathan lo fissò, sorpreso. Thane aveva solo otto anni quando sua madre era morta. Cosa poteva avergli detto?

«Lei…» La voce di Thane si incrinò. Lo lasciò andare e il

ragazzo scivolò indietro per appoggiarsi con la schiena al muro. «Le sue parole furono: "La vera forza e il vero potere non derivano da pelli dure, da frammenti di cristallo o persino da corone. Vengono da dentro di noi. Dal rialzarsi quando si è stati sconfitti, dal combattere per ciò che è giusto quando tutti gli altri hanno abbracciato ciò che è sbagliato. Derivano dall'impegnarsi per coloro che si amano con una devozione tale da sacrificare tutto per loro".»

Il ragazzo si coprì il viso, respirando a pieni polmoni e Nathan rimase quasi schiacciato dal dolore al ricordo di quanto la madre di Thane avesse sacrificato per suo figlio.

Il giovane Veniri lasciò cadere le mani e continuò, con voce spezzata: «Mia madre era la più forte e la più coraggiosa di tutto quel maledetto alveare ed era solo una fragile Erathi. Quando l'hanno uccisa, non mi è rimasto più nulla. Ho eseguito gli ordini come uno schiavo, in attesa che mio padre mi uccidesse. Ci è andato vicino tante volte e tante volte ho desiderato, ho avuto *bisogno*, che mettesse fine a tutto. Poi qualcosa è cambiato in me... la prima volta che ho visto Violet.»

Thane chiuse gli occhi e Nathan non ebbe bisogno di assaggiare le sue emozioni per trovare conferma al disprezzo per sé stesso inscritto nel suo volto. Rimase in silenzio, lasciando al ragazzo la possibilità di continuare.

«Ogni giorno mi pento di essere stato coinvolto nel suo rapimento, ma allo stesso tempo non posso pentirmi di averla trovata. Lei...» Thane alzò gli occhi al soffitto, alla ricerca delle parole giuste. «Ho visto in lei la stessa forza e lo stesso coraggio di mia madre. Eravamo rintanati in quella baracca da due giorni, in attesa che gli altri Veniri tornassero con altre ragazze. La sua amica era sul punto di crollare, ma Violet ci aveva già pregati di lasciarla andare e di prendere solo lei. Ormai consapevole che nessuna delle due sarebbe tornata a casa, si è fatta forza per entrambe, fino al momento in cui la sua amica ha tirato fuori il pugnale. È rimasta ferita e, quando mi sono voltato verso l'altra ragazza, era troppo tardi. Mio fratello l'aveva già uccisa.»

Thane incrociò le braccia sulle ginocchia piegate. «Violet mi ha ricordato che al mondo non ci sono solo io. Era quello che mia madre aveva cercato di insegnarmi quando avevo otto anni, ma allora non ero riuscito a comprenderlo. Violet mi ha mostrato che anche quando sei sul punto di perdere tutto, puoi comunque dare tutto.»

Il ragazzo rivolse la propria attenzione verso Nathan. «Sia tu che Violet mi avete offerto una seconda possibilità e io mi sono assicurato di fare del mio meglio per dare una svolta alla mia vita, per fare ammenda per il male commesso, per rimediare ai miei errori. E ci ho provato, Nathan, ci ho provato davvero a stare lontano da lei, a concederle lo spazio per vivere la sua vita. Ma una parte di me continua a spingermi nella sua direzione e non ho più la forza di combatterla.»

Nathan elaborò in silenzio le parole del giovane, una malinconica pesantezza nel petto. Non si era mai pentito di aver ucciso suo fratello nel bosco. I tre fratelli maggiori di Thane erano fatti della stessa pasta del loro mostruoso padre – e tutti e quattro erano strettamente avvolti nella tela della regina. *Meno feccia Veneri c'è a questo mondo, meglio è.* Tuttavia, non si era mai reso conto del peso che il ragazzo aveva portato con sé per tutti quegli anni.

«Perché non me ne hai mai parlato?»

Thane sbuffò. «Mi avresti ascoltato? Eri così preoccupato che io stessi lontano da Violet. Non eri ancora pronto ad ascoltare la mia versione.»

Nathan stava per ribattere quando, con un'ondata di vergogna, capì che aveva ragione. «Mi dispiace», disse, infine.

Thane inclinò un angolo della bocca. «Non c'è problema. Sapevo che agivi nel suo interesse.»

Nathan annuì lentamente, facendo proprio quel nuovo sentimento di umiltà.

«Non le ho fatto del male», ribadì il ragazzo. «Mi sono preso cura di lei, assicurandomi che stesse bene. So che pensi che il suo scudo la terrà al sicuro ora che è diventata adulta, ma ciò non ha impedito a un ragazzo di aggredirla in una discoteca. L'ho dovuto investire con la mia auto per far sì che lei e i suoi amici riuscissero a scappare.»

Nathan emise un mugolio di disappunto. «Hai detto che Violet ha riacquistato la memoria. Cosa è successo dopo? Come l'ha presa?»

Thane scosse la testa. «Non bene. Ha cominciato a urlare, come se fosse in preda a una sofferenza atroce e quando mi ha guardato, lei... ricordava tutto. Ho cercato... Ho cercato di spiegare. Ho cercato di dirle che non era in pericolo, ma continuava a urlare e non mi prestava ascolto. Poi ha tirato fuori un coltello e mi ha accoltellato.»

«Ti ha accoltellato?»

«Esatto.» Tirò giù il colletto della camicia, rivelando una brutta ferita. Il centro era nero-bluastro, circondato da carne piena di bolle, come se fosse stata colpita con dell'acido. Linee di pelle frastagliata si diramavano dal centro, disegnando una stella irregolare. «Presumo sia stato tu a darle una lama stellare.» La sua espressione era un misto di indignazione e divertimento.

Nathan inarcò un sopracciglio. «Ti sta bene. Ti avevo avvertito di stare lontano da lei.»

Il ragazzo ridacchiò e scosse la testa. «Dove hai trovato una lama stellare? Violet sa cos'altro può fare?»

Sospirò rumorosamente. «Purtroppo, ci sono molte cose che Violet non sa. E comincio a dubitare della mia saggezza nel tenergliele nascoste.»

Thane annuì. Dopo un attimo, chiese: «Allora, è qui?»

Scosse la testa. «No, non l'ho vista.»

«Perché non me l'hai detto prima?» Il giovane emise un gemito di frustrazione e saltò in piedi. «Dobbiamo trovarla. Puoi provare a chiamarla?»

Nathan si strofinò gli occhi con l'indice e il pollice. «No. Ho... perso il telefono durante la mia permanenza con i cacciatori Erathi.»

Thane sgranò gli occhi. «Ti hanno preso?»

Annuì.

Il ragazzo imprecò sottovoce. «Dannazione. Questo è... Aspetta.» I suoi occhi divennero due fessure. «Com'è possibile che tu sia qui, allora?»

«È una lunga storia. Te la racconterò più tardi.» Si alzò per recuperare la camicia e la giacca di camoscio marrone. «Che ne dici di spiegarmi perché Violet è stata mandata a casa dall'università? E fai in fretta, perché sto uscendo.» Diede un'occhiata all'orologio; Sagan sarebbe arrivato da un momento all'altro e doveva ancora recuperare del cibo e il suo borsone per le emergenze, che si trovava nell'armadio vicino alla porta d'ingresso. Conteneva provviste sufficienti per circa settantadue ore, oltre a una scorta piuttosto ampia e variegata di armi.

Mentre Thane parlava, si diresse in cucina per rovistare nella credenza, ma tutto ciò che vi trovò di commestibile fu un sacchetto di carne secca ancora chiuso. Aveva davvero bisogno di fare rifornimento di generi alimentari.

«Sapevo che c'era qualcosa di sbagliato quella sera», disse il giovane Veniri, prima di raccontare i dettagli dell'omicidio. «Non so come spiegarlo, ma sapevo che sarebbe successo qualcosa di brutto. Riuscivo a sentirne il sapore nell'aria. La cannella. Era così forte. Violet è rimasta sveglia fino a tardi per studiare in biblioteca. È stata l'ultima ad andarsene e io volevo assicurarmi che fosse al sicuro, così l'ho seguita fino in camera. Quando siamo arrivati, nel dormitorio regnava il caos. Una ragazza è stata uccisa. Una sua amica, la cui unica colpa è stata quella di essersi addormentata nel suo letto.» Si passò una mano tra i capelli. «Nathan, l'assassino ha commesso un errore. Cercava Violet. Dobbiamo trovarla.»

«La troverò», affermò con decisione, dopo aver mangiato un boccone di carne secca. Controllò di nuovo l'orologio e si accigliò. Sagan avrebbe già dovuto essere di ritorno.

«Bene», disse Thane. «Andiamo. Guido io.» Fece un passo verso la porta sul retro.

«Aspetta, Romeo» esclamò Nathan, sbarrandogli la strada. «Tu resti qui.»

La fronte di Thane si aggrottò. «Cosa? No, non lo farò. Io…»

Scosse la testa. «Thane, mi dispiace dirtelo, ma sei l'ultima persona che ha bisogno di vedere in questo momento.»

«Ma io…» Il dolore, la sofferenza e la comprensione si rincorsero sul volto del ragazzo.

«Dalle tempo», gli disse. «Ne ha passate tante. Almeno lasciale lo spazio per elaborare le nuove rivelazioni.»

Thane abbassò lo sguardo sul pavimento e le sue spalle si afflosciarono, poi fece qualche passo indietro, fermandosi solo quando urtò il tavolo. Non riuscendo a trovare le parole giuste per alleviare l'atmosfera pesante, Nathan piegò e dispiegò la confezione vuota di carne secca tra le mani. La plastica scricchiolò, riempiendo il silenzio che si stava allungando tra loro.

Poi, all'improvviso, un corpo gli si avventò contro e due braccia gli si strinsero intorno alla vita.

«Nathan! Dove sei stato?»

«Violet?»

Grosse lacrime le sgorgavano dagli occhi rossi e gonfi, colandole sulle guance, e la ragazza seppellì il viso umido nella sua camicia. «Mi dispiace tanto», disse, infine. «Non sapevo dove altro andare. Una ragazza è morta all'università e siamo stati mandati a casa. Ho provato a chiamarti un milione di volte, ma non hai mai risposto.» Alzò lo sguardo su di lui. «Perché non hai risposto a nessuna delle mie chiamate?»

Nathan la fissò, congelato, mentre la sua mente si affannava alla ricerca di qualcosa da fare o da dire.

«Mi dispiace, non volevo piangerti addosso.» Si asciugò le guance con la manica. «Gli ultimi giorni sono stati terribili e…» Soffocò un singhiozzo.

Nathan la abbracciò. «Va tutto bene, Violet.»

La ragazza si accoccolò contro il suo petto e il Veniri cercò di attirare silenziosamente l'attenzione di Thane. Chiaramente, Violet non lo aveva ancora visto, ma lo sguardo del giovane mutaforma era concentrato su di lei.

Proprio in quel momento, il ragazzo si spostò e la sua scarpa fece cigolare lievemente le assi del pavimento.

I singhiozzi di Violet si interruppero e come si girò per guardare dietro di sé, ogni traccia di colore svanì dal suo viso, mentre il suo corpo si tramutava in pietra tra le braccia di Nathan.

23

PERVERSO DIVERTIMENTO

Lo stomaco di Violet ebbe un sussulto.

Thane era in piedi accanto al tavolo con i palmi delle mani tesi verso di lei, le dita allargate. Il suo sguardo si posò sul tatuaggio dello scorpione sul suo collo e il sangue le si congelò nelle vene. Un formicolio percorse la sua spina dorsale e, con la gola serrata, sentì il sapore dell'acido in bocca.

Urlò.

Le braccia di Nathan si strinsero intorno a lei. «Violet, va tutto bene.»

«Violet.» Thane fece un passo verso di lei. «Io—»

La ragazza lo indicò, con il dito che tremava. «È lui! Nathan, è *lui*!»

«Violet, ti prego. Lasciami spiegare», implorò Thane.

Il ragazzo fece per avvicinarsi e il suo corpo si rifugiò contro quello di Nathan.

«Thane. Fermati. Non è il momento.» Il poliziotto si frappose tra loro, bloccandole la visuale, ma questo non impedì all'immagine dello scorpione di cristallo di continuare a bruciare la sua retina. Si rannicchiò contro la sua schiena.

Tra incubi e realtà, non riusciva a proprio a liberarsi di quell'uomo con il tatuaggio sul collo.

«Violet, ti prego, devi credermi…»

«Thane. Smettila», lo avvertì di nuovo Nathan.

La voce di Thane si fece più forte. «Diglielo, Nathan. Dille che non le farei mai del male.»

Violet fu presa dallo sgomento, poi da un terrore grave e nauseante. Si allontanò da Nathan e andò a sbattere contro il bancone, il tutto cercando il suo coltello a serramanico. Entrambi gli uomini si fermarono e si voltarono verso di lei quando udirono il leggero *clic*.

La ragazza puntò il coltello verso Nathan e chiese, a denti stretti: «Lo conosci?»

Gli occhi di Nathan si allargarono. Le si parò di fronte, con una mano tesa nel tentativo di placarla. «Violet, dammi il coltello.»

La ragazza agitò la lama una volta, assicurandosi che fosse fuori dalla sua portata. «Lo conosci?» La sua voce si incrinò.

Nathan aprì e chiuse la bocca e iniziò a scuotere la testa.

«Non mentirmi!» gridò lei.

Il suo petto fu scosso da una serie di singhiozzi. Non poteva essere vero, non poteva essere reale. Era solo un altro dei suoi morbosi incubi. Nathan non poteva – *non poteva* – conoscere l'uomo che l'aveva perseguitata negli ultimi tre anni. Un uomo che aveva tenuto nascosta la propria identità per giocare con i suoi sentimenti, ingannandola per il suo perverso divertimento.

«Da quanto tempo lo conosci?»

Le spalle di Nathan si incurvarono. «Violet, io…»

«Sapevi che era uno degli uomini che hanno rapito me e Lyla?»

Nathan abbassò gli occhi sul pavimento e fece un respiro profondo. «Sì, sapevo che era lui.»

Violet chiuse gli occhi e si premette il palmo della mano libera sulla fronte.

Non è vero, si disse, ma i dolori alla gola e al petto la convinsero del contrario. Se Nathan le aveva tenuta segreta una cosa del genere... allora, cos'altro le stava nascondendo?

«Andiamo, Vi. Perché non mi dai il coltello e ne parliamo?»

Fuori. Aveva bisogno di uscire.

Inchiodò l'uomo con uno sguardo gelido. «Se ti avvicini di nuovo a me, ti *uccido*.» La sua voce grondava veleno.

Con il coltello a serramanico ancora in pugno, si diresse verso l'uscita della sala da pranzo, senza mai distogliere lo sguardo dal poliziotto. L'espressione carica di dolore sul suo volto le provocò un feroce senso di colpa, ma lo accantonò rapidamente: era un traditore.

Si voltò e iniziò a correre, ignorando le suppliche di Thane. Quando fu a pochi metri dalla porta sul retro, però, lo schianto di qualcosa di pesante che colpiva il terreno la fece girare di scatto. Il ragazzo era riverso sul pavimento con Nathan sopra di lui. Violet non si soffermò a guardare la colluttazione. Uscì di corsa dalla porta d'ingresso e raggiunse la jeep.

Non appena il motore si fu risvegliato con un ruggito, imboccò il vialetto e si diresse verso la periferia della città, controllando lo specchietto retrovisore ogni secondo. Non c'era nessuno alle sue spalle. Una volta raggiunto il cartello "Grazie per aver visitato Brookhaven", proseguì nella foresta.

Un suono improvviso la fece trasalire e, abbassando lo sguardo sul telefono che squillava sul sedile del passeggero, vide il nome di Gus che lampeggiava sullo schermo.

Premette il tasto di risposta. «Gus...» disse, con un groppo in gola e gli occhi annebbiati di lacrime.

«Ciao, Vi. Volevo solo controllare come stai. Io e Autumn siamo a casa ora e... Violet? Stai bene? Cosa c'è che non va?»

«Sto solo... Sto—» I singhiozzi le impedirono di continuare. Si asciugò gli occhi con il dorso della mano.

«Dove sei, Violet? Stai guidando?»

Il suo sguardo tornò sulla strada davanti a sé e il suo piede sbatté contro il freno.

C'era una persona in piedi in mezzo alla strada.

La ragazza urlò, mentre la jeep sbandava.

24

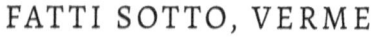

FATTI SOTTO, VERME

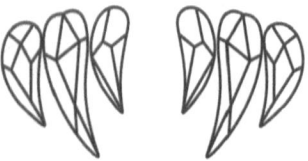

«Lasciami!» ringhiò Thane, dimenandosi. «Devo andare a cercarla.»

Nathan allentò la presa e il ragazzo se lo scrollò di dosso. Il mutaforma più anziano si accasciò a terra, mentre il ragazzo correva fuori dalla porta sul retro, con le assi del pavimento che rimbombavano dietro di lui.

"Se ti avvicini ancora a me, ti uccido." Le parole di Violet risuonarono nella sua mente come una cantilena.

Nathan trasalì e si strofinò gli occhi, ma non riuscì a cancellare il ricordo della sua espressione tradita. Le mani gli caddero lungo i fianchi e rimase a fissare il soffitto rivestito in legno, mentre le sue ultime energie si disperdevano. La stanchezza accumulata degli ultimi giorni stava in fine chiedendo il conto, anche se persino i micidiali raggi di Afrodite erano stati più facili da sopportare delle parole acuminate di Violet.

"...ti uccido."

Quando l'aveva incontrata per la prima volta, era ferita e abbattuta e lui l'aveva aiutata a rimettere insieme i pezzi, per poi distruggerla di nuovo.

E per cosa?

Per Thane?

Scosse la testa. Si sarebbe forse dovuto pentire di averlo rintracciato la notte in cui aveva trovato Violet? La sua intenzione era stata quella di ucciderlo. Il Veniri rappresentava tutto ciò che di corrotto e ripugnante c'era nella sua razza. In quel momento, Nathan avrebbe voluto distruggerli tutti, a partire da quel ragazzo, un patetico Veniri con un tatuaggio sul collo. Quando Nathan aveva alzato un braccio per infliggergli il colpo fatale, però, il giovane non si era opposto alla sua imminente morte. Al contrario, lo aveva implorato di porre fine alla sua vita.

E Nathan si era fermato, incapace di portare a termine la propria missione. L'ultima volta che lo aveva visto, poco prima di fuggire dall'alveare e dai suoi simili, Thane aveva circa otto anni. Nonostante i tratti ormai maturi, però, il ragazzo assomigliava ancora molto a una persona a cui Nathan aveva fatto una promessa molto tempo prima – una promessa poi infranta. Una donna Erathi, anch'essa rapita quando era adolescente e costretta alla schiavitù. Sua madre.

La donna aveva fatto del suo meglio per proteggere il figlio minore dagli abusi del padre e dei tre fratelli maggiori, ma – giunto per lei il momento in cui non avrebbe più potuto prendersene cura – aveva avanzato a Nathan una supplica. Le parole della donna erano ancora impresse nella sua mente, nonostante il tempo trascorso: *"Ti prego! Promettimi che proteggerai mio figlio".*

In quel momento, Nathan era stato sincero nella sua risposta – *"Lo prometto."* – ma in seguito aveva ignorato il proprio giuramento per un tornaconto personale.

Mentre fissava il giovane Veniri, abbattuto e incapace di affrontare ciò che era diventato, tutto il dolore e il rancore verso sé stesso lo avevano travolto. Si era ritrovato di fronte una versione più giovane di sé stesso, nel momento cruciale in cui aveva capito di non voler più essere un mostro.

Con un guizzo, la lingua biforcuta di Nathan aveva assaporato ogni sfumatura del disgusto di Thane per sé stesso, ma non solo: c'era dell'altro nell'aria quella notte, oltre agli aromi densi e amari della disperazione e del dolore. Una brezza marina accennava al desiderio, alla speranza come menta fresca e all'amore. Un amore profondo e vincolante, fresco e penetrante come un cedro.

Per un attimo, Nathan si era chiesto se la sua razza non potesse trovare un riscatto, dopotutto.

Quella notte, nel bosco, aveva deciso di mantenere la sua promessa.

Qualche giorno dopo, però, scoprendo la profondità della sua infatuazione per Violet, lo aveva avvertito di starle lontano. Diavolo, ricordava ancora le parole esatte che aveva usato: *"Avvicinati a lei e ti impalerò con le tue stesse schegge! Capito?"*

Sbatté un pugno sul pavimento di legno. Perché quel maledetto imbecille non gli aveva dato retta? Se Thane si fosse tenuto alla larga dalla ragazza, allora lei—

Un urlo soffocato proveniente dall'esterno interruppe i suoi pensieri e, con l'immagine di Violet che lottava per sfuggire a Thane negli occhi, si voltò verso la porta posteriore, ancora aperta. Digrignando i denti, si mise in piedi e si scagliò in quella direzione, ritrovandosi fuori in poche lunghe falcate.

Una volta all'esterno, un rumore di ghiaia attirò la sua attenzione, facendogli contorcere lo stomaco. Tre uomini vestiti di nero tenevano Thane bloccato a terra alla fine del vialetto; tutti e tre indossavano degli amuleti al collo e avevano tra le mani scintillanti armi in diamantio.

Nathan fece per intervenire, affermando che Thane era solo un Erathi, un semplice umano, ma le sue speranze furono presto deluse. Anche dalla sua posizione, riusciva a scorgere il lieve incresparsi delle scaglie sul viso furioso del ragazzo, sebbene il giovane Veniri stesse facendo del suo meglio per non trasformarsi.

«Andiamo, verme.» Un cacciatore si chinò su di lui. «Mostraci quelle belle schegge.» Appoggiò la punta del machete di diamantio sul suo petto. «Se non vuoi mostrarcele, allora dovrò trovarle da solo.»

«Ehi!» ringhiò Nathan, facendoli voltare tutti nella sua direzione.

«Bene, bene» disse il cacciatore che aveva minacciato Thane, alzandosi. Si appoggiò il machete sulla spalla e l'amuleto gli dondolò contro il petto. Delle dieci fiale, cinque erano piene: cinque tipi di sangue colorato di cinque specie di mutaforma da lui massacrati. L'uomo lo squadrò dalla testa ai piedi con disinvolto trionfo. «Credo che questo sia il nostro fuggitivo, ragazzi.»

Il cuore di Nathan prese a martellare contro la cassa toracica. Come diavolo avevano fatto a rintracciarlo così in fretta?

Il cacciatore ridacchiò. «Dovresti vedere l'espressione sulla tua faccia. Non solo sei stato così stupido da pensare di poter scappare, ma sei stato anche così stupido da prendere un'auto con un dispositivo di geolocalizzazione. Non sei tanto intelligente, eh, verme?»

Nathan strinse i pugni lungo i fianchi. Era stato Sagan a scegliere l'auto. Perché aiutarlo a fuggire per poi farlo catturare di nuovo? A meno che il ragazzo non sapesse del dispositivo di geolocalizzazione.

«Lasciatelo andare.» Nathan indicò il giovane Veniri con un cenno del mento. «Non siete qui per lui. Sono io quello che volete. Lasciatelo andare.»

«Sul serio? Secondo te, dovremmo rinunciare a un bel bonus nella busta paga di questo mese? Non credo proprio.»

Il volto del cacciatore assunse un'espressione minacciosa. «Verrete entrambi con noi.» Poi, l'Erathi abbassò lo sguardo e sul suo viso comparve un sorriso. Indicando con il machete, disse: «Ecco, questo è ciò che mi piace vedere».

Anche Nathan abbassò lo sguardo. Entrambe le lame fuoriuscivano dai suoi gomiti, scintillanti sotto la luce del sole. Ancora una volta, non c'era stato alcun preavviso, ma in quell'occasione non gli importava. Tornò a guardare il cacciatore.

«Forza, verme.» Il suo ghigno grondava malizia. «Giochiamo.»

Nathan balzò in avanti con una velocità così sorprendente che l'Erathi spalancò gli occhi e il suo sorriso presuntuoso svanì. Prima ancora che l'uomo avesse la possibilità di alzare il machete, gli conficcò una lama di diamantio nell'avambraccio. La mano mozzata e il machete di cristallo atterrarono a terra contemporaneamente ai suoi piedi.

Urla cariche di agonia riempirono l'aria. Le ginocchia del cacciatore cedettero e l'uomo cadde a terra, stringendosi il resto del braccio al petto. Schizzi di rosso gli ricoprivano il viso e la mano rimasta.

Nathan rimase quasi a bocca aperta di fronte alla scena. Non aveva mai visto nessuno – Erathi o mutaforma – muoversi con la velocità e l'agilità di cui aveva appena fatto prova. Alzò lo sguardo. Thane e gli altri due cacciatori avevano espressioni simili, stupefatte.

Per diversi secondi, nessuno, a parte il cacciatore urlante, si mosse.

Ripresosi dalla sorpresa, Nathan sorrise, trasformando anche il resto del corpo. La sua pelle si ricoprì di scaglie e tanti pinnacoli di diamantio uscirono in superficie, riflettendo dei puntini di luce sui volti dei cacciatori. Le espressioni stupefatte dei due Erathi si trasformarono in sguardi torvi e, come un sol uomo, si tuffarono su di lui.

Thane ne fece inciampare uno, colpendogli la gamba con un calcio, e Nathan si preparò ad affrontare l'altro.

Il cacciatore colpì e colpì con i suoi due *tomahawk* di diamantio, ma nessuno dei suoi colpi andò a segno. Nathan schivò quegli attacchi aggressivi con la stessa velocità e agilità dimostrata poco prima. O forse era addirittura più veloce? Si era sempre sentito più a suo agio e abile nella sua forma Veniri.

Sorrise – nonostante la situazione, si stava divertendo – e ciò fece arrabbiare ancora di più il cacciatore, i cui attacchi si intensificarono, ma la rabbia e la disperazione lo rendevano maldestro.

Nathan avrebbe voluto continuare a stuzzicarlo con le sue nuove abilità, ma il grido carico d'angoscia di Thane lo riportò alla loro terribile realtà. Bloccò i *tomahawk* con la lama del braccio, poi si avvicinò per un contrattacco, conficcando il ginocchio nell'addome del cacciatore. Una scheggia lo colpì dritto al cuore.

Mentre la vita lasciava i suoi occhi, l'Erathi si accasciò contro il suo ginocchio e i *tomahawk* di diamantio caddero a terra.

Nathan spinse via il cadavere, poi si voltò verso Thane, il quale torreggiava sopra il nemico rimasto. La vittima del giovane Veniri si contorceva a terra, la mano premuta su uno squarcio nel collo. Sebbene Thane fosse rimasto in forma umana, le sue squame facevano capolino lungo le braccia, fin sotto le maniche della maglietta grigio scuro, riflettendo la luce del sole. Il suo petto si alzava e abbassava velocemente, mentre si stringeva una delle spalle con la mano; rivoli di sangue verde acqua gli scorrevano tra le dita.

«Stai bene?» chiese il ragazzo.

«Non badare a me», rispose Nathan. «Dov'è Violet?»

Thane scosse la testa. «Se n'è andata. Se n'è andata prima che potessi raggiungerla. Si è diretta verso la strada principale, vuole lasciare la città. Queste bestie sono apparse proprio mentre se ne andava.»

Alle sue spalle, un ramo si spezzò, facendolo voltare di scatto. Una figura si aggirava tra gli alberi dall'altra parte del cortile. Nonostante il fogliame, non c'era dubbio che si trattasse di un Veniri pienamente mutato. Gli occhi di Nathan si spalancarono quando lo riconobbe e il suo cuore sussultò.

«Kronan», disse, il nome un sussurro sulle sue labbra squamate.

«Cosa? Sei sicuro?» esclamò Thane, correndo al suo fianco.

Nathan fece saettare la lingua. «Sono sicurissimo. Riconoscerei la sua puzza ovunque.»

L'aria era impregnata di cannella, un residuo della brama di uccidere sua e dei cacciatori, ma gli altri aromi nel vento confermarono ciò che Nathan sospettava. L'essenza dell'anima di Kronan, il cugino della regina Idalia, era nota a ogni Veniri dell'alveare. Sapeva di malvagità e vigliaccheria.

Nathan non lo aveva più visto da quando era fuggito dall'alveare. Per anni, si era nascosto dalla sua stessa razza. Eppure, lì a casa sua…

L'intruso sibilò, mostrando la sua lingua biforcuta. Poi, in un lampo, sgattaiolò oltre la recinzione, attraversando il cortile dei vicini e scomparendo dalla loro vista.

Nathan socchiuse gli occhi. La presenza di Kronan implicava che lo avesse mandato la regina. E ciò significava che…

«Dobbiamo prenderlo», esclamò. «Sta cercando Violet.»

Come due proiettili, attraversarono il cortile per inseguire il Veniri, ma un secondo prima di raggiungere la recinzione, Thane scomparve improvvisamente dalla sua vista. Prima che Nathan potesse rendersi conto dell'accaduto, un dolore atroce gli attraversò la gamba. Gridò. Si sentì mancare la terra sotto i piedi e cadde con un sonoro tonfo.

Un uncino di diamantio attaccato a un filo metallico gli aveva trapassato il polpaccio.

Sia lui che Thane furono trascinati all'indietro, direttamente tra le braccia di un nuovo gruppo di cacciatori.

Nathan strinse i denti mentre l'uncino gli lacerava la gamba. Thane grugniva e si dimenava, in preda alla sua stessa agonia, sollevando nuvole di polvere.

Si fermarono a pochi metri dai cacciatori. Come smisero di strattonarlo, fu invaso dal sollievo, ma il dardo continuava a provocare tormentosi spasmi nella sua gamba. Due uomini, uno con il pizzetto marrone e l'altro con i capelli rossi, tenevano tra le mani gli strumenti con cui li avevano catturati. Tra di loro si trovava Matthias, più arrogante che mai, con un'espressione di trionfo sul viso. Ai suoi lati, altri cacciatori puntavano le loro armi su di loro. Uno impugnava una moderna balestra, mentre altri due brandivano quelli che sembravano bazooka sulle spalle.

La paura si fece strada in ogni cellula del suo corpo. Paura per Thane e paura per Violet. Doveva portarli al sicuro. *Forza, Delano. Pensa!*

Si mise in piedi.

«Stai giù, verme» ordinò Matthias.

Il cacciatore con il pizzetto tirò il filo, facendolo cadere a terra. Nathan trattenne un grugnito di dolore e Thane gemette, stringendosi la gamba.

«Resta con me», disse Nathan a voce bassa, in modo che solo il giovane Veniri potesse sentirlo. «Dobbiamo farcela, capisci? Per Violet.»

Il ragazzo incrociò il suo sguardo, poi, con la mascella serrata, fece un brusco cenno di assenso. «Per Violet.»

«Tu occupati di Pel di carota», sussurrò, poi incontrò lo sguardo di Matthias e, a voce più alta, aggiunse: «Io comincerò da quello brutto».

Il cacciatore sorrise, gli occhi resi scintillanti dalla sete di sangue. Alzò una mano e gli fece cenno di avvicinarsi. «Fatti sotto, verme.»

Nathan incanalò la propria energia residua e scattò. Come prima, la sua velocità fu sorprendente, ma insufficiente. Mentre era ancora in aria, i due cacciatori con i bazooka presero la mira, uno su di lui e l'altro su Thane e fecero fuoco.

Nathan si dimenò inutilmente, mentre il proiettile si espandeva in una rete che lo avvolse. Ancora una volta, cadde a terra con un tonfo.

Le sue lame lo avrebbero liberato. Il diamantio poteva tagliare qualsiasi—

Il corpo di Nathan rabbrividì quando una scarica di elettricità attraversò la rete, facendolo quasi esplodere dal dolore. I suoi timpani furono presi d'assalto dalla combinazione dei ruggiti suoi e di Thane e del ronzio ad alta frequenza della rete. Poi, in un istante, la scossa cessò. Le sue estremità erano come intorpidite, tranne la gamba uncinata, dove il dolore si era intensificato.

Sia lui che Thane gemettero. Nathan cercò di girare la testa, ma la rete consentiva solo pochi centimetri di movimento.

«E adesso?» Uno dei cacciatori gli diede un calcio alle costole. «Li riportiamo indietro per terminare il raccolto?»

Matthias si strofinò la mascella. «No, credo di avere un'idea migliore. Sarebbe uno spreco farli a pezzi così presto.» Indicò Nathan. «Voglio vederlo in azione.»

Pel di carota scosse il capo. «Ma questo verme è contrassegnato. Il cliente ha detto che *questo* verme in particolare—»

«So cosa ha detto il cliente.» Gli occhi di Matthias si restrinsero in segno di avvertimento e l'altro uomo abbassò lo sguardo, con le labbra serrate. Mettendosi le mani sui fianchi, il capo si voltò verso Nathan, con un ampio sorriso da squalo. «Inoltre, possiamo ritardare la transazione e guadagnare un po' di soldi in più nel frattempo.»

«E questo, allora?» chiese un altro cacciatore, rifilando un calcio a Thane.

Il ragazzo mostrò i denti, ma la rete gli impedì di reagire.

Matthias fece un ghigno. «Portatelo con voi. È abbastanza forte da essere almeno una buona esca. Dov'è Axel?» chiamò, al di sopra delle sue spalle.

«È ancora fuori a cercare Sagan», rispose.

Matthias si pizzicò il naso. «Speriamo che torni presto e con il ragazzo infilzato nel suo tridente.» Gemette di frustrazione. «In tal caso, uno di voi dovrà andare a recuperare i tranquillanti dal veicolo. L'ultima cosa che voglio è che uno di questi vermi cerchi di scappare. Di nuovo.»

Uno dei cacciatori se ne andò.

Nathan lottò contro la rete. *No, no, no!* Non poteva succedere. Doveva raggiungere Violet. La ragazza aveva bisogno di lui.

«Mmm, mentre aspettiamo i tranquillanti...» Gli occhi di Matthias scintillarono in maniera preoccupante, mentre faceva cenno ai cacciatori rimasti di avvicinarsi. Parlava a voce troppo bassa perché potesse decifrare le sue parole, ma i sorrisi maliziosi sui volti di quegli Erathi non promettevano nulla di buono. Di comune accordo, si allontanarono, lasciando solo Matthias e i due che controllavano le reti elettriche.

Il cuore di Nathan batteva a mille.

Matthias si accovacciò accanto a lui, con le mani appoggiate sulle ginocchia. «Devo ammettere che sei stato un po' più problematico di quanto mi aspettassi.»

Con la coda dell'occhio, il Veniri vide una sgargiante luce arancione. Si voltò, proprio mentre l'odore di petrolio e fumo iniziava a bruciargli i polmoni. Uno dei cacciatori stava cospargendo il portico di casa sua di benzina da una tanica di plastica rossa. Nel frattempo, un altro diede fuoco a uno straccio imbevuto di carburante e ve lo gettò sopra.

No! No! No!

Non c'era nulla che potesse fare. Le fiamme divamparono all'istante, terribilmente rumorose, inghiottendo la sua bella casa in legno. Strattonò la rete. Doveva fermare il fuoco. Doveva salvare tutte le foto incorniciate di Violet che tappezzavano il corridoio. Doveva assicurarsi che le fiamme non raggiungessero la sua stanza, il luogo sicuro in cui poteva sempre tornare. Doveva solo…

«È ora di andare, ragazzi» disse Matthias.

Qualcosa di affilato gli morse la coscia. Ringhiò, lottando più forte per liberarsi. Poteva ignorare il dolore pulsante al polpaccio, il calore intenso delle fiamme e il fumo puzzolente nei polmoni, ma una nuova sensazione di intorpidimento si impadronì del suo corpo, mentre un formicolio si diffondeva dalle dita delle mani a quelle dei piedi. Se solo fosse riuscito—

Con la coda dell'occhio scorse un'ombra nera avvicinarsi. Le sue gambe e le sue braccia si rilassarono, la sua vista si offuscò e la sua mente si intorpidì.

No! Combatti! Rimani sveglio! Rimani sveglio! Rimani… s…

L'oscurità avvolse ogni cosa.

25

UN DIAMANTE INTRISO DI SANGUE

Violet frenò bruscamente e la jeep finì fuori strada, facendo scricchiolare la ghiaia con le ruote. Il suo corpo balzò in avanti e poi indietro, mentre l'auto si fermava di colpo e il motore si spegneva. Per un attimo, il battito accelerato del suo cuore le martellò nelle orecchie.

Cosa diavolo era successo?

Controllò gli specchietti laterali e quello retrovisore, ma la strada dietro di lei era vuota.

Ti prego, dimmi che non l'ho investito.

La cosa giusta da fare sarebbe stata scendere e controllare che stesse bene, ma una piccola parte di lei rimase cauta. Si girò sul sedile e guardò fuori dai finestrini posteriori. Niente. Non riusciva a vedere nulla.

A parte… Era quello…?

Una persona era distesa a terra a pochi metri di distanza, sull'altro lato della strada. Era ancora viva. Anche da quella distanza, Violet poteva vedere l'alzarsi e l'abbassarsi del suo petto.

Con il coltello a serramanico stretto tra le dita, scese dalla jeep e fece alcuni passi sull'asfalto.

La persona si voltò di scatto, lasciandola di sasso.

«Sagan!» Quei capelli biondi e quegli occhi azzurri erano inconfondibili. Corse verso il ragazzo e si inginocchiò al suo fianco. «Stai bene? Cosa stavi facendo in mezzo alla strada?»

Le sopracciglia di Sagan schizzarono verso l'alto. «Violet...» Inspirò qualche boccata d'aria. «Violet, sei qui e sei...» Il ragazzo le rivolse uno sguardo torvo, i suoi lineamenti improvvisamente più duri. «Non puoi stare qui. Devi andartene.»

Violet ispezionò la pelle graffiata e i lividi freschi. Il labbro inferiore era spaccato e il sangue gli colava su un lato del viso da un taglio all'attaccatura dei capelli. Si portò le mani alla bocca. «Oh no! Ti ho colpito.»

Con un gemito e una smorfia, Sagan si sollevò su un gomito, stringendosi con l'altro braccio l'addome.

«Fermo. Non muoverti», gli disse. «Chiamo un'ambulanza. Oh, Sagan, mi dispiace tanto.» Cercò il telefono nella tasca dei jeans, poi si rese conto che era ancora in macchina.

Sagan si aggrappò al suo polso. «Vattene!» urlò. «Devi andartene da qui!»

Violet si bloccò di fronte a quell'improvvisa ferocia. «Cosa? No. Non posso lasciarti qui. Ti ho appena investito con la macchina. Lasciami...»

Il ragazzo scosse la testa, poi fece una smorfia. «No. Non sei stata tu. È stato...» Inspirò affannosamente. «È stato Axel.»

«Cosa? Come sarebbe a dire che non sono stata io? Io...» Fece correre di nuovo gli occhi sulle sue ferite e notò che il sangue sul suo viso era scuro e rappreso. Ovviamente, non poteva essere una ferita fresca. «Sagan, cosa ti è successo? Chi è Axel?»

Un ramoscello si spezzò, facendo alzare lo sguardo a entrambi.

Dalla foresta alle loro spalle, apparve un uomo dalla

corporatura imponente. Quando i suoi occhi si posarono su di lei, sul suo volto comparve un ghigno minaccioso. Un formicolio le percorse la nuca, per poi scivolare lungo la schiena.

La presa di Sagan sul suo polso si strinse. «Come diavolo ha fatto quella cosa a trovarci?» disse, in un tono così sommesso da essere a malapena udibile. «No. Non puoi averla.»

L'uomo emise una risata acuta, come il verso di una strega.

L'impugnatura del coltello le si conficcò nel palmo, mentre il suo pollice trovava il pulsante per rilasciare la lama. Prima che potesse premerlo, però, l'uomo alzò il viso verso il cielo, paralizzandola.

Davanti ai suoi occhi, quell'essere cominciò a trasformarsi.

La consistenza liscia della pelle lasciò il posto a ruvide squame che brillavano alla luce del sole e lame di cristallo irruppero attraverso la carne, lacerandogli i vestiti. Una seconda coppia di palpebre scese sui suoi occhi, di nuovo fissi su di lei. Il suo ghigno malefico si fece più ampio, mettendo in mostra una serie di zanne, proprio prima che una lingua biforcuta spuntasse dalla sua bocca.

«Violet, *scappa*!» ruggì Sagan.

La ragazza udì l'avvertimento, ma il suo corpo si rifiutava di muoversi. Quell'uomo – o meglio, quella *creatura* – era terribilmente simile al mostro che aveva ucciso Lyla. La sua mente cadde vittima di un'agonia sia fisica che emotiva, mentre il ricordo appena ripristinato bruciava nella sua coscienza.

La cosa scattò verso lei e Sagan, facendo grandi balzi con le sue potenti zampe.

Violet inspirò quello che pensava sarebbe stato il suo ultimo respiro e fece l'unica cosa che le venne in mente. Si gettò a faccia in giù sopra Sagan – ogni muscolo, fibra e cellula del suo corpo tesa, in previsione dell'impatto fatale.

Invece, un urlo le trapassò i timpani e una sensazione simile a pioggia calda le bagnò la schiena. Qualcosa di pesante cadde a terra a pochi metri di distanza, rotolando sull'asfalto. Quando osò dare una sbirciata, vide la creatura che si contorceva e si lamentava in mezzo alla strada. Un liquido blu fuoriusciva da uno dei suoi arti.

Un altro uomo con una folta barba grigia emerse dalla foresta e si avvicinò con disinvoltura alla creatura, un tridente scintillante tra le mani. Legate alla sua persona c'erano altre armi, tra cui quella che sembrava una balestra.

Quando Barba Grigia si avvicinò, la creatura smise di dimenarsi e gli si avventò contro. I due si affrontarono in una feroce battaglia: uomo con tridente di cristallo contro bestia vendicativa.

Violet decise di cogliere l'occasione. «Forza, Sagan. Alzati.» Ignorando le proteste del ragazzo, lo mise in posizione seduta.

«Aspetta, mi serve il mio borsone.» Sagan afferrò un borsone nero vicino alla sua coscia, ma Violet glielo strappò immediatamente di mano e se lo mise in spalla. Si aggrappò a lui, avvolgendogli un braccio intorno alla schiena per aiutarlo a sollevarsi da terra. Il ragazzo gemette e trasalì, ma rinunciò subito a opporsi ai suoi sforzi per aiutarlo. Violet incespicò leggermente sotto il suo peso, ma riuscirono comunque a fare qualche goffo passo in direzione della jeep.

«Sagan, ho già visto una di quelle cose. Ha... ha ucciso Lyla.»

«Lo so.»

«Cosa? Come—»

I lamenti dolorosi della creatura si fecero più disperati. La battaglia stava chiaramente andando a favore di Barba Grigia.

«Non credo che quella cosa resisterà ancora a lungo», disse.

«Mmm», mugugnò Sagan. «Dobbiamo comunque andarcene da qui.»

Accelerarono il passo verso la jeep. I ruggiti feroci e il clangore dietro di loro cominciarono a scemare.

«Presto», disse Sagan.

Mancavano ancora tre passi. Poi due.

La bestia emise un ultimo grido, poi il silenzio.

Un'altra scarica di adrenalina attraversò il suo corpo, ma non ebbe il coraggio di guardarsi indietro. Con uno strattone, aprì la portiera del lato del passeggero, vi gettò dentro la borsa e aiutò Sagan a salire sul sedile. Poi, mentre il ragazzo si chiudeva la portiera alle spalle, corse intorno alla parte anteriore del veicolo e salì a bordo. Il suo cellulare, che ora si trovava ai piedi di Sagan, squillò di nuovo, ma Violet lo ignorò.

Per fortuna, aveva lasciato le chiavi nel quadro. Con un colpo di polso, accese il motore, poi diede una rapida occhiata in tutti gli specchietti e il suo cuore ebbe un sussulto.

La creatura giaceva in mezzo alla strada, come morta, ma l'uomo che l'aveva uccisa non si vedeva da nessuna parte.

«Dov'è finito?»

Un fischio proveniente dal finestrino di Sagan attirò la sua attenzione. Entrambi si voltarono e trovarono Barba Grigia che li guardava, sorridente, con quell'aggeggio simile a una balestra in mano.

«Ora, dove pensate di andare voi due?»

Il corpo di Violet si irrigidì e i suoi occhi si spalancarono – il dardo era puntato direttamente su di lei.

Quando nessuno dei due rispose, il ghigno dell'uomo svanì, ma il luccichio nei suoi occhi assetati di sangue rimase. Fece un gesto con la mano che impugnava l'arma. «Per come la vedo io, avete due possibilità. Potete venire con me vivi o... non vivi.» Scrollò le spalle. «In ogni caso, verrete con me.»

La mano di Sagan si mosse verso il borsone che si trovava tra loro.

«Uh-uh», avvertì l'uomo. «Non pensarci nemmeno, Sagan. Mani dove posso vederle. Anche tu, signorina.»

Un sapore acido le risalì la gola, mentre il suo stomaco minacciava di svuotarsi.

La punta scintillante della balestra di Barba Grigia attirò di nuovo il suo sguardo. Doveva fuggire. La sua mente le urlava di uscire dall'auto – *scappa!* – ma, ancora una volta, era paralizzata dalla paura. Avrebbe potuto schiacciare il piede sull'acceleratore, ma a quale prezzo? La balestra di Barba Grigia avrebbe colpito lei o Sagan prima che fosse riuscita a mettere in moto l'auto.

Il ragazzo alzò le mani.

Violet non si mosse e Barba Grigia la osservò con attenzione. Il suo respiro nient'altro che rantoli superficiali, lasciò cadere in grembo il coltello a serramanico e sollevò anche lei le mani.

L'uomo sorrise. «Sono contento di vedere che entrambi sapete seguire semplici istruzioni. Così il mio lavoro sarà più facile.»

Violet sobbalzò udendo la sua improvvisa e roca risata.

«Dovreste vedere le vostre facce. Soprattutto la tua.» Indicò Sagan. «Ci credi così stupidi? Pensavi davvero che ti avremmo permesso di rapire quel verme e di fuggire tanto facilmente? Che ragazzo ingenuo.»

La mente di Violet era in preda alla confusione più totale. Di che cosa stava parlando quel tizio? Chi diavolo era il *verme*? E perché Sagan l'aveva rapito? In che razza di guai si era cacciato? Sagan era... era... In realtà lo conosceva a malapena. Violet non lo aveva visto molto dopo la morte di Lyla.

Il ragazzo le dava ancora le spalle e non aveva modo di indovinare quali fossero le sue intenzioni.

«Verrò con te», disse, infine. «Lasciala andare.»

Barba Grigia accolse la sua richiesta con uno sguardo incredulo. «Mi credi forse così stupido? Pensi davvero che non riesca a riconoscere una taglia quando la vedo?» Frugò in una tasca dei jeans e tirò fuori un pezzo di carta stropicciato.

Sul foglio c'era una sua foto. Le si strinse lo stomaco. Stava forse insinuando che... lei...?

Le sue dita si contorsero, desiderose di afferrare il volante.

La freccia luccicò sotto la luce del sole mentre il cacciatore rimbalzava sulle punte dei piedi, ridacchiando. «Diavolo, deve essere il mio giorno fortunato. Non solo mi sono imbattuto in un altro verme,» disse, inclinando la testa verso la creatura sulla strada, «ma mi hai portato dritto dritto dalla tua preziosa fidanzatina.» Puntò l'arma contro Violet.

Il suo cuore batteva a mille, minacciando di sfondarle la cassa toracica.

L'uomo accartocciò il foglio e se lo rimise in tasca, poi fischiò. «La taglia sulla testa di questa ragazza vale una fortuna. Mi godrò il bonus di questo mese, questo è poco ma sicuro.» La sua espressione divertita divenne all'improvviso di marmo. «Ora spegni la macchina e scendi.»

Sagan non si mosse, quindi non lo fece nemmeno Violet.

L'uomo alzò la balestra, puntandola dritta su di lei. «Non lo dirò più», enunciò, ogni parola lenta e deliberata.

Per qualche istante, tutti sembrarono trattenere il fiato. Solo il ronzio del motore riempiva il silenzio.

Poi, il suono acuto della sua suoneria squarciò la tensione con la forza di una motosega. La ragazza sobbalzò sul sedile, lanciando un'occhiata al cellulare, e Sagan si mosse con velocità fulminea.

Il ragazzo conficcò un pugnale nella spalla di Barba Grigia, facendogli fare un balzo all'indietro con una mezza torsione. L'uomo ringhiò, cercando di puntare nuovamente la balestra verso di loro.

«Vai! Vai! Vai!» urlò Sagan.

Violet inserì la marcia, premette il piede sull'acceleratore e, in preda al panico, assistette inerme mentre la jeep sbandava sulla ghiaia.

Proprio quando sentì che le ruote dell'auto avevano finalmente toccato la strada, Sagan urlò.

Guardò verso di lui. Una freccia aveva attraversato non solo la portiera dell'auto, ma anche la sua gamba, appena sopra il ginocchio. La punta della freccia luccicava, come se fosse fatta di diamante. Un diamante intriso di sangue.

«Oh, no! Sagan!»

«Non rallentare! Vai più veloce!» ringhiò a denti stretti.

Violet accelerò, senza smettere di guardare il ragazzo al suo fianco. I suoi jeans neri erano diventati più scuri e sembravano luccicare intorno al metallo che sporgeva dalla gamba.

«Dimmi cosa devo fare, Sagan. Come posso aiutarti?»

«Guida e basta. Qualsiasi cosa succeda, non fermarti.» Mentre parlava, creò un laccio emostatico di fortuna con la cintura intorno alla parte superiore della coscia, poi si fermò per qualche istante, respirando a fondo.

«Cosa stai facendo?»

Sagan non rispose e Violet assistette, inerme, mentre afferrava l'estremità del dardo e cominciava a spingerlo più a fondo nella coscia, gridando di dolore.

«Cosa stai facendo?» esclamò. «Smettila! Ti porterò in ospedale il prima possibile.»

«Niente ospedali. Continua a guidare», esclamò lui, con parole piene di tormento.

«Sagan, smettila! Stai peggiorando la situazione.»

Il ragazzo sibilò, agonizzante: «Devo tirarlo fuori».

«Ti prego, aspetta che trovi un ospedale. Un medico lo tirerà fuori.»

«Ho detto niente ospedali!»

«Va bene! Aspetta almeno che accosti, così potrò aiutarti.»

«No! Non fermarti! Ci troveranno. Questa roba contiene un dispositivo GPS.»

«Cosa?» Violet si strofinò il palmo della mano sulla fronte. «Stai dicendo che quel tizio ci sta seguendo?» Guardò nello specchietto retrovisore, aspettandosi di trovarvi un veicolo in corsa.

«Sì. Per questo devo liberarmene al più presto», disse Sagan, gemendo, con le mani sporche di un liquido cremisi, mentre muoveva nuovamente il dardo.

Violet avrebbe tanto voluto potersi coprire le orecchie per soffocare le grida agonizzanti. Con un ultimo sofferente gemito, il ragazzo estrasse la freccia e la tenne sollevata in alto. Dalla punta pendevano pezzi di carne rossa.

Violet fu assalita da una serie di conati di vomito e il sapore acre della bile le colpì la lingua. Si coprì la bocca con una mano.

Sagan gettò il dardo fuori dal finestrino e si accasciò sul sedile. Con lentezza, rovistò ancora una volta nella borsa e tirò fuori una fiala di vetro contenente un liquido bianco e perlaceo.

«Wow», mormorò. «Cos'è questa roba?»

«È meglio che tu non lo sappia», rispose il ragazzo, svitando il tappo e versandosene qualche goccia sulla gamba, poi inclinò la testa all'indietro e ne bevve un sorso. Dopo un conato di vomito, si pulì la bocca con la manica.

«Chi era quel tizio?» chiese.

«Axel.»

Violet prese nota di tutte le sue ferite. «Perché quel tizio, Axel, ti sta dando la caccia? Che cosa è successo?»

Il ragazzo rimase in silenzio per qualche secondo. L'unico suono all'interno dell'auto era quello dei suoi respiri affannati. «Ho fatto una cosa che ha fatto arrabbiare mio padre. Ha mandato Axel a cercarmi e mi ha teso un'imboscata a casa mia. Sono riuscito a scappare dalla porta sul retro e ho attraversato la foresta, fino a raggiungere la strada che porta fuori città.»

«E che mi dici di quell'altro tizio, quella creatura con le squame e gli spuntoni?»

«Era... uhm...» borbottò, mentre la sua testa cominciava a inclinarsi.

Violet gli afferrò una spalla e gli diede una scrollata. «Sagan? Cos'era quella cosa?»

Il ragazzo alzò la testa, inspirando a fondo. «Era un Veniri.»

«Un *cosa*? Cos'è un—»

Sagan continuò a parlare, interrompendola. «Ma non preoccuparti, Violet...»

Non riuscì a cogliere il resto della sua frase, se non qualcosa a proposito di uno scudo.

«Perché quel tizio mi stava cercando?»

Nessuna risposta.

«Sagan?»

Gli lanciò un'occhiata. I suoi occhi erano chiusi e la testa inclinata di lato.

«Sagan?»

Ancora nessuna risposta. Gli batté sulla spalla. «Sagan, devi dirmi dove andare.»

Niente.

Soffocò un singhiozzo e afferrò il volante, cercando di ricacciare indietro il panico. Che diavolo ne sapeva lei di come scappare da barbuti psicopatici? E se fosse stato ancora sulle loro tracce? E se fosse riuscito ad attaccare un altro dispositivo al retro dell'auto? Si sarebbe dovuta fermare a controllare.

No! Sagan le aveva detto di non fermarsi. Avrebbe dato ad Axel l'opportunità di raggiungerli.

Premette più forte sull'acceleratore e il motore ruggì. Gli alberi ai lati della strada sfrecciarono più velocemente. *Più veloce. Più veloce.*

All'improvviso, un suono acuto si levò dal vano piedi. Violet sobbalzò e lanciò un urlo, facendo sbandare l'auto e facendola finire nella corsia sbagliata. Il suono proseguì, mentre rilasciava un poco la pressione sull'acceleratore e riprendeva il controllo dell'auto. Lanciò un'occhiata a Sagan, ma il ragazzo non si era mosso di un centimetro.

Mentre allungava la mano, notò il nome di Gus che lampeggiava sullo schermo del telefono.

«Gus?»

«Violet! Che diavolo sta succedendo? Stai bene?»

«Sì, sto bene. Almeno… Sto…» Le parole le si bloccarono in gola.

Udì la voce di Autumn in sottofondo. Poi, entrambe le voci divennero forti e chiare, sovrapponendosi a vicenda, mentre Gus – o almeno così immaginava – metteva il telefono in vivavoce.

Il sollievo scacciò via il panico e scoppiò a piangere. «Oh, mio Dio, ragazzi. Non avete idea di quanto sia felice di sentire le vostre voci.»

«Violet, che succede?» chiese Gus.

Violet sospirò tra le lacrime. «È una storia lunga e assurda.»

«Raccontaci *tutto*», esclamò Autumn.

26

SEH'VUTHI

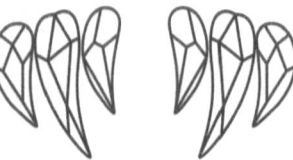

AI MARGINI DELLA SUA MENTE, LA CONSAPEVOLEZZA AVANZAVA come nebbiosi filamenti. Da quanto tempo stava dormendo e quanto gliene restava prima di essere trascinato di nuovo nell'oblio? Una profonda stanchezza gli attanagliava le membra, ma qualcosa lo assillava. C'era qualcosa che doveva fare, ma che cosa?

Una stretta rete gli aderiva al corpo, legandogli le gambe e le braccia al petto. Cercò di muovere le dita, ma riuscì a malapena a fare un debole cenno. Una sensazione simile a un formicolio gli solleticò le squame. Era in forma di Veniri? Perché? Quando si era trasformato?

Dove mi trovo?

Era supino, il suo corpo dondolava dolcemente e la superficie dura su cui era sdraiato vibrava. Doveva essere sul retro di un qualche veicolo. Forse un furgone? Qualcos'altro giaceva alla sua sinistra, urtando la sua spalla a intervalli regolari.

Dopo una leggera scossa, il movimento cessò. La superficie sotto di lui continuava a vibrare, anche se il ringhio del motore si era placato, fino a diventare un delicato ronzio.

La portiera di un'auto si aprì e si richiuse con un botto. Pochi secondi dopo, anche lo sportello posteriore si aprì, proiettando una luce intensa sulle sue palpebre chiuse. Anche il semplice gesto di sollevare le palpebre gli pareva una missione impossibile, ma riuscì comunque ad aprire gli occhi quel tanto che bastava per scorgere un volto familiare.

Thane.

«Era ora che ti facessi vivo, Axel» disse una voce maschile dall'esterno del veicolo. «Dov'è il ragazzo?»

«Se n'è andato», disse una voce più bassa e roca.

Seguì una serie di colorite imprecazioni.

Nathan fece del suo meglio per tenere a bada la nebbia che minacciava di oscurare il suo cervello, mentre ascoltava il resto della conversazione.

«Aspetta a disperarti», disse il tizio chiamato Axel. «Sono riuscito a piazzare un dispositivo di tracciamento sulla sua macchina.» Grugnì come se stesse sollevando qualcosa di pesante e, un secondo dopo, Nathan udì un tonfo alla sua destra. «Questo l'ho trovato mentre inseguivo il ragazzo.»

La prima voce sbuffò. «Dovevi pugnalarlo così tante volte? Dovrò lavare via tutto il sangue quando torneremo. Perché non hai usato le reti stordenti come abbiamo fatto con gli altri due?»

Axel ridacchiò. «E che divertimento c'è? Allora, avete preso il fuggitivo? E da dove viene l'altro verme?»

«Non lo so. L'abbiamo trovato insieme al fuggiasco.»

«Pare che queste cose si moltiplichino più velocemente di quanto riusciamo a ucciderle.»

«Meglio così. Più ne uccidiamo e più veniamo pagati.»

Axel ridacchiò. «A proposito di essere pagati, ho trovato anche quella ragazza. È fuggita insieme al giovane Branstone.»

«Quella certa Violet?»

Nathan raddrizzò le antenne. *Violet.*

«Sì», fu la risposta.

Uno schiocco di lingua. «Ancora non capisco quella taglia. Cosa c'è di così speciale in lei? È solo un'umana.»

«Non mi interessa, basta che mi paghino» disse Axel.

«Andiamo a prenderli, allora, e facciamoci pagare.»

Lo sportello si chiuse di botto e in breve tempo il suo corpo ricominciò a ondeggiare.

Il cuore di Nathan prese a battere più forte. Dove li stavano portando? Scavò nella propria mente, cercando di trovare, oltre il buio che avvolgeva i suoi ricordi, qualsiasi cosa potesse fornirgli un indizio.

Quegli uomini avevano parlato di—

Violet!

Dov'era? Dov'era Violet?

Il volto della ragazza si materializzò con sorprendente chiarezza attraverso la nebbia che gli ottenebrava la mente, facendogli quasi credere di poterla raggiungere e toccare, ma avidi tentacoli intrisi di terrore le afferrarono le spalle e le braccia e si attorcigliarono intorno al suo collo, allontanandola da lui. La giovane urlò e, allungando le braccia nella sua direzione, lo pregò di salvarla, ma i tentacoli soffocarono le sue grida. La stavano trascinando verso un campo erboso con tre lapidi: le tombe delle persone a lui più care.

No! Non Violet!

Nella sua mente, si lanciò verso di lei e afferrò la sua mano tesa, usando ogni grammo della propria energia ormai agli sgoccioli per tirarla in uno stretto abbraccio. Invece di opporsi, i tentacoli intrappolarono anche lui, trascinandolo verso lo stesso destino.

Un urlo pose fine all'incubo. Dalla parte anteriore dell'auto provenivano feroci imprecazioni.

«Quel dannato ragazzo si è liberato del localizzatore!»

«Allora, da che parte devo andare adesso?»

«Non lo so!» ruggì la voce.

Una nebbia nera avvolse la sua mente, impedendogli di udire il resto della conversazione. Non poteva più opporsi. Nella sua testa, stava ancora stringendo Violet, mentre i tentacoli avevano lasciato la presa, ritraendosi di nuovo nelle loro oscure profondità.

Poi la nebbia inghiottì entrambi, gettandoli in un profondo abisso.

* * *

«Nathan?»

Il Veniri si agitò al suono del proprio nome.

«Nathan? Sei sveglio?»

Cercò di rispondere, ma riuscì solo a emettere un gemito intontito.

«Nathan, svegliati.»

Aprì gli occhi e sbatté le palpebre, la vista immersa nell'oscurità. «Thane?»

«Sì, sono io» fu la risposta proveniente dalla sua sinistra.

Nathan cercò di girare la testa, ma la rete gli impediva ancora di muoversi. «Maledizione», disse, mentre i ricordi gli tornavano alla mente, rammentandogli la triste situazione in cui si trovavano. Per fortuna, la nebbia si era un po' diradata. Il tranquillante stava perdendo il suo effetto. «Dove siamo?»

«Non lo so», disse Thane. «Mi sembra che stiano guidando da ore.»

«Da quanto tempo sei sveglio?»

«Ehm, non ne sono sicuro. Forse un'ora? Ho provato a svegliarti, ma eri piuttosto fuori di te.»

Nathan gemette. Il suo corpo aveva un disperato bisogno di riposizionarsi, ma la rete che lo incapsulava non lo avrebbe mai permesso. «Hai per caso un'idea di dove ci stiano portando?»

«No, nessuna.» Passarono alcuni secondi, poi Thane continuò, con il panico che gli riempiva la voce: «Dunque, cosa facciamo adesso? Come facciamo a raggiungere Violet? Dobbiamo uscire di qui e andare a cercarla. Dobbiamo...»

«Lo so, lo so. Cerca di stare calmo.» Non aveva alcuna intenzione di ammettere di provare lo stesso panico. «Al momento non possiamo fare nulla, a meno che tu non sia riuscito a liberarti dalla rete.»

«No. Credimi, ci ho provato.»

Inspirò dal naso. «D'accordo, allora non possiamo che aspettare. Quando sapremo cosa sta succedendo, forse potremo escogitare un piano.»

Nathan cercò di evitare che la sua mente divagasse, andando ad analizzare e rianalizzare inutilmente tutto quello che era accaduto negli ultimi giorni. Aveva bisogno di concentrarsi su qualcos'altro, di parlare di qualcos'altro.

«Allora, se hai passato tanto tempo con Violet, come hai fatto a tenerle nascosto il tuo tatuaggio?»

«All'inizio con le sciarpe. Poi ho trovato un correttore in grado di nasconderlo.»

«Non deve aver funzionato molto bene, se lei l'ha visto.»

Thane gemette. «Sono stato un po' distratto e... mi sono dimenticato di metterlo. Come puoi immaginare, si è scatenato l'inferno.»

Nathan non riuscì a trattenere un piccolo sorriso. «Cosa ti aspettavi? Il suo trauma era così profondo che lo scudo non poteva eliminarlo del tutto e quel piccolo dettaglio si è trasformato nella chiave dei suoi ricordi. Vedere il tuo tatuaggio li ha sbloccati tutti.» Cercò di scuotere la testa, ma la rete glielo impedì. «Deve aver provato un forte dolore quando è tornato tutto a galla.»

Thane gemette. «Sì, quella parte è stata la peggiore.»

«Ci credo.»

«Fino a quel momento le cose andavano a gonfie vele. A parte l'incidente con la ragazza al college, Violet era… felice.»

Nathan fissò il soffitto scuro del furgone. «Come vi siete conosciuti, la seconda volta?»

«Sì, la seconda volta…» disse il giovane, dopo una risatina nervosa, e iniziò a raccontare la storia dell'incontro con Violet al bar. «Dopodiché abbiamo iniziato a frequentarci, sai, a chiacchierare davanti a caffè e chai. E poi io…» Thane si schiarì la gola. «L'ho aiutata con uno dei suoi compiti e poi… vedi, c'erano queste…»

«Cosa?» chiese, quando il ragazzo si zittì.

«C'erano queste strane luci dorate.»

Nathan aggrottò la fronte.

«Non ho idea di cosa fossero», continuò Thane. «È stato un po' strano.»

«Hai detto che erano dorate?»

«Sì.»

«Irradiavano dalla tua pelle?»

«Sì. Come hai—»

Nathan imprecò sottovoce. Al di là delle proprie riserve sulla relazione tra i due, la situazione era più seria di quanto avesse immaginato. E chiaramente fuori dal suo controllo. «Di che colore erano le luci di Violet?»

«Di Violet? Come sarebbe a dire? Lei… c'erano solo luci dorate.»

Nathan sospirò.

«Nathan? Sai di cosa si tratta?»

«Quello che hai vissuto è l'inizio del Seh'vuthi.»

«No», disse Thane dopo una breve pausa. «Non può essere. È… è proibito.»

Nathan si lasciò sfuggire una risata amara. «Secondo la regina Idalia, ma non è in suo potere controllarlo, nonostante lei e sua madre ci abbiano provato, mettendo al bando ogni discorso e insegnamento in merito. È solo diventato eccezionalmente raro, soprattutto da quando è stato introdotto il programma di riproduzione. Ma quando accade, non è una cosa da sottovalutare.»

«Cosa...? Come fai a sapere tutte queste cose?»

«L'ho visto accadere due volte. Una quando ero bambino, all'epoca in cui fu bandito. Iniziò una rivolta, guidata da due Veniri che lo avevano sperimentato. Il regno della regina Imoranda era quasi giunto al termine. Sfortunatamente, la coppia fu catturata e giustiziata e la regina Imoranda scatenò la sua ira sul popolo Veniri e sui ribelli.»

«Non è questa la versione che ho sentito», disse Thane.

Nathan ridacchiò. «Sì, beh, la famiglia reale preferirebbe che la verità andasse perduta, ma siamo ancora in troppi a ricordare quello che è successo davvero.»

«Allora, cos'è questo Seh'vuthi? Che cosa fa?»

«È quando... Vediamo... Come posso spiegarlo?» Gli occhi di Nathan vagarono nell'oscurità. Perché doveva essere lui a fornirgli quella spiegazione? Avrebbe preferito rivelare che Babbo Natale non esiste, o che l'insalata di granchio in realtà non contiene granchio – non quella roba da "papà, come nascono i bambini?". «Quello che hai sperimentato è l'inizio di un, per mancanza di una parola migliore, "legame dell'anima". Accade quanto tu, o meglio, la tua anima trova qualcuno a cui vuole legarsi. Le tue luci dorate erano una sorta di proposta.»

«Cosa...? Proposta? Nel senso di... *matrimonio?*»

Nathan rabbrividì. «Essenzialmente, sì. Ma invece di abiti bianchi e completi eleganti, come i matrimoni Erathi, il Seh'vuthi è più profondo. È più metafisico. La tua anima inizia a integrare elementi dell'altra persona: ciò che vede, ciò che sente e come percepisce le cose. Tutto ciò che ti può aiutare a capirla a un livello più profondo. Tuttavia, il processo di Seh'vuthi si completa solo se l'anima dell'altra persona accetta la tua proposta.»

«*Oh...* quindi, come si fa a sapere se l'altra persona ha accettato?»

«Appaiono delle luci anche intorno a lei e alla fine le vostre anime si intrecciano. Non so se sia lo stesso per ogni coppia, ma si inizia a poter fare cose come comunicare mentalmente. Forse, le abilità speciali di uno vengono condivise anche dall'altro. Ciò che prima andava a vantaggio di uno ora va a vantaggio di entrambi. Questo è il motivo principale per cui i ribelli Seh'vuthi sono quasi riusciti a rovesciare la regina Imoranda, che ha deciso di mettere la pratica fuori legge.»

«Aspetta un attimo,» disse Thane, «hai detto di averlo visto due volte. Chi era l'altra coppia?»

Nathan aprì la bocca, ma non riuscì a dargli una risposta.

«Eri tu, vero?» chiese il ragazzo, dopo qualche istante. Nathan non poteva vedere il suo volto, ma lo shock era evidente nella sua voce. «Ma... con chi?»

«Preferirei non parlarne.» Chiuse gli occhi, lasciando che la pausa nella conversazione si prolungasse. Un ricordo di tanti anni prima gli tornò alla mente. Un volto, il cui sorriso e la cui luce erano radiosi come sempre, oscurati solo dall'ombra del suo dolore.

«Come vuoi.»

Thane si agitò nell'oscurità accanto a lui. «Non sono sicuro di voler condividere una qualsiasi delle mie abilità con Violet», disse alla fine. «L'ultima cosa di cui ha bisogno è diventare una vergognosa macchina assassina. Credo che preferirei evitare il Seh'vuthi e limitarmi al Giuramento Divino.»

«Cosa?» esclamò Nathan. «Dimmi che non l'hai fatto. Dimmi che non le hai prestato il Giuramento Divino.»

Thane non rispose.

«Ma lei non è un membro della famiglia reale. Non è nemmeno una Veniri.»

«Non m'importa», disse Thane, la voce decisa e affilata. «Non sprecherò il mio giuramento su un Veniri, soprattutto una bestiaccia come Idalia, che pensa di poter…»

«Ritira. Subito. Le. Tue. Parole» rantolò una nuova voce.

Nathan si bloccò.

Tra respiri affannati e rantoli, la voce nell'oscurità continuò: «Rinnega le tue parole e sarò misericordioso, in nome della Sua Divina Maestà, la Regina Idalia, e ti risparmierò la vita.»

Non appena riconobbe la voce, il risentimento invase il suo corpo. «Kronan», disse a denti stretti.

Fece saettare la lingua attraverso le maglie della rete e… Eccolo, il fetore putrido della sua anima.

Il Veniri emise un altro rantolo. «Non hai idea di quanto a lungo abbia atteso questo giorno, Nathan. Il giorno in cui finalmente metterò fine alla tua vita.»

Qualcosa di pesante si mosse alla sua destra. Un'ondata di paura e di furia gli fece scorrere l'adrenalina nelle vene e, con un impeto di disperazione, lottò per liberarsi dalla rete.

Poi, all'improvviso, il veicolo si spense e tutto divenne silenzioso.

Senza preavviso, lo sportello si aprì e una luce bianca e brillante penetrò nel furgone. Attraverso le palpebre socchiuse, Nathan vide le sagome di tre cacciatori che incombevano su di loro.

Kronan balzò in avanti con un grido e si avventò su di loro.

«Accidenti, Axel» esclamò un cacciatore. «Pensavo avessi detto di averlo ucciso.»

«Eh.» Un quarto cacciatore con la barba grigia entrò nella sua visuale. «Sembra che mi sia sbagliato.»

Mentre i tre cacciatori si occupavano di Kronan, Axel si avvicinò, afferrò la sua rete e lo tirò fuori dal veicolo, facendolo cadere a terra senza tante cerimonie. Pochi secondi dopo, Thane si accasciò accanto a lui.

Le grida di Kronan erano ormai ridotte a rantoli ansimanti.

Nathan cercò di cogliere più dettagli possibile dall'ambiente circostante. Era sdraiato sul legno. Lo sciabordio dell'acqua risaliva da sotto le assi e il forte odore di sale gli riempiva i polmoni a ogni boccata d'aria. I gabbiani stridevano sopra di lui. Girò la testa, per quanto la rete lo permettesse, e avvistò diverse barche che dondolavano dolcemente tra le onde.

Axel afferrò ancora una volta la rete e lo trascinò su una passerella, poi giù per alcune scale, fin dentro la stiva di una delle barche. Infine, lo spinse in una cassa fatta di un familiare metallo verde. Il coperchio si chiuse rumorosamente e, subito dopo, un altro cacciatore fece lo stesso con Thane.

A quel punto, un volto con un familiare ghigno da squalo apparve tra le doghe e Nathan strinse i denti, lottando con forza contro la rete.

Matthias si avvicinò. «Risparmia le forze per i combattimenti, verme, e assicurati di rendermi orgoglioso.»

Con un occhiolino, si voltò e gli altri cacciatori lo seguirono su per le scale. L'ultimo chiuse la porta dietro di sé, facendo piombare ancora una volta il mondo di Nathan nell'oscurità.

RISO AROMATIZZATO

Violet chiuse gli occhi e inclinò la testa all'indietro, godendosi il tepore del sole. Accanto a lei, Autumn si lasciò cadere sulla coperta da picnic e si appoggiò alla sua spalla.

«Come ti senti?» le chiese, appoggiando la guancia sulla sua testa.

Autumn sospirò. «In realtà, mi sento un'amica davvero di merda. Dovrei andare, ma… non ci riesco.» Si voltò con il viso verso il suo braccio e un singhiozzo le scosse il petto.

«Va tutto bene.» Gus si sedette dall'altro lato e, imitato da Violet, le avvolse un braccio intorno alla schiena. «Possiamo organizzare la nostra commemorazione. Una in cui facciamo una maratona dei suoi film preferiti indossando magliette di Hello Kitty e ci abbuffiamo con i suoi snack giapponesi preferiti.»

Autumn ridacchiò. «In effetti, è una buona idea. Il funerale sarà probabilmente molto più formale e cupo, per niente simile a Bessie.»

«Sì», concordò Violet, sebbene anche lei provasse del senso di colpa alla prospettiva di non essere presente durante il servizio funebre dell'amica. Quando i tre avevano ricevuto un'e-mail con i dettagli, avevano discusso seriamente di andarci – avevano persino comprato i biglietti aerei – ma, con l'avvicinarsi della data, il dolore di Autumn si era fatto troppo violento. Violet comprendeva il suo stato d'animo, sapeva cosa significasse non essere pronti a dire addio a un'amica.

«Va bene, consideralo fatto» disse Gus. «Una volta a casa, ordinerò un'oscena quantità di cibo spazzatura giapponese.»

«Fantastico.» Autumn si asciugò le lacrime.

«E tu, Sagan?» disse Gus. «Sarai dei nostri?»

Il ragazzo si fermò sul bordo roccioso del torrente a pochi metri di distanza. «Non credo», disse, scuotendo leggermente la testa. «Non la conoscevo.»

«A Bessie non dispiacerà», replicò Autumn. «Semmai, si arrabbierà per la tua assenza.»

«Non vorrei intromettermi», rispose il ragazzo.

Si chinò, raccolse un sasso e lo gettò nell'acqua. Il suo viso si contorse in una leggera smorfia, mentre si massaggiava la coscia. Da quando lui e Violet erano arrivati da Gus e Autumn, poco più di una settimana prima, la sua gamba era migliorata molto, ma non si era ancora ripreso del tutto.

«Vieni a sederti, Sagan.» Violet indicò lo spazio vuoto accanto a sé sulla coperta. «Fai riposare la gamba.»

«Sì, dai» disse Gus. «Nessuno penserà che tu sia meno macho se ti rilassi per un po'.»

«No, sto bene così.» Il ragazzo incrociò le braccia, mentre spostava il peso da una gamba all'altra.

Gus si appoggiò sui gomiti. «Come vuoi.»

Il silenzio cadde fra loro, lasciando spazio ai suoni della natura. L'acqua del ruscello gorgogliava e si agitava in un moto ondeggiante, mentre lo scroscio di una cascata nelle vicinanze aggiungeva note gravi a quella melodia. Gli uccelli svolazzavano e cinguettavano e il vento faceva frusciare l'erba e le canne sulla riva.

Gli occhi di Violet seguirono un fulgido martin pescatore blu e verde mentre si librava sull'acqua. Le sue ali sbattevano a una velocità impressionante. Poi, con una grazia straordinaria, si tuffò nell'acqua, per riemergerne un secondo dopo con una preda stretta nel becco affilato. A quel punto, volò fino a un ramo, vi sbatté contro il pesce e lo divorò.

La ragazza si mordicchiò il labbro, rimuginando sugli eventi delle ultime settimane. Alcuni non le sembravano ancora reali.

Aveva impiegato diversi giorni per raggiungere la piccola comunità hippy dei cugini, concedendosi solo qualche breve sonnellino infestato da nuovi incubi di tridenti di cristallo, frecce di diamante e creature dalla lingua biforcuta. L'uomo con il tatuaggio non era più al centro dei suoi sogni, ma la sua presenza continuava a infestare la sua mente e, di tanto in tanto, il suo volto assumeva le sembianze di Thane.

Sagan era rimasto incosciente per quasi tutto il viaggio. Quando si svegliava, era solo per bere un altro sorso di liquido bianco perlaceo e domandarle dove si trovassero, concedendole a malapena il tempo di rispondere, prima di perdere di nuovo i sensi.

Più volte aveva avuto l'impulso di fermarsi a una stazione di polizia, ma per cosa? Quale poliziotto avrebbe creduto alla sua storia di un uomo con un tridente di cristallo che uccideva un umanoide rettiliano e che si metteva a inseguirla? Inoltre, Nathan era un poliziotto e Violet si era fidata di lui. Come avrebbe potuto fidarsi ancora di un poliziotto, soprattutto uno che non conosceva?

Una volta raggiunto l'oceano e la casa di Gus e Autumn era quasi crollata per la stanchezza e il sollievo.

La mamma di Gus, Dawn, era un medico e si era occupata rapidamente di Sagan, il quale si era ripreso ancora più rapidamente, stupendo tutti quanti. Dopo una sola settimana, la sua ferita sembrava già una vecchia cicatrice e Violet aveva il forte sospetto che il liquido misterioso contenuto nel suo borsone c'entrasse qualcosa.

Durante il viaggio, aveva parlato al telefono con i cugini, raccontando loro tutto ciò che sapeva, ma non era riuscita a rispondere a molte delle loro domande, come ad esempio cosa fosse la creatura o perché Axel la stesse cercando. Quando Sagan si era ripreso abbastanza da poter sostenere una lunga conversazione, Gus e Autumn lo avevano bombardato di domande. All'inizio, il ragazzo aveva tenuto la bocca chiusa, ma non c'era voluto molto per farlo cedere, soprattutto quando gli aveva fatto notare di avere il diritto di conoscere almeno il perché della taglia sulla sua testa.

Per ogni sua risposta, però, nella mente di Violet erano sorte almeno altre dieci domande e le nuove parole apprese non smettevano di frullarle nella testa. *Veniri, diamantio, Erathi.*

La parola Erathi la divertiva. Era il modo in cui i mutaforma chiamavano gli umani – quelli come *lei*. Se non avesse visto di persona la creatura con la lingua biforcuta, avrebbe pensato che il liquido lattiginoso di Sagan fosse in realtà un allucinogeno.

Nonostante le informazioni fornite, però, il ragazzo non aveva fatto luce sul perché l'uomo con la barba grigia la stesse cercando. O non poteva o non voleva. Violet non sapeva bene quale delle due fosse l'opzione corretta, ma l'espressione che aveva usato era "essere braccata".

Il suo corpo fu percorso da un brivido al ricordo di quelle parole.

Il debole suono di una campanella attirò la loro attenzione.

«È ora di pranzo.» Gus saltò in piedi e tese le mani per aiutare entrambe le ragazze ad alzarsi. Poi, quando ebbero ripiegato la coperta da picnic, si avviarono tutti insieme lungo il sentiero, inseguendo il suono della campanella.

Dopo pochi passi, Violet si fermò ad aspettare Sagan, osservandolo mentre si faceva strada con cautela lungo il leggero pendio dove il bordo roccioso del torrente incontrava il campo erboso. La sua gamba ferita traballò su una roccia, facendolo inciampare.

Violet si precipitò a sostenerlo. «Ecco, lascia che ti aiuti.»

«Grazie, ma posso farcela da solo.»

Ignorando le sue proteste, gli afferrò un braccio e se lo fece passare dietro il collo.

«Ho detto che posso farcela.» Nonostante il tono duro, il ragazzo non la spinse via. Il suo zoppicare era lieve, ma Violet capì che stava ancora soffrendo, nonostante l'espressione impassibile.

«Dovresti prendere degli antidolorifici.»

Il ragazzo sbuffò. «Posso sopportarlo. Ne ho passate di peggio.»

«Davvero? Quanto di peggio? Ti è capitato di perdere tutta la gamba?»

Sagan sbuffò di nuovo, ma un angolo della sua bocca si contrasse. Abbassò lo sguardo su di lei e lì lo mantenne. I bordi cobalto delle sue iridi sfumavano fino a diventare quasi bianchi intorno alle pupille, punteggiati da chiazze di blu pastello.

La ragazza interruppe il contatto visivo, mettendosi a fissare il suolo e Sagan ne approfittò per togliere il braccio dalle sue spalle. A quel punto, Violet lasciò cadere le braccia lungo i fianchi, sollevata. Continuarono a camminare a pochi centimetri di distanza l'uno dall'altra, mentre il sentiero si inoltrava in un frutteto. Le api ronzavano e si muovevano intorno a loro, alla ricerca di alberi e viti in fiore.

«Allora, per quanto tempo pensi di rimanere qui?» le chiese.

Negli ultimi giorni si era posta la stessa domanda, soprattutto quando Gus e Autumn avevano iniziato a parlare di tornare al college. Non era sicura di poter tornare a vivere una vita normale dopo tutto quello che era successo.

«Non ne sono sicura. È possibile che quel tizio con il tridente ci stia ancora dando la caccia?»

Dall'altra parte degli alberi, si iniziava a intravedere la casa.

«È probabile», disse Sagan, dopo una pausa.

«Credi che siamo al sicuro qui?»

«Se non ci hanno ancora trovati, allora sì. Credo che, per il momento, siamo al sicuro.»

«Bene, perché sto esaurendo i posti dove andare.» Sospirò e le si strinse il petto al ricordo dell'amicizia tra Nathan e Thane. C'erano giorni in cui sentiva di odiare il poliziotto; altri, invece, se ne stava seduta con il pollice in bilico sul suo numero, cercando di raccogliere il coraggio sufficiente per parlargli. Nella sua mente vorticavano tante domande, ma in fin dei conti, quella importante era una. *Perché?*

Non poteva rimanere per sempre nella stanza degli ospiti di Autumn, ma non poteva nemmeno tornare da Nathan. Non in quel momento, o forse mai. Il suo tradimento l'aveva colpita nel profondo.

«Almeno tu hai una casa dove tornare» disse, stringendosi le braccia intorno al busto.

«No, non posso tornare indietro.»

«Ma sicuramente tuo padre…»

«No!»

Violet sobbalzò di fronte a tanta veemenza.

Il ragazzo smise di camminare e la guardò. «Non voglio tornare indietro. Soprattutto non da lui.»

La sua espressione risvegliò il ricordo a lungo sopito di un pigiama party a casa di Lyla. Violet si era svegliata nel cuore della notte con la necessità di bere un bicchiere d'acqua e aveva origliato per caso una feroce conversazione tra Sagan e suo padre nello studio di quest'ultimo. Matthias aveva tenuto il figlio immobilizzato contro la pesante scrivania di legno con una mano alla gola.

«Non devi parlare di lei. Mai», aveva ringhiato, a pochi centimetri dal suo viso.

Gli occhi di Sagan erano due fessure, la sfida e la rabbia evidenti anche da lontano.

«Ma è mia madre», aveva replicato.

Matthias aveva reagito con un manrovescio, lasciando poi il figlio a massaggiarsi la guancia.

L'espressione severa di Sagan era la stessa di quella sera.

«Va bene», disse, senza sapere cos'altro aggiungere.

Il ragazzo non rispose. Anzi, interruppe il contatto visivo e proseguì per il sentiero, allontanandosi di qualche passo.

Nelle settimane successive, Violet stabilì una routine rilassata. Dove possibile, si offriva di dare una mano, nel tentativo di tenere la mente occupata dalle faccende domestiche, invece che dalle preoccupazioni e dalle paure. Non le dispiaceva nemmeno fare il bucato per tutti, almeno finché non si imbatté nei vestiti che aveva indossato quel fatidico giorno, quando aveva trovato Sagan lungo la strada. I pantaloni e la giacca erano sporchi di un liquido blu iridescente ormai secco. Non perse tempo a lavarli, li raccolse e li gettò direttamente nella spazzatura.

Mentre la madre di Gus era un brillante medico, la madre di Autumn, Skye, era un'ottima cuoca e la famiglia di Gus – insieme a Sagan, che si era stabilito nella loro stanza degli ospiti – si univa a loro per la maggior parte dei pasti serali. I deliziosi banchetti comprendevano quasi tutti alimenti di produzione propria e Violet aveva sviluppato una particolare predilezione per lo yogurt fatto in casa e il pane appena sfornato.

Gus non scherzava quando le aveva detto di conoscere il

macramè e si era rivelato un insegnante entusiasta, sempre pronto a guidare le sue mani per formare nodi e intrecci.

«Ecco, ora ci stai prendendo la mano», commentò una sera. «Ancora qualche giorno e avrai la tua amaca di macramè.»

«Cosa? Qualche *giorno*?» Trasalì. Su almeno due delle sue dita si stavano formando nuove vesciche e la pelle di molte altre stava iniziando a spellarsi per i tentativi del giorno precedente.

«Ecco», rispose Gus, afferrando alcuni fili. «Io lavorerò su questo lato.»

A pochi metri di distanza, Autumn era seduta con il suo portatile sulla panca della cucina – una scena abituale quando non si trovavano in giardino. Le sue cuffie erano accese e il ticchettio dei tasti si fondeva con i rumori della madre in cucina. Le pentole bollivano e sfrigolavano sui fornelli, creando promesse appetitose per la loro cena imminente. Skye era l'immagine speculare di sua figlia, dai dreadlocks decorati fino agli anelli ai piedi.

Sagan se ne stava seduto all'estremità opposta del bancone, in disparte, con i gomiti appoggiati sul piano da lavoro e gli occhi che vagavano verso qualche pensiero lontano. Giocherellava con la catena nera che spuntava dal colletto della sua camicia, facendola rotolare tra le dita.

Da quel giorno al torrente, si era chiuso a riccio. A volte partecipava ad alcune delle loro faccende e attività, sempre osservandoli da lontano, mentre altre volte spariva per ore per poi ricomparire solo per la cena.

Il timore che se ne andasse del tutto cresceva di giorno in giorno. Non aveva più avuto il coraggio di parlargli da quel giorno al torrente, ma non si sentiva necessariamente a disagio con lui. La sua presenza – così come quella di Gus e di Autumn – riusciva a placare quell'inquietudine che cresceva in lei ogni volta che si trovava da sola, o quando cercava di addormentarsi la sera.

Di tanto in tanto, la sua ansia diventava così forte che pensava di svenire o di vomitare e, quando succedeva, si costringeva a concentrarsi di più su quanto stava facendo o si faceva raccontare dai cugini un'altra delle loro marachelle di quando erano bambini. Qualsiasi cosa pur di allontanare quella sensazione.

«Vado in camera mia», annunciò Autumn. «Fammi sapere quando la cena è pronta.»

«Certo», le rispose, senza alzare lo sguardo dal suo macramè.

«Allora...» Gus abbassò la voce, in modo che solo lei potesse sentire. «Come te la cavi? Sai, dopo tutta la storia con Thane?»

Violet provò una fitta al cuore. «Sto bene.» Fece un altro nodo a un filo di corda, un po' più stretto del necessario.

«Ok, bene. Volevo solo essere sicuro, perché so che ti piaceva molto e...»

«Non voglio parlarne, Gus.» Fece un altro nodo, stringendolo ancora di più del precedente.

«Ok», disse il ragazzo, quasi in un sussurro. «Mi dispiace di averne parlato. È solo che... sono un po' preoccupato per te. Tutto qui.»

Violet lasciò cadere le corde e si strofinò gli occhi. «Lo so, mi dispiace.» Gli fece un piccolo sorriso di scuse. «È solo che non riesco a parlarne in questo momento. È solo che...» Si mise a sedere più dritta e inspirò a fondo, poi si accasciò, gettando fuori tutta l'aria. «Hai ragione, mi piaceva davvero. Ci sono giorni in cui mi manca tanto. Mi manca stare con lui e mi manca la persona che ero insieme a lui. Mi sentivo... libera. Leggera. Ma poi ripenso al suo tatuaggio e a quello che significa, e io... *lo odio*.» Fece una smorfia, giocherellando con l'estremità sfilacciata di una corda. «Probabilmente pensi che io sia stupida.»

«No, non stupida» disse Gus. «Penso che essere confusa sia del tutto comprensibile. Si è approfittato di te e della tua fiducia.»

«Già. E anche Nathan.» Trattenne a stento un singhiozzo. Il suo tradimento le faceva ancora più male.

La fronte di Gus si aggrottò, mentre scuoteva la testa. «Ancora non riesco a capire. Perché lo ha fatto? Perché essere amico del tizio che ti ha rapita? Non ha alcun senso.»

«Lo so. Mi sembra di impazzire.»

«Ci credo. Beh…» Si diede una pacca sulla spalla. «Se hai bisogno di una spalla su cui piangere, fammelo sapere.»

Violet ridacchiò. «Grazie, Gus.»

«La cena è quasi pronta», chiamò Skye, pulendosi le mani su uno strofinaccio. «Sagan, ti dispiace iniziare a servire mentre io preparo la tavola?»

«Nessun problema.»

Gus saltò in piedi e si diresse verso la porta sul retro. «Vado a chiamare mamma, papà e zio Cruz.»

«E io vado a chiamare Autumn», disse Violet, lasciando cadere il macramè.

Andò a bussare alla sua porta, ma non ricevette risposta.

«Autumn, la cena è pronta.»

Silenzio. Aspettò qualche secondo, poi girò la maniglia e sbirciò dentro.

La ragazza era seduta sul letto con le gambe lunghe davanti a sé, il portatile appoggiato sulle cosce e le cuffie wireless alle orecchie.

«Autumn, la cena è…»

Gli occhi di Violet si spalancarono quando capì su cosa si stesse concentrando così intensamente. La sua amica teneva una pochette dorata a pochi centimetri dal viso – la stessa della festa fluo – e, qualsiasi cosa ci fosse al suo interno, proiettava una luce arancione brillante sulla sua pelle.

«Autumn? Cosa...»

La ragazza alzò lo sguardo, poi chiuse di scatto la pochette e la infilò sotto il cuscino. «Violet! Cosa stai facendo? Non potevi bussare?»

«Ho bussato.»

«Oh. Magari la prossima volta bussa un po' più forte», dichiarò, facendo un sorriso forzato.

Dopo qualche istante di imbarazzo, Violet disse: «La cena è pronta».

«Ok, va bene» rispose Autumn, senza fare cenno di volersi muovere. «Sarò fuori tra pochi secondi. Appena...» Puntò un dito verso il portatile. «Devo solo finire una cosa qui.»

Violet annuì lentamente, ma non riuscì a trattenersi dal lanciare un'occhiata al cuscino dove aveva nascosto la pochette. «D'accordo. Ci vediamo fuori.»

«Bene.» Autumn fece un cenno di assenso con la testa.

Violet si chiuse la porta alle spalle e aggrottò le sopracciglia. Che cosa stava combinando la sua amica? Tornando in cucina, si rese conto di essere troppo affamata per potersi concentrare sull'enigma. Avrebbe cercato le risposte più tardi.

Raggiunse Sagan dietro il bancone della cucina e, mentre prendeva un piatto, lo urtò con la spalla.

«Scusa», disse.

«Non fa niente», rispose il ragazzo, mettendosi a tagliare una pagnotta di pane caldo da cui fuoriuscivano nuvole di vapore.

Violet afferrò la specialità di Skye, il riso aromatizzato – uno dei suoi preferiti. Attraverso la condensa sul lato inferiore del coperchio di vetro si intravedevano l'anice stellato e l'alloro, insieme a una stecca di cannella a spirale e quando lo sollevò con l'acquolina in bocca, una nuvola di vapore dall'aroma delizioso si levò verso l'alto,

Quando il profumo di cannella le arrivò al naso, tuttavia, il suo stomaco ebbe un sussulto e non riuscì a trattenere i conati di vomito. Si coprì la bocca con entrambe le mani e il coperchio le scivolò dalle dita, cadendo a terra. Si accorse a malapena dello schianto e del vetro che andava in frantumi.

Il suo mondo prese a girare. Echi distorti le martellavano i timpani. Il volto di Sagan divenne confuso davanti a lei, con gli occhi spalancati e la bocca che formava parole incoerenti.

E poi il buio riempì la sua vista.

* * *

Un segnale acustico costante trascinò Violet fuori dal sonno. Non era affatto pronta a svegliarsi. Allungò un braccio nel tentativo di spegnere la sveglia, ma qualcosa le tirò la mano.

Aprendo gli occhi annebbiati, vide un tubo per flebo che andava dalla parte superiore della sua mano a un macchinario – la fonte del segnale acustico. Si mise a sedere, sbatté le palpebre e si ritrovò nell'infermeria della comunità hippy, il luogo in cui lavorava la madre di Gus e dove Sagan aveva trascorso la maggior parte del suo tempo al loro arrivo.

«Era ora che ti svegliassi.» La voce di Gus, seduto su una sedia lì vicino, ruppe il silenzio.

«Che cosa è successo?»

Il ragazzo si avvicinò e si appollaiò sul bordo del letto. «Beh, per farla breve, stavamo per sederci a cenare quando hai deciso di svenire.»

«Cosa?» Si massaggiò la fronte, cercando di ricordare, poi gemette. «Oh, no. Ho rotto il coperchio di vetro di Skye.»

«Non preoccuparti.» Gus agitò una mano. «È più preoccupata per i tuoi piedi.»

«I miei piedi?» Trasalì, improvvisamente consapevole di

un leggero dolore alle piante dei piedi e di una fitta che andava dalle dita alle caviglie. Scostò la coperta, ma il movimento improvviso le fece girare la testa.

«Piano», disse Gus. «È meglio che tu faccia piano.»

Aspettò uno o due secondi, affinché il mondo smettesse di girare, poi tirò su le gambe e ispezionò le bende avvolte intorno a entrambi i piedi.

«Hai calpestato il vetro prima di perdere completamente i sensi. Sei fortunata che Sagan ti abbia afferrata prima che potessi sbattere la testa contro qualcosa. È stato lui a portarti qui.»

«Per quanto tempo sono rimasta priva di conoscenza?»

«Beh, un po'. Sono passate due notti.»

«Due notti?»

«Sì, è stato un po' preoccupante. La mamma ha fatto degli esami per capire cosa sia successo. Ha detto che oggi dovrebbe avere qualche notizia.»

La porta si aprì di scatto e Autumn fece irruzione nella stanza. «Finalmente! Sei sveglia!» Le corse incontro e la abbracciò. «Mi hai fatto preoccupare, idiota.»

Violet ridacchiò e la abbracciò a sua volta. «Anche per me è un piacere vederti», disse tra i suoi dreadlock.

Dietro Autumn, ai piedi del letto, c'era Sagan.

«Ehi,» lo salutò, «ho sentito che è grazie a te se non mi sono spaccata il cranio.»

Il ragazzo si mise le mani in tasca e scrollò le spalle. «I tuoi piedi sono ridotti piuttosto male.»

Autumn alzò gli occhi al cielo. «Sta cercando di ringraziarti, idiota.»

Gus rise e Sagan li guardò entrambi. La sua bocca si contrasse, poi il suo sguardo tornò su di lei. «Non c'è di che. Come ti senti?» Delle piccole rughe agli angoli dei suoi occhi mostravano la sua preoccupazione.

«Sto bene», cercò di tranquillizzarlo, annuendo, ma il

movimento fece girare di nuovo tutto il mondo. «Credo», aggiunse, facendo una smorfia e si sdraiò di nuovo sui morbidi cuscini.

«Cosa c'è che non va?» chiese Gus.

«Io… Mi gira la testa.»

Il ragazzo prese la cartella clinica in fondo al letto. «Ti senti male, come se stessi per vomitare?»

«No. Almeno, non credo.»

Diede un'occhiata al macchinario e annotò alcuni appunti sulla cartellina, poi procedette a controllare la pressione sanguigna, la temperatura e la frequenza cardíaca.

«Da quando sei diventato un dottore, Gus?» gli chiese Violet.

«È il suo talento nascosto», disse Autumn, piena di orgoglio.

«Cosa? Pensavo che fosse il macramè il suo talento nascosto.»

Gus sorrise. «Ho iniziato ad aiutare mia madre quando ero piccolo. Erano cose semplici, come passarle le bende, ma ho sviluppato una certa abilità. Crescendo, ha iniziato ad affidarmi piccoli compiti quando era impegnata con un altro paziente, per poi controllare il mio lavoro al suo ritorno.»

Stava estraendo una nuova sacca per le flebo da un carrello vicino, quando Dawn e Skye entrarono nella stanza.

«Ehi, sei sveglia» disse Skye.

«Sono felice di vederti di nuovo tra noi», disse Dawn. Il sollievo era evidente nel suo sorriso. Lei e Gus cominciarono a conversare in gergo medico, cogliendo Violet di sorpresa. Il ragazzo offrì la sacca della flebo alla madre, ma la donna gli fece cenno di continuare a collegarla da solo.

«Ecco fatto», esclamò il suo amico, a lavoro concluso. Poi, rivolgendosi verso di lei, aggiunse: «Per quanto ne so, dovrebbe essere tutto a posto. Eri un po' disidratata, probabilmente perché non hai bevuto abbastanza liquidi negli ultimi giorni; perciò, ho inserito un'altra flebo per rimediare». Le rivolse un sorriso rassicurante. «Tra poco, dovresti sentirti meglio.»

Violet sgranò gli occhi.

«Poverina.» Skye premette una mano sulla sua fronte. «Avrai anche fame. Vado a prepararti qualcosa da mangiare.» Prima di uscire dalla stanza, le diede un bacio sulla testa.

«Grazie, Gus» disse, ancora un po' stupita di vederlo in quel ruolo. Si rivolse a Dawn. «Allora, si sa perché sono svenuta?»

La bocca di Dawn si assottigliò. «Gus, Autumn, Sagan, ci date qualche minuto?»

Gus e Autumn protestarono, mentre Sagan aveva l'aria di uno che avrebbe preferito mangiare carboni ardenti.

«Va tutto bene», disse Violet, alzando la voce per sovrastare gli schiamazzi degli amici. «La loro presenza non mi crea problemi.»

Dawn si mise le mani sui fianchi, lanciando un'occhiata tagliente ai cugini. Violet aveva la sensazione che avrebbero subito una ramanzina più tardi.

«Oggi ho ricevuto i risultati di alcuni esami», disse la donna, riportando l'attenzione su di lei. «Alcuni mi hanno lasciato un po' perplessa, ma altri hanno senso a causa dei tuoi sintomi.» Unì le mani e le sue labbra si assottigliarono di nuovo, questa volta in un sorriso.

«Violet, sei incinta.»

EPILOGUE

Matthias controllò di nuovo l'ora e un ringhio lasciò le sue labbra alla vista dei numeri che brillavano sul quadrante dell'orologio. Per quanto tempo ancora avrebbe dovuto attendere? Scrutò con impazienza gli alberi circostanti, oltre i raggi luminosi e le ombre cupe proiettate dai fari dei veicoli dietro di lui.

Da una cassa appoggiata al suo fianco, alta circa due terzi di un uomo e fatta di metallichite di colore verde, proveniva un sommesso mugolio. A poco a poco, il rumore si trasformò in un lamento stridulo e animalesco.

«Zitto!» abbaiò Axel. Diede un calcio alla cassa, ma il rumore non fece che aumentare.

Matthias chiuse gli occhi e si pizzicò il naso. «Axel, ti prego—»

Un urlo acuto gli perforò i timpani. I suoi occhi si aprirono di scatto e si posarono sul cacciatore, proprio mentre stava tirando fuori il suo tridente da una delle fessure.

«Ho detto di stare *zitto*!» ruggì l'uomo dalla barba grigia.

L'urlo si ridusse a un sommesso piagnucolio, per poi

spegnersi del tutto pochi istanti dopo. Una piccola scia di liquido opalescente fuoriuscì dalla cassa, macchiando le foglie.

Matthias sospirò. «Axel, per favore, smetti di danneggiare la merce. Non ne rimarrà molto, se continui a sprecarlo così.»

Axel grugnì. «Quel dannato rumore mi dava sui nervi.»

«E i calci hanno migliorato la situazione», disse uno dei cacciatori dietro di loro.

Udendoli sghignazzare, Axel si girò e li minacciò con il tridente. «Un'altra parola e vi userò come esca per la prossima caccia.»

Le risate cessarono, ma Matthias era certo, senza bisogno di voltarsi, che Axel stesse ricevendo degli sguardi sprezzanti. Era un cacciatore feroce e impetuoso, ma la sua personalità non gli consentiva di guadagnarsi il rispetto dei compagni.

Ramoscelli e foglie scricchiolarono e crepitarono sotto i suoi pesanti stivali. «Per quanto tempo ancora dovremo stare qui? Sono ore che aspettiamo. Scommetto che quei maledetti si sono persi.»

Matthias inspirò bruscamente dal naso e ringhiò, a denti stretti: «Quante probabilità ci sono che si siano persi, quando tutta la dannata foresta sa esattamente dove ci troviamo grazie al baccano che fate?» Gli rivolse un'occhiata tagliente e l'uomo fu abbastanza furbo da assumere un'espressione imbarazzata e smettere di agitarsi.

«Dico solo che», continuò Axel in tono più sommesso, «dovremmo fare i bagagli e andarcene. Portare la merce a uno dei nostri clienti consolidati. Sai, quelli come noi. Da quando in qua facciamo accordi con le prede? Prima la ragazza umana, ora questo.» Diede un altro calcio alla cassa, ma con meno forza di prima. «Sappiamo almeno cosa ne faranno?»

Matthias alzò le spalle. «Non mi interessa cosa ne faranno, basta che abbiano portato quanto pattuito.»

Axel grugnì. «E se avessero intenzione di usarli contro di noi?»

«Come potrebbero mai usarli contro di noi?» A Matthias non interessavano le sue teorie del complotto, ma avrebbe sopportato anche la più futile delle conversazioni per combattere quella noia.

Axel scrutò la cassa. «Beh, sai cosa dicono degli Yranum e dell'immortalità. Non possiamo permettere che le nostre prede scoprano come diventare immortali, no?»

Matthias sbuffò. «*Noi* non ci siamo ancora riusciti. Cosa ti fa pensare che *loro* ce la possano fare?»

«Ma—»

«Vedo qualcosa. Laggiù», disse uno dei cacciatori alle loro spalle.

Matthias spostò l'attenzione sugli alberi davanti a sé.

«Lo vedo anch'io», disse un altro cacciatore.

«Ce n'è un altro laggiù.»

I mormorii e le chiacchiere si intensificarono, mentre le ombre avanzavano verso di loro e Matthias divenne super consapevole del machete di cristallo legato alla schiena e della collezione di altre armi che aveva addosso.

Dopo alcuni secondi, essendosi avvicinate ai fari, le ombre si concretizzarono in una serie di figure umanoidi.

Axel emise un fischio. «Guarda che luccichio.» Gli si avvicinò e sussurrò: «Io dico di catturarli. Il diamantio sarà più che sufficiente per il mio fondo pensione.»

Matthias lo ignorò, l'attenzione focalizzata sui Veniri. Riusciva a scorgerne una ventina, ma sapeva che ce ne dovevano essere almeno il doppio, celati alla vista. Tutti quelli che riusciva a vedere erano completamente trasformati. Doveva dargliene atto, era molto difficile rintracciare un verme senza conoscerne l'identità "umana".

Ma non impossibile.

Nessuno dei Veniri indossava abiti; le loro squame iridescenti e le schegge di diamantio erano in bella mostra, dalla testa ai piedi. I grandi aculei che si estendevano dalle ginocchia, dai gomiti e dalle clavicole delle creature riflettevano piccoli arcobaleni sul terreno, sui tronchi degli alberi e sul fogliame.

Quei bagliori sfolgoranti portarono in primo piano un'immagine nella mente di Matthias: il volto di una ragazza, con un'espressione angosciata ma speranzosa. Si protese verso di lui, ma prima che potesse toccarlo, le sentinelle delle sue ambizioni e dei suoi desideri più profondi bloccarono il ricordo. Solo il suo urlo stridulo rimase a riecheggiare nella sua mente.

Papà, ti prego!

Con le mani strette a pugno lungo i fianchi, l'uomo riportò l'attenzione sui demoni squamati che aveva davanti. L'odio si agitava con feroce potenza nel suo petto e le sue dita prudevano dalla voglia di afferrare la lama di diamantio che teneva nella fondina sul fianco.

Dopo aver ottenuto ciò che voleva, avrebbe massacrato ognuna di quelle abominevoli creature che abitavano la terra – fino all'*ultima.*

Alcuni Veniri tirarono fuori la lingua dalle loro bocche dotate di zanne. Altri sibilarono, con i loro occhi sovrumani puntati su di lui. Il cacciatore si accigliò, scrutando le creature squamate un paio di volte. Qualcosa non quadrava.

Erano tutti maschi.

Incrociò le braccia. «Dov'è? Ho detto chiaramente che questa volta si sarebbe dovuta presentare di persona. Senza regina, non ci sarà nessun accordo.»

Due dei Veniri ruppero i ranghi e avanzarono sulle loro zampe a tre dita con movimenti fluidi e scattanti. Alcuni cacciatori le paragonavano a zampe di rapace, come nei film sui dinosauri, ma per Matthias erano solo enormi zampe di pollo che aspettavano di essere tagliate e servite come antipasto nei ristoranti Yum Cha.

Si fermarono a circa un metro da lui, abbastanza vicini da permettergli di distinguere i complessi disegni formati dalle squame azzurro-verde, bianche e nere sulle loro pelli, e l'intensità della luce emanata da ogni punta di diamantio lo costrinse quasi a socchiudere gli occhi.

Matthias si mise le mani sui fianchi. Con tre rapide mosse, avrebbe potuto sventrare quegli esseri e farli contorcere a terra nei loro ultimi istanti di vita.

Il più vicino lanciò un'occhiata alla cassa. «C'è tutto quello che hai promesso?»

Matthias sollevò il mento e rivolse alla creatura uno sguardo tagliente. «Come ho già detto: niente regina, niente accordo.» Enunciò ogni parola come se parlasse a un bambino.

Il viso del verme si increspò, poi tirò fuori la lingua.

Veloce come un fulmine, Matthias allungò la mano e afferrò quel muscolo viscido. La lingua si avvolse intorno al suo polso e il cacciatore tirò con forza, finché il volto della creatura non fu a pochi centimetri dal suo. «Non mi stuzzicare con questa cosa disgustosa», sibilò tra i denti.

Il verme emise un ringhio gutturale e cercò di divincolarsi dalla sua presa. Matthias vide la rabbia bruciare negli occhi di quel patetico essere. Tirò ancora una volta, poi lasciò andare di colpo. La creatura inciampò e cadde a terra. Alcuni cacciatori risero; Axel fu il più rumoroso.

Un ringhio risuonò nel petto del secondo verme. Un suono che si fece più forte quando gli altri nella radura lo imitarono, unendosi al grido di guerra.

Matthias sorrise. Nonostante la minaccia, nessun verme si mosse di un millimetro. *Interessante*.

Rivolgendosi agli altri, il verme a terra sibilò qualcosa di incomprensibile e il brontolio cessò. La creatura si alzò e fece un cenno verso il lato della radura.

Due vermi uscirono dall'ombra, trascinandone un terzo tra loro. La sua testa era inclinata in avanti e un liquido blu lasciava una scia alle sue spalle.

Quello a cui aveva tirato la lingua raggiunse i nuovi arrivati e, con una mano, afferrò la fronte del verme accasciato, inclinandogli la testa verso l'alto. Un rantolo sfuggì dalle labbra della creatura.

Matthias sapeva riconoscere un essere sconfitto quando lo vedeva.

Gli occhi del verme si aprirono di scatto e la sua bocca si spalancò, mentre la lama di un gomito gli tagliava il collo. La creatura emise un gorgoglio strozzato e annaspò, nel tentativo di far entrare aria nei polmoni. Flussi di sangue blu gli scorrevano lungo il petto, formando rivoli tra le squame e le estremità di cristallo.

«Stanno cercando di rubarci il lavoro?» borbottò Axel.

Matthias scosse la testa e strinse gli occhi. Perché mai quella ridicola esibizione? «Wow», disse, con voce piatta, «sono davvero impressionato. Potrei—»

Del fumo di colore blu si sprigionò dalle scie scintillanti di sangue verde scuro del verme, interrompendolo.

Matthias estrasse il pugnale dalla cintura e fece un passo indietro. «Che diavolo sta succedendo?»

Con la coda dell'occhio, vide Axel sfoderare il suo tridente e il resto dei cacciatori affiancarsi a loro, le armi in pugno. Il fumo blu danzò nell'aria davanti ai suoi occhi, facendosi sempre più denso, finché al suo interno non apparve il volto di quella che pareva una donna umana.

Le urla dei cacciatori si trasformarono in un silenzio attonito.

Era la donna più bella che Matthias avesse mai visto. I suoi capelli, la sua corona e il suo abbigliamento erano scandalosi e decisamente seducenti. Aveva una mano posata sulla guancia e con il mignolo si accarezzava il labbro inferiore, atteggiato in un sorriso compiaciuto.

Axel si fece avanti con il suo tridente e trafisse l'apparizione. Ciuffi blu ondeggiarono intorno alle lame cristalline.

«Che razza di inganno è questo?» ringhiò il cacciatore.

Nessuno si preoccupò di rispondergli e l'affascinante donna non interruppe il contatto visivo con Matthias, nemmeno quando Axel riprese a pugnalarla.

Il signor Branstone spinse via il tridente. «Pensavo di aver detto "faccia a faccia".»

Il delizioso sorriso dello spettro si fece più ampio. Lasciò cadere la mano e scivolò in avanti, fino a portare il naso a un centimetro dal suo. «Come lo chiami questo?»

La sua soffice voce gli fece correre dei brividi lungo la schiena, ma un angolo della sua bocca si inclinò in un mezzo sorriso. «Tradimento.»

La donna si mise una mano sul petto e rise; il suono era come una campanella di vetro che ondeggiava nel vento. «Pensavi davvero che non avrei preso precauzioni?» Fece schioccare la lingua e scosse la testa. «Non sei poi così intelligente, vero, cacciatore?»

Il sorriso di Matthias svanì e un muscolo nella sua mascella si contrasse. «Beh, istruiscimi, allora.» Indicò il fumo blu con un gesto della mano. «Perché non cominci spiegandomi come ci riesci?»

«Mmm...» La regina gli posò una mano fumosa sul petto, solleticandolo con i polpastrelli mentre gli girava intorno. «Questa, tesoro mio, sarebbe una conversazione noiosa.»

La pelle di Matthias formicolava sotto i vestiti. Poteva davvero sentire il suo tocco o se lo stava solo immaginando? La sua mano si mosse verso la lama di diamantio, ma come Axel aveva già dimostrato, l'arma sarebbe stata inefficace contro lo spettro. «Perché non discutiamo di affari?» disse. «Hai portato quello che ti ho chiesto?»

La donna tornò di fronte a lui e si sfiorò il mento con le dita. «Dipende. Hai portato quello che ti ho chiesto?»

Per qualche istante, Matthias rimase immobile. La faccia tosta di quella creatura, quella cosiddetta *regina*. Era inferiore a lui in tutti i sensi. Se solo si fosse presentata in carne e ossa e non, come una vigliacca, sotto forma di... di... *fumo*, le avrebbe insegnato a portargli rispetto.

Le dita della donna cominciarono a tamburellare sul mento e il suo piacevole sorriso si indurì.

Come avrebbe voluto spazzar via quel sorriso dal suo volto. Gli passarono per la mente alcuni scenari, ma la logica gli ricordò che nessuna delle sue selvagge fantasie lo avrebbe aiutato. *Tutto a suo tempo.*

Per il momento, decise di farle credere di aver avuto il sopravvento.

«Axel, spostati.»

Dopo una breve esitazione, l'omone si spostò di lato, lasciandosi sfuggire qualche borbottio indecifrabile. Il sorriso dello spettro fumoso si allargò non appena il suo sguardo si posò sulla cassa. Si avvicinò per ispezionarla, mentre scie di vapore blu si attorcigliavano e si arricciavano dietro di lei.

Dopo aver fatto un paio di giri intorno alla cassa, si fermò e riportò l'attenzione su Matthias. «Quanti ce ne sono lì dentro?»

«Tre.»

La regina sollevò un delicato sopracciglio. «Non avevi detto che gli Yranum erano rari?»

«Lo sono», disse Matthias, lasciandosi sfuggire un sorriso compiaciuto.

«Mmm...» La regina inclinò leggermente la testa. «Devo

confessare, caro cacciatore, che avevo i miei dubbi, ma sei riuscito dove molti dei miei servitori hanno fallito.»

Matthias sorrise. «Come ti ho detto all'inizio, è ciò che so fare meglio.»

La regina ricambiò con un sorriso sornione. «Se questo è vero, allora, ti prego, illuminami. Perché il ritardo con il maschio Veniri?»

La sua mascella si contrasse al ricordo di quel verme. Nathan Delano, quello che giocava a fare il detective nella sua città natale. Quel verme aveva vissuto sotto il suo naso per anni. Diavolo, aveva persino indagato sull'omicidio di sua figlia. Come aveva fatto a non accorgersene? Non pensava che un verme potesse sfuggire al suo radar, ma non avrebbe mai più commesso lo stesso errore.

«Se ne stanno occupando i miei uomini migliori. Ti informerò non appena sarà in mio possesso.»

La regina strizzò gli occhi. Probabilmente, l'espressione aveva lo scopo di intimidirlo, ma lo rese solo più risoluto. Non era pronto a rinunciare a quel verme. Non ancora.

«Dimenticalo per ora.» Agitò una mano. «C'è un'altra persona che cerco con più urgenza.»

Stava cominciando a diventare un'abitudine. Perché tutte quelle taglie?

Un Veniri si fece avanti e gli porse una cartelletta. Era il fascicolo di un caso di persona scomparsa. Fingendo disinteresse, Matthias ne esaminò il contenuto. Al suo interno c'era una foto sgranata, scattata quasi vent'anni prima da una telecamera di sorveglianza, di una giovane donna con un camice da ospedale. Sotto, una seconda foto – molto più nitida e recente – ritraeva la stessa donna, ormai sulla quarantina. Indossava un cappotto scuro e una sciarpa e aveva dei lunghi capelli castani che le ricadevano lungo la schiena. Il fotografo l'aveva immortalata mentre si guardava alle spalle, camminando in una strada trafficata.

Matthias non riusciva a trovare nulla di speciale in lei, finché non si imbatté nel suo nome. Gloria Chambers.

Chambers? Significa—

«Voglio che questa donna venga catturata al più presto», disse la regina, «viva o morta».

Matthias annuì lentamente, senza distogliere gli occhi dal fascicolo.

Scomparsa dall'ospedale... L'ultima volta che è stata vista indossava... Una bambina abbandonata... Padre sconosciuto...

Chiuse il fascicolo, lo passò ad Axel e sollevò il mento. «Consideralo fatto. Il mio prezzo sarà un altro—»

«Sì, sì» disse la regina, liquidandolo con uno sventolio di dita. «Una volta che l'avrete presa, sarete debitamente ricompensati.»

Matthias fece un ampio sorriso, mettendo in mostra tutti i suoi denti.

«Dov'è la ragazza?»

«Ah-ah-ah.» Il cacciatore fece segno di no con un dito. «Voglio prima vedere quello che mi spetta.»

Non gli sfuggì la lieve contrazione della bocca della donna, unico segno della sua irritazione.

La regina alzò un braccio e altri due Veniri entrarono nella radura, trasportando una grande cassa di legno. Una volta che l'ebbero posata a terra ai suoi piedi, aprirono il coperchio. All'interno, vi erano schegge su schegge di diamantio scintillante e, da quello che poteva vedere, si trattava di frammenti di gomito, di ginocchio, di clavicola e di spina dorsale: i più richiesti dai clienti. Per ottenere una tale quantità di quelle specifiche parti, i suoi uomini avrebbero dovuto uccidere almeno cinquanta Veniri.

Axel fischiò di apprezzamento.

Matthias si mise una mano sul fianco e alzò lo sguardo verso lo spettro. «Voglio vedere i tomi.»

La regina inarcò un sopracciglio, divertita, e fece un

nuovo gesto, richiamando altri due Veniri dall'oscurità. Gli occhi di Matthias si spalancarono e il suo battito accelerò alla vista del loro pesante carico. Ognuno di essi teneva tra le mani un antico tomo. Anche senza un'ispezione ravvicinata, il cacciatore sapeva che entrambi i tomi erano fatti di oro massiccio e intarsiati con gemme e pietre preziose.

Eccoli. Ecco ciò che aveva sognato fin da bambino. O almeno, l'inizio della realizzazione del suo sogno. I suoi fratelli, suo padre e suo nonno l'avevano ridicolizzato senza pietà per anni, ma non avrebbero più riso. Non sapeva come i Veniri fossero riusciti a mettere le loro sporche manacce su quei preziosi manufatti Erathi, ma era un mistero che avrebbe risolto in un secondo momento.

I due Veniri si trovavano ormai fianco a fianco vicino alla regina e Matthias fece un passo avanti, ma si fermò quando diverse altre creature si spostarono davanti ai portatori di tomi, sibilando.

Lanciò un'occhiata alla regina. «Devo confermare la loro autenticità.»

La donna sorrise, godendosi il potere che aveva su di lui. «Dov'è la ragazza?» si limitò a dire.

Questa volta, fu Matthias a dover contenere la propria irritazione. Alzò una mano e fece un cenno ai cacciatori alle sue spalle. In pochi istanti, quattro di essi tirarono fuori una lunga ghiacciaia di polietilene blu e la posarono tra lui e la regina.

Negli occhi della Veniri comparve uno sguardo famelico. «Aprila», ordinò.

Tutti i cacciatori si voltarono verso di lui. Matthias lasciò che il momento si trascinasse un po' più del necessario, poi annuì. Uno dei suoi uomini si chinò, fece scattare i quattro chiavistelli e aprì il coperchio. Axel ricominciò a scalpitare e Matthias gli lanciò un'occhiataccia.

Una nebbia bianca uscì dalla ghiacciaia mentre la regina

vi si avvicinava, seguita da una vorticosa scia di viticci blu. Dopo qualche secondo, la nebbia si dissipò, rivelando il corpo di una giovane ragazza distesa su un letto di cubetti di ghiaccio. I suoi lunghi capelli castani erano aperti a ventaglio intorno a lei e vene blu decoravano la sua carne pallida, quasi trasparente. Sul collo c'era un orribile squarcio.

Matthias si era infuriato scoprendo che quell'incapace mandato a cercare Violet aveva ucciso la ragazza sbagliata, ma – dopo circa una settimana in cui non erano riusciti a localizzare il loro vero obiettivo – aveva deciso di recuperarne il corpo dall'obitorio. Fortunatamente, la giovane uccisa per errore assomigliava molto a Violet e – ottenuto ciò che voleva – non gli importava di cosa avrebbe fatto la regina una volta scoperto di essere stata ingannata.

Lo spettro blu inclinò la testa per scrutare il cadavere. Senza alzare lo sguardo, alzò una mano e uno dei Veniri si avvicinò alla ghiacciaia, chinandosi per afferrare le spalle della ragazza.

«Cosa state facendo?» chiese Matthias.

«Devo confermare la sua autenticità», disse la regina.

Gli occhi di Mattia divennero due fessure. Non apprezzava il suo tono, né il riutilizzo delle sue stesse parole, né la possibilità che il suo inganno stesse per essere svelato.

Axel ricominciò ad agitarsi.

I cubetti di ghiaccio tintinnarono, mentre il Veniri faceva rotolare la ragazza sul fianco.

Matthias aggrottò le sopracciglia. Cosa stava cercando quel verme? Scambiò con Axel uno sguardo carico di significato.

«Niente cicatrici», disse il Veniri con un sibilo.

Cicatrici? Nessuno aveva parlato di cicatrici.

Il Veniri si alzò e rivolse a Matthias uno sguardo accusatorio. «Questa non è Violet Chambers.»

In una frazione di secondo, il cacciatore si ritrovò la regina-spettro a pochi centimetri dal naso.

«Hai osato ingannarmi!» La sua voce non era più simile a un tintinnio, ma piuttosto a un gesso trascinato su una lavagna.

L'intero corpo di Matthias fu scosso da un brivido, mentre l'adrenalina gli entrava in circolo. Abbassò lo sguardo sul proprio braccio teso; la punta del suo pugnale trafiggeva il cuore dello spettro. Fumosi ciuffi turchesi serpeggiavano e ondeggiavano intorno alla sua mano e alla lama di diamantio.

Con la coda dell'occhio, vide sia i Veniri che i cacciatori serrare i ranghi intorno a lui e alla regina, entrambi gli schieramenti pronti a scattare al comando del loro capo.

«Attenzione, *verme*» avvertì Matthias a bassa voce. «Basta una mia parola e nessuno della tua razza tornerà a casa stanotte.»

La regina digrignò i denti, ogni traccia dei suoi precedenti convenevoli ormai svanita. Tuttavia, anche nella sua furia, poteva ancora essere scambiata per una dea della bellezza. «Non riesci proprio a capire che se io non ottengo ciò che voglio, neanche tu otterrai ciò che vuoi.»

Il volto di Matthias si contorse in una smorfia. Il comando di attaccare era sulla punta della sua lingua, ma un'occhiata ai tomi lo fermò. Certo, lui e i suoi uomini avrebbero potuto prendere i grossi libri con la forza e distruggere tutti i vermi nella radura, ma ce n'erano degli altri e, fino a quel momento, nessun cacciatore era mai riuscito a trovare il loro nascondiglio, né tanto meno dove tenessero i tomi.

La sua frustrazione si fece più intensa. I satelliti potevano rintracciare cellulari e altri dispositivi in tutto il pianeta – potevano persino fornire un'immagine ravvicinata di un'auto parcheggiata nel proprio vialetto. Eppure, nessuna tecnologia era in grado di scovare il nascondiglio di quella dannata regina e dei suoi mutaforma.

Matthias inghiottì la bile, mentre il panico si agitava nelle sue viscere. Non avendo alcuna garanzia di poter trovare la città dei Veniri nell'immediato futuro, era essenziale per lui salvaguardare quella temporanea alleanza.

Era giunto il momento del piano B.

«Curtis!» gridò. Tutti si immobilizzarono. «Dov'è Curtis?»

«Qui, capo.» Uno dei cacciatori si fece avanti.

«Sei stato tu a portarmi questa ragazza. Ora, dimmi, chi è?» Matthias lo afferrò per la nuca e lo trascinò verso la ghiacciaia. Curtis grugnì, quando il suo viso fu spinto a pochi centimetri dal cadavere.

«Chi è?» ruggì Matthias, non ottenendo alcuna risposta.

«È... è quella ragazza, Violet.»

«No», disse Matthias a denti stretti. Con la mano libera tirò fuori il cellulare, estrasse una foto e la mise sotto il naso del cacciatore. «Questa è Violet.»

Gli occhi di Curtis si spalancarono. «Ma... ma, capo, hai detto...»

Matthias alzò la voce per sovrastare i balbettii. «Non tollero che i miei uomini mi mentano.» Lo lasciò andare e si voltò verso gli altri. «Che questo valga da avvertimento a chiunque pensi di potermi ingannare.» Afferrò il machete di diamantio, si girò e, disegnando un ampio arco con la lama, gli recise la testa all'altezza delle spalle. Il capo rotolò a terra e il resto del corpo crollò in avanti, in un mucchietto senza vita.

Senza preoccuparsi di pulire il sangue, Matthias rimise il machete nella sua fondina e si voltò verso la regina. «Perdonatemi, Maestà. I miei uomini hanno deluso entrambi.» Si mise una mano sul cuore. «Mi assicurerò che non accada mai più.»

Gli occhi della regina ardevano di una luce selvaggia e un angolo della sua bocca si sollevò, divertito. Matthias conosceva fin troppo bene quell'espressione – la stessa che si apriva spesso sul suo viso subito dopo un'uccisione. *Sete di sangue, desiderio di averne ancora.*

La donna lanciò un'occhiata al Veniri che aveva ispezionato il corpo della ragazza e questi fece saettare la lingua.

La mascella di Matthias si contrasse. Se avesse visto un'altra lingua quella sera, le avrebbe fatto fare la stessa fine della testa di Curtis.

Il Veniri si rivolse alla sua regina e disse: «Mandorle».

Matthias aggrottò la fronte. Cosa poteva mai significare?

La regina lo guardò, ammiccante. «Non succederà mai più?»

«Avete la mia parola, Maestà, e le mie più sincere scuse.»

«Bene.»

Il trionfo sostituì il panico.

L'apparizione vaporosa planò verso di lui, la sete di sangue ancora presente sul suo viso. «Ti avverto, cacciatore, la prossima volta non sarò così clemente.» Nonostante la minaccia, il suo tono era basso e roco, come se si stesse rivolgendo a un amante. «Per ora, rispetterò il resto del nostro accordo: il diamantio per lo Yranum. Tuttavia, ora mi aspetto di ricevere tutte e tre le mie prede senza ulteriori ritardi – e questa volta le voglio tutte *vive*.»

Diversi Veniri si fecero avanti per portare via la cassa di metallichite, risvegliando le grida e i lamenti provenienti dall'interno. Le creature con in mano i grossi volumi cominciarono a seguirli, dirigendosi verso il limitare della radura.

«Aspettate! I tomi!» gridò Matthias, facendo un rapido passo avanti, dolorosamente consapevole dell'agitazione nel suo tono e nella sua espressione.

Lo spettro lo guardò con gli occhi socchiusi. «Avrai i tuoi tomi quando avrò le persone che voglio davvero.»

«Allora, desidero cambiare il pagamento per gli Yranum. Voglio i tomi invece dei frammenti.»

Un mix di emozioni balenò sul volto dello spettro, prima che la sua espressione si facesse neutra. Incrociò le braccia. «Non era questo il nostro accordo.»

«No, ma dimentichi che sono riuscito a procurarne più di quanto concordato. Quindi, desidero modificare l'accordo.»

La regina strizzò gli occhi. Il suo sguardo gli penetrò nel profondo e, per la prima volta da tanto tempo, Matthias trovò difficile non distogliere lo sguardo da una sfida.

Non è umana, ricordò a sé stesso. *È spazzatura. Un abominio, un'atrocità contro natura.*

«I tomi per gli Yranum, o niente accordo.»

La regina sogghignò. «Io non—»

«Ragazzi, fermate la cassa» ordinò lui.

Si costrinse a mantenere il contatto visivo con la donna, ma con la coda dell'occhio riuscì a scorgere i suoi uomini bloccare la strada ai Veniri. Nonostante le armi di diamantio puntate contro, le creature non mostravano segni di cedimento.

Matthias rivolse alla regina un sorriso compiaciuto. «Ci sono molti altri acquirenti che sarebbero disposti a pagare una cifra considerevole per questa piccola famigliola Yranum.»

Alla donna sfuggì una risata stridula. «Sono proprio curiosa di sapere quale dei vostri compratori vi pagherà con ciò che desiderate di più.»

«Che mi dici di te?» replicò Matthias. «Quale dei tuoi vermi sarà in grado di ottenere più Yranum? Tu stessa hai detto che nessuno ci è mai riuscito.»

Mentre l'espressione della regina diventava di marmo, il cacciatore fu invaso da una sensazione di trionfo. L'aveva in pugno. Non se ne sarebbe mai andata senza gli Yranum.

Alla fine, agitò una mano con disinvoltura. «Bene, ti

concederò di cambiare il pagamento, ma con un solo tomo.» Lo spettro annullò la distanza tra loro, finché il suo viso non fu a pochi centimetri da quello di lui. «Niente più cambiamenti nei nostri accordi d'ora in poi. E mi aspetto che voi tutti vi rivolgiate a me come Vostra Altezza.»

La donna lo scrutò attentamente, mentre attendeva la sua risposta, ma Matthias non riuscì a decifrarne l'espressione. Se fosse stato sincero con sé stesso, avrebbe ammesso che qualcosa in lei lo incuriosiva.

«Affare fatto», disse. Poi, dopo qualche istante, senza preoccuparsi di nascondere lo scherno, aggiunse: «…Vostra Altezza».

L'ampio sorriso che gli rivolse la donna celava un'inconfondibile punta di oscurità.

Ignorando gli sguardi di protesta dei suoi uomini, Matthias fece loro cenno di allontanarsi dalla cassa. «È una fortuna che siate rinsavita», disse.

La regina gli rivolse uno sguardo tagliente, ma non abbandonò il suo atteggiamento trionfante, mentre la cassa scompariva nella notte. Una volta svanita, fece un cenno con la mano e uno dei vermi apparve al suo fianco, un tomo tra le mani.

Un'intensa eccitazione pervase il suo corpo, dal centro del petto alla punta delle dita, e solo con un certo sforzo riuscì a fingere nonchalance. Non era mai stato tanto vicino a uno di quei manufatti. Probabilmente, era il primo Erathi a vederne uno da un millennio. I suoi occhi accarezzarono le iscrizioni e gli intarsi colorati che ornavano la copertina dorata. Odiava l'idea che l'altro tomo rimanesse nelle mani di quei vermi, ma era solo questione di tempo.

La creatura fece per porgere il tomo ad Axel.

«No!» esclamò Matthias, precipitandosi in avanti e spingendo l'altro cacciatore fuori dai piedi. Come le sue mani sfiorarono il volume, gli cedettero le ginocchia. Aggiustò la presa e riuscì a rialzarsi, ma non prima che lo spettro inarcasse un sopracciglio, stringendo la bocca in un sorriso. Anche il verme che aveva retto il tomo lo guardò con il viso pieno di condiscendente divertimento.

Un leggero rossore gli tinse viso e collo, ma non se ne preoccupò. Solo il grosso libro che aveva tra le mani aveva importanza.

«Per quanto riguarda il resto della nostra transazione,» disse la regina con voce squillante, «non metterci troppo, mio caro. Anch'io ho altri acquirenti interessati».

I suoi denti scintillarono in un ultimo sorriso, poi la sagoma blu si disperse nel nulla.

Matthias strinse i denti, ma la rabbia fu di breve durata. Aveva il libro. Tutto il resto non contava.

Senza ulteriore indugio, i vermi tornarono nell'ombra, portando via il forziere di diamantio, e i cacciatori si ritrovarono di nuovo soli nella radura.

«Axel, togliti la giacca» disse.

«Cosa? Perché?»

«Fallo e basta», ordinò, trasportando il tesoro verso il retro di uno dei pick-up. Una volta arrivato, fece cenno a uno dei cacciatori di abbassare il portellone posteriore e disse ad Axel di appoggiarvi la giacca.

Con la massima delicatezza possibile, depositò il tomo e si mise a osservarlo. I fari del furgone mettevano in risalto ogni dettaglio di quell'antico manufatto.

«Tutto qui?» brontolò Axel, avvicinandosi. «Tutta questa fatica per cosa? Dell'oro?»

«Questo non è solo oro, Axel» disse Matthias. Fece scorrere le dita sui rilievi e sulle scanalature della copertina. Il disegno era più maestoso di quanto avesse mai potuto immaginare. Gemme e pietre preziose intarsiate ornavano antiche figure egizie, geroglifici e simboli.

«D'accordo, abbiamo un po' d'oro e delle belle pietre» sbuffò Axel. «Il diamantio vale cento volte di più.»

Alcuni degli altri cacciatori si dichiararono d'accordo.

«Non è l'oro ad avere valore», spiegò Matthias. «È quello che c'è dentro.» Aprì il tomo alla prima pagina, rivelando un'altra magnifica raffigurazione in stile egizio, le figure nel loro iconico profilo. I suoi occhi scrutarono avidamente i geroglifici e il cuore prese a martellargli nel petto, quando riconobbe alcune frasi. Passò alla pagina successiva, poi alla successiva. Ogni immagine tempestata di gemme era più dettagliata della precedente.

Giunto alle ultime due pagine, si fermò. Vi era raffigurata una donna con le braccia spalancate, una splendida corona sul capo e un bellissimo abito variopinto. Dalle sue spalle spuntavano due gloriose ali di malachite e lapislazzuli, ogni piuma ricoperta d'oro.

«Ci siamo, ragazzi» disse Matthias, accarezzando quelle piume blu, verde e oro con le dita. «Riavremo finalmente le nostre ali.»

ACKNOWLEDGMENTS

Wow! Da dove cominciare?

Scrivere questo libro è stato un viaggio davvero divertente ed emozionante, ma anche stressante, spaventoso ed epico. E, naturalmente, ci sono diverse persone senza le quali *Schegge di Venere* non avrebbe mai visto la luce.

Innanzitutto, devo un grazie fenomenale al mio Signore e Salvatore, Gesù Cristo. Senza il Suo incredibile sacrificio, mi sarei arresa molto tempo fa. Do tutto il merito a Te, al mio Padre Celeste e allo Spirito Santo per la mia vita e per tutto ciò che di buono c'è in essa. Grazie!

Al mio meraviglioso marito, il tuo sostegno e il tuo incoraggiamento sono stati stellari! Un enorme grazie per il tuo feedback e il tuo coinvolgimento in questo viaggio. Semplici parole non possono esprimere quanto ti sono grata e quanto ti amo.

Annabelle, sei una tale delizia e mi porti tanta gioia. Sei così creativa e fantasiosa che non vedo l'ora di vedere cosa realizzerai. Ti voglio tanto bene!

Un grande ringraziamento va alla mamma per avermi cresciuta, per essere stata presente ogni volta che ne ho avuto bisogno, per aver alimentato la mia dipendenza da Enid Blyton e per avermi fatto conoscere autori come Frank E. Peretti, C.S. Lewis e J.R.R. Tolkien. Credo di poterti incolpare di aver scatenato la mia fervida immaginazione, ha-ha!

Un grande grazie al resto della mia famiglia! Sono così fortunata a far parte di un clan tanto meraviglioso. Significa molto avere il vostro amore e il vostro sostegno nei momenti belli – e anche in quelli brutti.

Il gruppo Writer's Unite: Carleton Chinner, Julie Dickson, Tim Edwards, Suzie Eisfelder, Tarryn Mallick e Katarina Smythe. Siete fantastici! Sono così felice di avervi trovati e di aver avuto il coraggio di condividere la mia piccola storia con voi. Grazie per tutti i commenti, il sostegno, le grandi risate e la motivazione a continuare a scrivere.

Adele Ritchie, Treece e Dan Stubbs, Lisa Meehan, grazie mille per essere stati disponibili ad ascoltare tutte le mie folli idee e per avermi aiutata a fare brainstorming e a risolvere diversi buchi nella trama. Siete fantastici!

Un grande applauso a tutti i miei beta reader – Beryl Peachey, Beth Joyce, Donna Thornton, Gail Donges, Kylee Beauclerc, Karen Drescher, Kat Eveans, Kerrianne Draper, Kristy Phebey, Monica Murray, Rebecca Hampson, Rosie Barlow, Sandra Coleman e Tessa Wakefield – che hanno offerto il loro prezioso tempo per leggere il mio manoscritto e fornirmi un feedback sincero. Quello di beta reader è un lavoro epico e ne sono veramente grata.

Kirstin Andrews, grazie mille per tutto il lavoro di editing. È stato un onore averti come editor. Le parole non possono descrivere la mia gratitudine. Grazie!

Per la fantastica copertina, grazie di cuore all'incredibile team di Deranged Doctor Design. Avete svolto un fantastico lavoro nel dare vita visiva al mio mondo. Wow! Non riesco a smettere di guardarla.

Spero di non aver dimenticato nessuno. Se l'ho fatto, mi dispiace tanto! XOXO

L'AUTRICE

Tjalara Draper ha dato il via alla propria carriera da scrittrice all'inizio del 2016, in un periodo in cui la sua folle immaginazione era piena di storie. Dopo alcuni corsi online di Scrittura Creativa, si è convinta di dover perseguire il suo sogno di sempre: diventare un'autrice. *Schegge di Venere* – un Paranormal/Urban Fantasy sui mutaforma – è stata la sua prima scelta tra tutte le idee che le frullavano in testa.

Nella vita, Tjalara è moglie di un uomo straordinario e madre di una diavoletta che diventa sempre più creativa ed estroversa con ogni giorno che passa.

Quando non sta scrivendo il suo prossimo libro, non sta affrontando i mostri del bucato o non è impegnata in una lotta contro la lavastoviglie, potete incontrarla da qualche parte mentre vola su sedie dei desideri, nuota con le sirene, disegna sulla propria pelle rune da cacciatrice di ombre, alleva draghi o fa da assaggiatrice per il comandante.

CONTATTI:
Sito web: www.tjalaradraper.com

Facebook: Tjalara Draper Author
Instagram: @tjalaradraper_author
TikTok: @tjalaradraper_author
Amazon: Tjalara Draper, Schegge di Venere

LA TRADUTTRICE

Scovare storie che meritano di essere raccontate e aiutare gli autori a diffonderle, questo è il mio sogno.

Dopo una laurea triennale in comunicazione e una magistrale in editoria, Rebecca Adami ha deciso di coltivare la propria più grande passione: quella per i libri. Dal *romance* ai classici latini, Rebecca ama, infatti, leggere in tutte le lingue che conosce (italiano, francese, spagnolo e tedesco) e passa gran parte del suo tempo con il naso in un libro.

Sprovvista della pazienza necessaria per creare da zero il proprio romanzo, dopo alcuni miseri tentativi da autrice si è resa conto di preferire di gran lunga la traduzione e la promozione di quelli degli altri. Da qui il suo sogno di aiutare scrittori certamente più dotati di lei a diffondere i propri racconti, al di là di ogni barriera linguistica.

CONTATTI:
Instagram: @becky.adami
TikTok: @becky.adami